出版说明

胡立根、谢晨先生主编的"经典阅读课"丛书,致力于传承中华优秀文化基因,提升青少年核心素养,帮助中小学生在阅读经典中建构并丰富自己的精神图式。在编辑过程中,我们按照现代出版规范对选文进行了统一处理,对部分选文做了删减,力求提供一套符合现代文字规范的青少年读物,以建立对纯洁汉语的认知和体悟。敬请作者、译者见谅。

另外,我们已经联系到大部分选文的作者和译者,他们同意将作品列入"经典阅读课"丛书,但由于作者面广,仍有部分作者和译者无法取得联系。请作者和译者看到本丛书后,尽快与我们联系,以便奉寄样书和稿酬。

诚致谢意!

联系人:蒋鸿雁
电话:0755-83460371
Email:984213171@qq.com

深圳市海天出版社有限责任公司
2018年7月

青少年核心素养
经典阅读课

文学顾问 / 曹文轩

主编 / 胡立根 谢晨

自然的密码

本册主编 / 王涛

编者 / 王涛 胡立根 杨远容 章么美

海天出版社

·深圳·

图书在版编目(CIP)数据

自然的密码 / 胡立根, 谢晨主编. — 深圳 : 海天出版社, 2018.7（2020.7重印）

（青少年核心素养经典阅读课）

ISBN 978-7-5507-2125-8

Ⅰ.①自… Ⅱ.①胡… ②谢… Ⅲ.①阅读课—中学—课外读物 Ⅳ.①G634.333

中国版本图书馆CIP数据核字(2017)第325449号

自然的密码
ZIRAN DE MIMA

出 品 人	聂雄前
项目负责人	蒋鸿雁
责任编辑	李 春
责任技编	梁立新
责任校对	叶 果
封面设计	深圳市张达利设计有限公司

出版发行	海天出版社
地　　址	深圳市彩田南路海天综合大厦（518033）
网　　址	www.htph.com.cn
订购电话	0755-83460239（邮购、团购）
排版制作	深圳市龙瀚文化传播有限公司 0755-33133493
印　　刷	深圳市华信图文印务有限公司
开　　本	787mm×1092mm　1/16
印　　张	18.5
字　　数	281千
版　　次	2018年7月第1版
印　　次	2020年7月第2次
定　　价	32.00元

海天版图书版权所有，侵权必究。

海天版图书凡有印装质量问题，请随时向承印厂调换。

总序

阅读需要仰视

阅读，是对世界和生命的凝视。未经凝视的世界是毫无意义的。苏格拉底说："认识你自己。"经由阅读，我们的心沉静下来，开始细心聆听远方的声音，聆听与自己相隔千里万里、相距千年万年的高贵的生命回响，从而更好地认识世界，认识自己。

阅读，让灵魂高贵，让生命丰盈。人的精神高度与阅读高度紧密相联，人因读书而高贵。经由阅读，你会获得一种让灵魂生香的高贵气质。阅读，让我们领略另一种不可能经历的时代和生命，让我们用一种新的眼光反思生活，面对人生。

阅读与写作相辅相成。阅读是张弓，写作是支箭。要想写作这支箭射得更远，就要让阅读这张弓更强。阅读就像采摘葡萄，在心土的深处发酵久了就变成了葡萄酒，这就是阅读给再创作带来的灵感。

阅读，要与高贵的文字结缘。书是有血统的。我们要读有高贵血统的书，这些书能照亮生命的旅程。对于成长中的孩子而言，要让他们在有限的生命长度里读有价值的书，多读能够打精神底子的书，读"有根的书"，读经典。经典至高无上，阅读需要仰视。

深圳是一座有着自己的人文梦想的城市，深圳读书月已经开展了

18年,深圳青少年阅读也一直是一面迎风招展的旗帜。这些年来,我每年都要到深圳,和深圳的校长、老师、学生,也和更多的市民朋友讲阅读,我一直强调读书要有选择,青少年人生经历有限,学业压力大,读什么书是一个很重大的问题。我在很多情况下讲过,现在的很多孩子读的是没有用的书,没有"根"的书。这个根,就是要有"文脉",能够传承下去。近年来,深圳市学生文联和胡立根工作室一直在做一件事情,那就是帮助、引导学生阅读经典。基于青少年核心素养的"经典阅读课"丛书,立足人生中必然面对的关于传统、关于生命、关于自然、关于亲情、关于家园、关于哲学、关于历史、关于审美等12大命题,精选古今中外经典名篇,加以导读,汇成12个主题读本。这套"经典阅读课"是知名特级教师胡立根、知名阅读推广人谢晨和他们的团队多年阅读教育和阅读推广实践的集大成,已经数年试用,效果良好。我乐于见到一个青少年经典阅读推广的阳光地带。

"经典阅读课"是一套有"根"的书。愿每一个青少年读者都能懂得仰望经典、凝视生命,在阅读经典的过程中建构精神家园,打好人生底色。

曹文轩

2017年12月于北京大学蓝旗营住宅

序 言

传承文化基因，提升核心素养

"春江潮水连海平，海上明月共潮生。滟滟随波千万里，何处春江无月明……"

浩瀚的大海，蕴藏无数珍奇，充满神奇魅力。但是，沧海茫茫，却又令我们无所适从。于是，许多人一个猛子扎进去，纵然喝了满肚子的海水，但最终被淹没在大海之中。有的人跳进去，捞了几只鱼虾，上得岸来，也不管有没有毒，适不适合，便整条整条地吃下去，吃得津津有味，这样，虽是品尝了海味，但终是囫囵吞枣，难免中毒，更不知大海中还有许多更神奇的美味。于是有一些潜水高手，一些渔民，从大海中打捞出各种珍品，一股脑堆在那里，或者胡吃海吃，最终可能导致消化不良，难以有效吸收。

同样，当我们来到人类文化的大海之滨，渺小的我们，会不会像当年张若虚那样，被人类文化的浩渺所震撼，所吸引？面对人类浩如烟海的文化典籍，我们有这样几种做法，一种是一头扎进去，找到几本书，也不知适不适合自己，读了再说。这种阅读，当然有价值，但正如老子所言："吾生也有涯，而知也无涯。以有涯随无涯，殆已！"在信息化的当今时代，各种信息纷至沓来，新的知识层出不穷，令人应接不暇，尤其是学生，课业负担繁重，而大部分学生今后所从事的又并非狭义的文化类工作，哪有那么多时间一本一本地将文化典籍读完呢？这样我们所读的典籍终究有限。

于是我们有许多文人、学者、老师，从大量的文化典籍中遴选出优秀的篇章，编辑了各种各样的读本。这些读本因为经过了认真挑选，剔除了糟粕，浓缩了精华，应该是为读者提供了一定的精神食粮。这些读本虽然也形成了自己的所谓体例，也多是分单元阅读，但基本上是，或按作者，或按朝代，或按国别，或者取一个华美的单元标题，选文之间多缺乏内在的逻辑联系，选本没有形成独立的思维结构，因而仍然脱不了碎片化的嫌疑。大多只是将许多好东西送到了读者的面前，读者读完之后，虽不说是一地鸡毛，但很可能是一锅乱炖。

这就涉及我们今天为什么要阅读经典的问题。其中的一个目的，可能是了解，通过阅读经典，知道往圣先贤的生活、思想状况。但是，了解不应该是主要目的，读经典主要不是为了发思古之幽情。经典的阅读，不是让读者回到过去，更不是让孩子们穿着唐装汉服，摇头晃脑地之乎者也，经典阅读的目的应是指向未来；我们要将往圣先贤请到当下，让他们来指导我们当下的行为。因此经典阅读的目的，固然有丰富知识的因素，但是，知识不是我们的终极目的，经典阅读最终应该指向我们的行为，指向实践。

人类文化经典的形成，并不是一朝一夕之功，而是千千万万的先辈们，面对生命，面对人生，面对世界的诸多问题、诸多困扰，进行探索，从而形成他们的思考，形成他们应对的态度和精神。因此，所谓经典，本质上就是往圣先贤人生实践的精彩总结与记录。其中，最有价值的就是往圣先贤思考问题的方式、他们的精神态度、他们的人生趣味，这一切，我们不妨称之为思维图式、精神图式和审美图式。

早在19世纪，威廉·冯·洪堡特就说："在语言中，个别化和普遍性协调得如此美妙，以至我们可以以为下面两种说法同样正确：一方面，整个人类只有一种语言；另一方面，每个人都有一种特殊的语言。"①世界的语言无疑是多种多样的，但洪堡特为什么说整个人类只有一种语言？因为，每一种语言的背后，实际上隐藏着民族共同的认知与思维的方式和情感、价值观、世界观的共同趋向，甚至隐藏着整个人类相近的思维与认知方式，人类相近的情感价值观方向，也就是说，形形色色的语言背后，有民族的、人类的共有的思维图式、精神图式和审美图式在，正因为这样，不同语言的人群之间才能进行沟通和理解。而这些共有的图式，就是洪堡特所谓共有的语言，这些共有的思维图式，实际上就是民族和人类的文化基因。而经典，之所以能成为经典，就是因为承载了民族的、人类的共同的思维与情感的成果，隐含了一个民族甚至整个人类的共有图式。因此，民族的、人类的共有的思维图式、精神图式、审美图式应该是经典的内核。

经典之所以成为经典，固然与经典语言的规范与生动有关，但经典往往并不代表当时语言的最高法则，即使经典的语言代表当时语言的最高法则，这些法则对于当今时代，其价值也是极其有限的。经典的最高价值，是人类和民族某一阶段、某一方面的思维图式、精神图式乃至审美图式的精致的凝固，是民族和人类的思维图式、精神图式、审美图式的瑰宝，是人类文化的优秀基因。这才是我们阅读经典最应关注的东西！对于读者来说，人生也许没有非读不可的书，就像苏轼没有读过《红楼梦》，奥巴马不一定读过《论语》，但是，人生一定有必须面对和思考的问题，所以，《红楼梦》中涉及的许多话题，苏轼都有过深邃的思考，《论语》中涉及的许多问题，奥巴马也应该做过探索。所以，今天读经典，可能并非必须读某一本书，但是，我们应该从经典中吸取往圣先贤应对人生问题的优秀的思维图式、精神图式和审美图式，从而优化我们自己的思维结构、精神世界和审美趣味，进而提升我们的核心素养。

---

① 威廉·冯·洪堡特. 论人类语言结构的差异及其对人类精神发展的影响[M]. 姚小平, 译. 北京：商务印书馆, 1999.

这样，经典阅读，实际上有三个层面，第一个层面是语音、文字、词汇和语法，这是最表层的东西，也是入门的东西；第二个层面是语言的技巧，包括修辞、章法、为文技巧等；第三个层面是思维图式、精神图式和审美图式。而第三个层面，实际上又包括两个层次：一是民族的思维图式和精神图式；二是人类的思维图式和精神图式。第三个层面才是经典阅读的关键所在。

但是，我们怎样从经典中获取这些高贵的文化基因？我们怎样才能掌握人类几千年来传承的思维图式、精神图式和审美图式？按照前文所述的第一种方式，一头扎进去，找几本书读一读，固然可能获取某一个作家的某种文化基因，但，一则可能将不良基因也一并收取，二则所获有限。如果按上述第二种方式，阅读各种优秀文章堆砌的读本，可能避免了不良基因的吸收，但是，这些选本多是文章的碎片化堆砌，并没有从思维图式、精神图式和审美图式的角度进行整合，在阅读中，我们可能只能形成碎片化的记忆，难以形成我们自己的优秀的思维、精神、审美的图式。

基于这样的思考，我们尝试着从人生必须思考的问题出发，精选人生问题的12个主题，研究往圣先贤对这些问题的思考、态度与趣味，从浩如烟海的经典中，抽取我们认为承载了优秀的思维图式、精神图式、审美图式的经典文本，按相关主题，从这三个图式的角度加以梳理，编辑了这一套"青少年核心素养经典阅读课"主题阅读丛书，以求有助于构建我们的思维图式、精神图式和审美图式。

本丛书共分12个主题。包括人生首先必须面对的生命问题、人生发展问题、情感问题，从这个层面，我们编辑了《生命的长河》《人生的智慧》和《情感的咏叹》三个主题读本；然后是人与自然的关系、人与家国的关系和人与历史的关系，从这个层面我们编辑了《自然的密码》《家园的守望》和《历史的声音》三个主题读本；再上升一层是本民族的文化传承、科学的问题和哲学思考，在这个层面，我们编辑了《传统的精髓》《科学的边界》和《智者的哲思》三个主题读本；作为经典的语文读本，我们还从审美的角度选取了三个主题，包括审美与艺术、经典美文、古典诗词，由此编辑了《审美的盛宴》《美文的品鉴》和《诗词的韵味》三个主题读本。

为了引导读者从思维图式、精神图式和审美图式的角度思考相关主题，在编辑中，我们力图体现以下编创原则：

一是经典性。在选文上，力求将人类关于相关主题的思想精华和最具艺术化的作品呈现给读者，尽量让读者占领相关主题的人类思维制高点。

二是建构性。该丛书与其他读本类丛书最大的区别在于，编者以人生必须面对的问题为切入口，以问题的思辨和解决为逻辑主线，选取相关经典，力图以此引导读者建立起相关的精神图式、思维图式。

三是可读性。考虑到本丛书的主要读者对象为青少年，在选文上尽量做到经典性的同时，适当降低了选文难度，难度稍大的选文，在"导读"和"交流之窗"中对阅读做一些梳理性的提示。在导读的用语上也尽量考虑以青少年为读者对象，尽量增强导读的活泼性和可读性。

四是思辨性。在选文上，将思辨性放在优选地位，以期给读者思想启迪，不少章节有意识地选取了一些持不同观点的文章，目的在于形成思想的冲击波。编者还为读者提供了相关主题的研究范本，试图引导读者对相关主题结合当下进行深入思考与研究，帮助读者形成相关主题的健全的意识与感悟、思考。

五是原创性。在编辑中尽量做到体例的原创，导读的原创，注释的部分原创。在体例上，根据相关主题的思维结构设计相关章节，试图以此形成相关主题的完整的思维结构和精神样式。每个主题的每一章设计有相关的导读，每篇选文设计有编者与读者的"交流之窗"，以引导读者深入思考。

六是大视野。选材范围力争广阔，力争站在一定的学术高度，所以除了国学主题之外，其他主题所选文章都涉及古今中外。而国学主题的选文则尽量从整个国学史的大视野，提取中华文化的优秀基因，选取国学经典，并从源流上对中华民族的优秀的思维图式、精神图式进行梳理。

　　本丛书能够顺利出版，非常感谢胡立根工作室的所有成员及编写工作的所有参与者的辛勤劳动。当然更要感谢促成本丛书出版的谢晨先生，感谢海天出版社的领导和编辑的大力支持。尤其要感谢安徒生文学奖得主曹文轩先生欣然担任本丛书的文学顾问并为本丛书作序，曹先生对本丛书的编辑给予了多方面的指导，提出了许多宝贵的具体建议，才能使本丛书有今天的高度。

　　当然，由于编者视野和水平所限，选文、体例、导读等等，难免有不尽如人意的地方，我们期待读者的宝贵意见。

胡立根
2017年12月于深圳羊台山

前　言

亲爱的朋友，难道我们不是生活在自然的怀抱里吗？难道我们不是自然之子吗？

无论我们有着怎样的烦恼、苦闷、艰辛，大自然一直那么慈祥仁爱地庇护着我们，养育着我们。我们来自"造化"，我们顺应自然，我们回归自然。我们也想了解自然的奥秘，也想探究自然的神奇，品鉴自然的瑰丽。

为了让朋友们更好地认识自然之精妙，体悟自然规律，感受自然之美丽、庄严……我们放眼古今中外，看一看那些作家如何观察自然、描摹自然，看看他们如何展现自然的美，如何抒发自己的自然之情；看看那些哲人如何与自然对话，如何在大自然的面前沉思……看看他们的描摹与沉思，能给我们怎样的启迪。

本读本为朋友们提供研究自然之美、研究人与自然的关系的相关材料，提供关于该主题的人类思想的精华和精美的文字，为大家提供一个思维的平台。全书八个专题，分别从不同的视角为朋友们提供研究的参考，以便于形成大家关于自然与人的关系的相关思维图式和精神图式。

我们选文，兼顾可读性与经典性，篇幅长短适合青少年阅读。选文既有家喻户晓、读来朗朗上口的中国古典诗词，也有当代才俊的名诗佳作；既有短小精美的写景抒情之文，也有精心节选的中外大哲人的哲思名文。

全书共分为八编，每编下设"文学之花"与"理性之光"两部分。"文学之花"主要是提供一些文学作品，供大家阅读研究；"理性之光"，主要选编了一些理论文章，给大家提供一些理论的武器，一些理论思辨的参考。一般来讲，"文学之花"部分的文章写景抒情类文章居多，精美易懂一些；"理性之光"部分的文章，说理论道的文章居多，我们在选编的时候，也遵循了求经典而不失生动的原则。

在每单篇文章或一组短文后面，我们设置了"交流之窗"。"交流"一词在此的含义有：编者与作者超时空交流，编者与文本交流，编者与读者交流，读者与文本交流，读者借助与文本的交流而与生活交流、与自我交流。"交流"的方式，就是阅读、标画、批注、沉思、写作。

"交流之窗"体现了编者对本诗文的个性解读，它希望通过一些解说与期许，与读者朋友共鸣，以达成"写作者、编辑者、读者、文本、读者的困惑、读者的自我解答、读者的现实生活、读者的理想"多体共振的效果。其共鸣共振，简单地说，就是你在阅读、思考、写作中，发现困惑，生发解答，思维和精神得以生长。

为便于大家研读，我们有如下建议：

1. 每一编，我们都提出了一些思考的问题，大家可以围绕这些问题展开研究，但也无须局限于这些问题。

2. 我们所提供的文本，只是提供思想的材料和参考。你可以将这些文章当作经典，也可以对这些文章提出质疑。有些文章，如果你觉得很有思想的或者审美的价值，不妨反复品读甚至熟读成诵；有些文章，如果你对其思想性或者艺术性有异议，不妨进行批评讨论。

3. 文本内容比较丰富，可以采取精读和略读相结合的方式。对那些你认为有价值的，感兴趣的，不妨精读；对那些你不感兴趣的，可以略读，稍加了解即可。

4. 研读的方法，可以多种多样，但研究的核心主要是"发现"，即在研读中，发现自己以前不知道的新的知识、信息，发现有价值的思想，发现文本隐含的意义，发现一些问题。如果读完文本没有任何发现，那这种研读就是无效的，发现越多，研究的效果越佳。而发现的关键是要学会"追问"，遇到问题多问几个为什么，比如，作者为什么这么说？有什么价值？原因是什么？危害在哪里？等等。一追问，往往就有所发现了。

5. 写作是推动研读的杠杆。写，一可捕捉灵感。思想火花一闪即逝，很难再现，不妨以笔记之。二可积累资料。人的记忆力有限，好记性不如烂笔头。三可促进思考。人的思维是有惰性的，一路往下读，往往来不及深入思考，一动笔，自然就会思考了。动笔的习惯一旦养成，思维的习惯也就养成了。因此，研读始终应该有写作相伴随。研读中的写，没有固定写法，凡读有所感，以笔记之即可：或批注评点，或写读后感，或作仿写，或写评论。可长可短，可圈可点，甚至做个简单标记，也可算是读书笔记了。

6. 如果你在阅读时，边读边标画段落主旨句，标画触动你的词语和句子，让你自己紧紧地被文本抓住，被作者的情思抓住，相信你感受更深，收获更大。如果你能在读完一章诗文之后，就"交流之窗"的信息、问题及期许，回读诗文，完成思考、诵读、写作，相信你无论在情思上、哲思上，还是在自我砥砺的意志品质上，一定会大有收益。这是编者所期望的。

7. 作为研读，要学会查阅资料，搜集材料，甚至做实地考察，调查研究；同学之间要展开讨论交流；要充分利用现代资源，向专家请教，与专家交流。

吾爱吾师，吾更爱真理！通过研读，我们要培养自己执着的"求真""求美""向善"的精神！

朋友们，愿这本"自然主题读本"，能成为你语文学习上的帮手，能成为你心灵成长的推手，能提升你语文阅读、思考、写作的意识和核心素养，能让你更明晰地观察自然、审视自然、感恩自然、反思自我，能让你在人与自然的关系上有一个全新的观照。

编　者

目录 contents

001　第一编　自然之美

文学之花

004	四时的情趣	清少纳言	周作人 译
006	夏天也是好天气		素　素
008	冬天之美		乔治·桑
010	白　鹭		郭沫若
012	山（节选）		廖华歌
014	林中速写		张守仁
016	《树林和草原》选段	屠格涅夫	丰子恺 译
019	克拉克河谷怀旧	海明威	松风 译
022	晨	高尔基	齐广春 译
025	太湖游记（节选）		钟敬文
027	黄山松		张万舒
029	中国古代诗词三首		

理性之光

| 031 | 自然与人 | 汤川秀树 | 陈喜儒 译 |
| 033 | 美 | 泰戈尔 | 白开元 译 |

037　第二编　体物之工

文学之花

| 040 | 泰戈尔散文诗两首 | 泰戈尔 | 郑振铎 译 |
| 042 | 溪　水 | | 苏雪林 |

044	云雀	儒勒·列那尔	徐知免	译
046	杨花	普里什文	潘安荣	译
049	济南的秋天		老舍	
052	鲁迅散文两篇		鲁迅	
056	沙漠	纪德	冯寿农 张弛	译
059	天鹅	德·布封	范希衡	译
063	中国古代诗歌选之山水篇			

理性之光

066	美是宇宙的一种表现	爱默生	赵一凡	译
070	说"木叶"（节选）		林庚	

073　第三编　览物之情

文学之花

076	秋的气味		林海音	
079	窗前的树		张抗抗	
082	海燕	高尔基	戈宝权	译
084	鸟啼	劳伦斯	于晓丹	译
088	蒲公英	壶井荣	肖肖	译
091	中国新诗三首			
096	外国诗歌七首			
109	"梅意"诗词三首			

理性之光

111	中国艺术的意境		叶朗

115　第四编　诗意栖居

文学之花

118	外国诗两首

121	听　泉	东山魁夷	唐月梅　译
124	我家的财富	德富芦花	陈德文　译
127	我的伊豆	川端康成	陈德文　译
130	秋天的况味		林语堂
132	孟加拉风光（节选）	泰戈尔	冰　心　译
134	草木虫鱼		莫　言
138	仁者乐山		余秋雨
143	周庄水韵		赵丽宏
146	中国现当代诗歌二首		
150	陶渊明诗二首		
152	唐诗三首		

理性之光

154	人诗意地栖居（节选）	海德格尔	孙周兴　译
156	陶渊明的自然人生观		罗宗强

159　第五编　梭罗专题

文学之花

162	《瓦尔登湖》译本序（节选）	徐　迟
166	冬日漫步（节选）	梭　罗
168	寂　寞	梭　罗
171	我生活的地方，我为何生活	梭　罗

理性之光

174	《瓦尔登湖》中的禅宗思想		胡　芬
177	梭罗（节选）	爱默生	张爱玲　译

179　第六编　自然之思

文学之花

182	盘古开天辟地	
184	创世记	《圣经》
187	亡灵起身，歌唱太阳	《亡灵书》
189	夜	《梨俱吠陀》
191	我感到了阳光	王小妮
193	山羊兹拉特	艾萨克·巴什维斯·辛格
198	狗、鸟、马（节选）	莫言
202	黄鹂——病期琐事	孙犁
206	自然——断片	歌德　梁宗岱 译
209	生活在大自然的怀抱里	卢梭　程依荣 译
212	远处的青山	约翰·高尔斯华绥　高健 译

理性之光

216	论自然（节选）	爱默生　赵一凡 译
218	论宇宙中的计划性	牛顿　王福山 等译

221　第七编　道法自然

文学之花

225	先秦天道观资料选编	
228	陶渊明诗一首	
229	人在自然界中到底是个什么	帕斯卡　钱培鑫 译
233	中外诗文五则	
237	大城市（选录）	恩格斯
240	冰心诗选	冰心

理性之光

243	乡村与城市（节选）	钱穆

247	**第八编　敬畏自然**		

文学之花

250	大自然的智慧——每一个存在物都是神圣的		严春友
252	旷野与城市		毕淑敏
254	西雅图宣言	西雅图	柯倩华　译
258	麂　子		牛　汉

理性之光

260	寂静的春天（节选）		雷切尔·卡森
262	以深生态学为代表的西方的环境伦理思想		徐铁光
265	像山那样思考	利奥波德	彭　俊　译
268	敬畏生命——在斯特拉斯堡圣尼古拉教堂的布道		
	阿尔贝特·史怀泽　　陈泽环　译		

第一编
自然之美

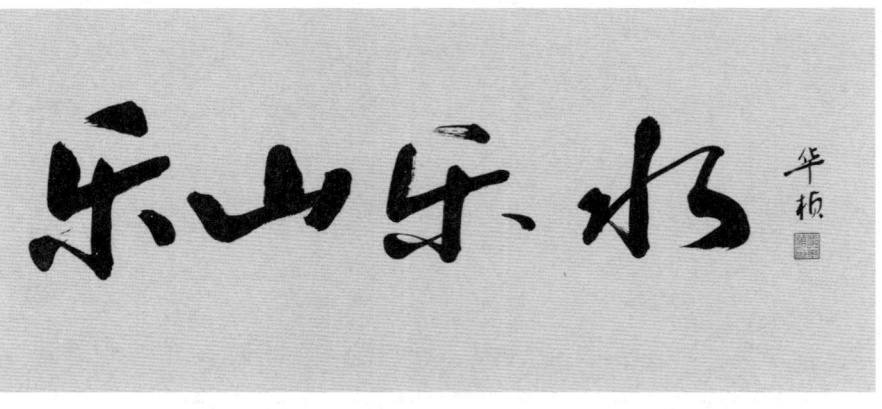

⊙ 乐山乐水　邹华桢书

乡野小径，一草一木，无名的小花，静默的石头，悠然的小溪，它们纯朴淡雅，素面迎人；名山气宇轩昂，大川气势磅礴，广袤的草原映衬着蓝天，幽深的森林涵养万物……大自然的美无时不在，无处不在。

造化化育万物，她希望每一件事物，每一种生命，都是美的化身，都不自觉地符合各自的美学原则。造化所养育的事物，即使看起来是丑的，但其必定从别样的侧面启示着一种美。

自然之美，可以是纤细温柔的，可以变成草尖的露珠随风滑落；自然之美，可以是震撼心灵的，可以幻化为黄河壶口瀑布日夜奔腾；大自然崇高而又优雅，雄浑而又柔和；它时而狂放不羁，时而静谧深远。自然之美，在风里，在云里，在山泉的叮咚里，在山峦的高傲里，更在你我的眼睛里，在你我的发现里，在你我的感动里……

抬望眼，看阳台上，看盆景，看窗外的树与霞；放松身心，徜徉于庭院，漫步于公园，穿行于田野，拜访丘陵，参见高山，净手于泉水，长啸于幽壑……听风沐雨，身动心动。你喜欢哪一处风景？你心仪哪一片山林？你留恋哪一种情致？

你可以怀着激动去旅游，去观赏自然之美的细微或粗犷，去品味自然之美的素雅或壮美；你也可以端坐书桌，品读名家佳作，让心灵走向心灵，让心灵融入自然的美。

难道你不想把你发现的自然之美，行之于文？难道你不想把你阅读所得，向人分享？

本编所选诗文，有的纯粹描绘自然之美的一种情调，它们只是想引发你心灵的视觉和波动，你可以反复诵读之，感受之；有的诗文，集中描写一种形象及其品格，它们希望引发你的共鸣和思索，你可以仿写之；有的诗文侧重于对自然之美的理性探讨，它们期望你能对自然之美有一些深入的探讨，你最好边阅读边标画，借助他人的思考深化自己的思想。

去发现美，感受美，描摹美，思考美吧！

● 文学之花

四时的情趣

清少纳言　　周作人　译

清少纳言（约966—约1025），是日本女作家，平安时代的三大才女之一，有随笔作品《枕草子》。

　　春天是破晓的时候最好。渐渐发白的山顶，有点亮了起来，紫色的云彩微细地飘横在那里，这是很有意思的。

　　夏天是夜里最好。有月亮的时候，不必说了，就是暗夜里，许多萤火虫到处飞着，或只有一两个发出微光点点，也是很有趣味的。飞着流萤的夜晚连下雨也有意思。

　　秋天是傍晚最好。夕阳辉煌地照着，到了很接近了山边的时候，乌鸦都要归巢去了，三四只一起，两三只一起急匆匆地飞去，这也是很有意思的。而且更有大雁排成行列飞去，随后越看去变得越小了，也真是有趣。到了日没以后，风的声响以及虫类的鸣声，不消说也都是特别有意思的。

　　冬天是早晨最好。在下了雪的时候可以不必说了，有时只是雪白地下了霜，或者就是没有霜雪但也觉得很冷的天气，赶快生起火来，拿了炭到处分送，很有点冬天的模样。但是到了中午暖了起来，寒气减退了，所有地炉以及火盆里的火，都因为没有人管了，以至容易变成白色的灰，这是不大好看的。

（选自《日本古代随笔选》，人民文学出版社，1988年版）

【交流之窗】

最美的景色在眼里,在心中。

春天最美是黎明,夏天最美是夜晚,秋天最美是黄昏,冬天最美是早晨,然后通过画面来传达各个季节的美丽瞬间,这是作者的感受,你可以有你对四季之美的体会。

每个季节有每个季节的美,每段时光有每段时光的自然美。关键在于细心观察和用心体悟,关键在于一颗爱美的心。

夏天也是好天气

素 素

素素,王美素,中国当代女作家,代表作品有散文《北方女孩》《佛眼》等。

整个黄梅季节,都是潮叽叽黏糊糊。暗沉沉的天空,泛出热烘烘的黄光,晃得人头晕目眩。太阳被闷在厚密的云层里,拼命挣扎着想舒一口大气。然后,有一天,"嘭"的一声,天空裂了,太阳迸穿了乌云。夏天,来了。

心,刚刚放下一半。那口憋在胸腔里许久的叹息,未及发出,便兀自燃烧成一股热浪。人似一团发酵的面粉,外烘内烤成一枚圆鼓鼓的面包,喷涌而出的汗珠,就是这面团蒸发的水汽。偶有一丝轻风擦过,必是裹挟着沸腾,让你冲动得沉默,沉默得疯狂,疯狂得无聊,无聊得死不瞑目。一天又一天,太阳不肯回家去,而你在阳光下渺小,在汗水中绝望,在绝望中超脱。

这样的时刻,是一种别样的生活。你的思维、你的渴望、你的生活,全都脱离了往日轨道。往日很多必不可少的事物,都变成了多余。这样的时刻,因为远离世俗,你会感受到一些匆匆忙忙、实实在在中难以领略的滋味,听来全不着边际。

这样的时刻,会有一个小女孩,扬起双眉,唱着童音说:我喜欢夏天,因为可以穿花裙子。

这样的时刻,会有一个小男孩,昂起头颅,扮作男子汉说:我喜欢不做准备,就扑通一声跳入清凉的水池。

长大了的人,可以有个借口,放下该做的工作。找个通风僻静的地方,架一张竹藤凉椅,半躺半卧双眼微眯,超然地看世界、超然地看自己。

忆及往昔的风云厮杀,唇边掀起一抹自嘲:何苦来哉?这一声心语,为人生送来几许清爽、几许快慰。

或者随手拈出一本早已翻过几十遍的书,轻轻地翻,闲闲地逡巡,似看非看之际,会发现一篇美文蓦然亮在你的眼底。风花雪月,世事沧桑,早已熟稔的文字,在这炎热的绝望中,常常会弹出一曲别有风情,生发出人间的妙音真谛。

春夏秋冬,四季的旋律各有不同,而夏天就是这样的一串音符,这样的一处世外人间,让你在躁动中获得一份自省的宁静,一份化外的智慧和实实在在的虚无。

(选自《走过四季·夏》,语文出版社,1997年版)

【交流之窗】

本文开篇先反向用笔,淋漓尽致地刻画夏天的潮、黏、闷热,人似一团发酵的面粉。夏天似乎不美。这是欲扬先抑。

夏日炎炎,会有小女孩因为爱穿裙子而喜欢夏天,小男孩因喜欢游泳而喜欢夏天,大人可以避暑乘凉,静观世界和自我,这些都是夏天的美!

让你在躁动中获得一份自省的宁静,夏天是个好天气!

冬天之美

乔治·桑

乔治·桑（1804—1876），19世纪法国著名女小说家，代表作品有长篇小说《安蒂亚娜》。

我从来热爱乡村的冬天。我无法理解富翁们的情趣，他们在一年当中最不适于举行舞会、讲究穿着和奢侈挥霍的季节，将巴黎当作狂欢的场所。

大自然在冬天邀请我们到火炉边去享受天伦之乐，而且正是在乡村才能领略这个季节罕见的明朗的阳光。在我国的大都市里，臭气熏天和冻结的烂泥几乎永无干燥之日，看见就令人恶心。在乡下，一片阳光或者刮几小时风就使空气变得清新，使地面干爽。可怜的城市工人对此十分了解，他们滞留在这个垃圾场里，实在是由于无可奈何。我们的富翁们所过的人为的、悖谬的生活，违背大自然的安排，结果毫无生气。英国人比较明智，他们到乡下别墅里去过冬。

在巴黎，人们想象大自然有六个月毫无生机，可是小麦从秋天就开始发芽，而冬天惨淡的阳光——大家惯于这样描写它——是一年之中最灿烂、最辉煌的。当太阳拨开云雾，当它在严冬傍晚披上闪烁发光的紫红色长袍坠落时，人们几乎无法忍受它那令人眩目的光芒。

报春花、紫罗兰和孟加拉玫瑰躲在雪层下面微笑。由于地势的起伏，由于偶然的机缘，还有其他几种花儿躲过严寒幸存下来，而随时使你感到意想不到的欢愉。虽然百灵鸟不见踪影，但有多少喧闹而美丽的鸟儿路过这儿，在河边栖息和休憩！

当地面的白雪像璀璨的钻石在阳光下闪闪发光，或者当挂在树梢的冰凌组成神奇的连拱和无法描绘的水晶的花彩时，有什么东西比白雪更加美丽呢？

在乡村的漫漫长夜里,大家亲切地聚集一堂,甚至时间似乎也听从我们使唤。由于人们能够沉静下来思索,精神生活变得异常丰富。这样的夜晚,同家人围炉而坐,难道不是极大的乐事吗?

(选自《人一生要读的经典》,中国华侨出版社,2013年版)

【交流之窗】

作者开门见山:"我从来热爱乡村的冬天。"冬天的自然美,在乡村。作者讨厌都市富翁们的奢侈和狂欢。

冬天的火炉,冬天的阳光,冬天清新的空气、干爽的地面,冬天幸存的花儿,冬天闪闪发光的白雪,是都市人享受不到的美。

冬天乡村的长夜,使人沉静,家人围炉而坐,是极大的乐事,这是冬天美的核心。

白　鹭

郭沫若

郭沫若（1892—1978），四川人，中国现代著名诗人、作家、学者。代表作品有诗集《女神》。

　　白鹭是一首精巧的诗。
　　色素的配合，身段的大小，一切都很适宜。
　　白鹤太大而嫌生硬，即如粉红的朱鹭或灰色的苍鹭，也觉得大了一些，而且太不寻常了。
　　然而白鹭却因为它的常见，而被人忘却了它的美。
　　那雪白的蓑毛，那全身的流线型结构，那铁色的长喙，那青色的脚，增之一分则嫌长，减之一分则嫌短，素之一忽则嫌白，黛之一忽则嫌黑。
　　在清水田里时有一只两只站着钓鱼，整个的田便成了一幅嵌在玻璃框里的画面。田的大小好像有心人为白鹭设计的镜匣。
　　晴天的清晨，每每看见它孤独地站立在小树的绝顶，看来像是不安稳，而它却很悠然。这是别的鸟很难表现的一种嗜好。人们说它是在望哨，可它真是在望哨吗？
　　黄昏的空中偶见白鹭的低飞，更是乡居生活中的一种恩惠。那是清澄的形象化，而且具有了生命了。
　　或许有人会感到美中的不足，白鹭不会唱歌。但是白鹭的本身不就是一首很优美的歌吗？——不，歌未免太铿锵了。
　　白鹭实在是一首诗，一首韵在骨子里的散文的诗。

1942年10月31日

（选自《郭沫若散文》，人民文学出版社，2007年版）

【交流之窗】

　　这篇小文,用朴素自然的文字勾勒出白鹭娴静优雅之美,想象这样一幅画面:夕阳之下,晚风拂动秋水,蒹葭苍苍随风曳,一只白鹭悠然浮于水面,另一只逆光飞向远处炊烟。孑然一只的白鹭是美的,因其本身的形态就符合人们审美的规律;与山水自然融于一体的白鹭更是美的,因为欣赏者带着发现美的眼睛和诗意的心境,去领略它。

山（节选）

廖华歌

廖华歌，女，1958年生，河南人，中国作家协会会员。代表作品有诗集《忘川行》《梦痕》等。

　　山，你是攀登者的阶梯，是懦夫的绝壁。你永远耻笑那些唏嘘感叹的空谈家，也鄙视那些踟蹰不前的懦夫，你只为勇于攀登的人搭设通途。

　　山，你是一位公正的老师，向攀登者揭示生活的真谛：付出多少力就有多少高度。你是一位严肃的长者，向攀登者发出深长的忠告：不披荆斩棘，健步也会被绊倒。你是一位智慧的哲人，向攀登者发出闪光的预言：山外有山，只有攀登不止的人，才有可能到达光辉的顶点。

　　如今，在我远离故乡，远离你的时候，你依然屹立在我心灵的原野，你依然如远航的船停泊在我心灵的港湾。我依然能听到你父亲般的呼唤。

　　在我迷惘徘徊的时候，你呼唤我：是山的女儿就应坚如磐石；在我骄傲的时候，你呼唤我：是山的女儿就应该虚怀若谷；在我怯懦的时候，你呼唤我：是山的女儿就应该勇敢如山……

　　生活告诉我：心中有一座山，一切的平庸、卑琐、懒惰、颓唐都将一扫而空；心中有一座山，就会感到踏实、坚强，便会感到生活步步如登山，需要永远向上跋涉；心中有一座山，便能昂首挺胸、腰直气壮，具有担当日月、抗击雷霆的胆略和力量！

（选自《廖华歌散文自选集》，河南文艺出版社，1998年版）

【交流之窗】

山,美在哪里?仅仅美在千姿百态、高耸艰险吗?不,山美在品格。山是勇敢、坚韧、崇高、担当的象征。

子曰"仁者乐山",内心坚定、目标明确而又不屈不挠、永远前进的人,才真正理解大山,热爱大山,并能活成一座山的样子。

林中速写

张守仁

张守仁,上海人,北京作协理事,代表作品有散文《林中速写》。

  这里是方圆百里的原始森林。空中,叠翠千丈,遮荫蔽日;地面,葛藤缠绕,落叶盈尺;地下,盘根错节,根须如网。这几乎是一个密封的世界。这里有巨栋大梁,珍禽异兽,奇葩硕果,灵芝妙药。高大挺拔的望天树是林中巨人,直冲云霄,傲视碧海。大青树广展绿冠,庇荫着众多伙伴。松杉竞生。乔灌咸长。荆棘丛集。低层杂草繁密。荫翳处蕨类葳蕤,卧倒的枯树上覆盖着苔藓,又有小树从苔藓中探出新苗。巨蟒似的绞杀植物盘绕于树干。大蚜趴伏在枝杈上吸吮汁液。野雉在林梢飞翔。猴子在树冠摘果。孔雀在泉边开屏。野蜂在花丛中采蜜。蚁群在腐殖层上蠕动。这里蚊蚋成阵,蚂蚱跳跃。长虫在拥挤的空间里扭曲穿行。林间流泻着婉丽的鸟鸣。更有山溪潺潺,叶丛滴翠。幽暗的草丛中,兰花放出馨香,海芋叶旁,龙舌兰伸出锐利的绿剑。开放红白花朵的茑萝,在枯枝上攀缘盘旋。阔叶下的蛛网上缀着露珠,蜗牛驮着贝壳在湿地上爬行。远处林边大象甩动长鼻,悠然踱步。层林之上,鹞鹰在蓝天里滑翔,用它那对犀利的眼睛,窥伺着下界的猎物。如果你仔细观察,就会惊骇于万千动植物形体结构是那么完美:随便一茎小草,一朵鲜花,一颗果实,一株树木,一只飞鸟,一头走兽,它们的躯体组织,它们的色泽、形态,是那么气韵生动,血脉通畅,和环境之间显得和谐无间,浑然天成。啊,那是大自然孕育的杰作。须知每一物种要经过多少万年的演变、适应、竞争、完善,才能达到目前这种鬼斧神工、天衣无缝的状态!和自然界生物的完美结构相比,人间一切科技、文艺作品,都相形见绌。万千物种在这里多层次、高密度地滋生、繁衍、更新、斗争。岁岁年年,世世代代,永不停息。物竞天择,各司其职。相克相生,相辅相成。相互依赖,相互补充。如果上帝偏爱某一物种，要求纯粹、划一，这无异于毁灭某一物种自身。在这里，同一就是同灭，差异才能互补，共生方能共荣。如果它们分离，许多物种将因失去相互制约、转化、补偿、交换等生存条件而死亡。它们只有集结、混生在一起，才能生机蓬勃，旺盛葱茏，荒蛮野性。在这里，每一瞬间，都在发生亿万次的新陈代谢。腐烂与新生、繁荣与枯萎，都在这生命的大舞台上演替。这里有最美妙的天籁，这里有最丰富的色彩，这里有最生动的形象。而当暴风袭来，林海枝舞叶涌，俯仰起伏，万千树干就是万千根摇曳的琴弦，弹奏出惊心动魄的交响乐；云雾涌来，一切淹没在白茫茫的浪涛之下，变成一片摇摆晃动的海底森林；但当热带雨倾泻过后，太阳重又照耀，亿万叶片上的水珠，闪烁出亿万颗晶亮的星星，炫人眼目。且让我以身边潮湿的树墩当书桌，迅速记下这篇即兴式的短文……

（选自《散文》，1990年第4期）

【交流之窗】

自然之美浑然天成，一如"清水出芙蓉，天然去雕饰"。但写出自然美，并非易事，需要极精细的观察和极高明的手笔。一般写景文章常犯的毛病是粗枝大叶，几句话概括全景，而缺少细节的描绘，所以给人以景物不真、印象不深的感觉。

这篇文章好在重视细节，像"阔叶下的蛛网上缀着露珠，蜗牛驮着贝壳在湿地上爬行"这种堪称"微特写"小景，都描摹入微，一丝不苟。这些地方是最可借鉴处。

《树林和草原》选段

屠格涅夫　　丰子恺　译

伊凡·谢尔格耶维奇·屠格涅夫（1818—1883），俄国作家。代表作有《猎人笔记》《父与子》《罗亭》。

一、引诗

……渐渐地牵引他向后方：
回到幽暗的花园里，回到村子上，
那里的菩提树高大而阴凉，
铃兰花发出贞洁的芬芳，
那里有团团的杨柳成行，
从堤畔垂垂地挂在水上，
那里有繁茂的橡树生长在膏腴的田地上，
那里的大麻和荨麻发出馨香……
到那地方，到那地方，到那辽阔的原野上，
那里的土地黑沉沉的像天鹅绒一样，
那里的黑麦到处在望，
静静地泛着柔软的波浪，
从一团团明净的白云中央，
照射出沉重的、金黄色的阳光。
那是个好地方……

——节自《待焚的诗篇》

二、黄昏降临

　　黄昏来临了。晚霞像火焰一般燃烧，遮掩了半个天空。太阳就要落山了。附近的空气似乎特别清澈，像玻璃一样；远处笼罩着一片柔和的雾气，样子很温暖；鲜红的光辉随着露水落在不久以前还充满金色光线的林中旷地上；树林、丛林和高高的干草垛上都投射出长长的影子来……太阳落山了；一颗星在落日的火海里发出颤抖的闪光来……这火海渐渐泛白了；天空发青了；一个个的影子逐渐消失，空气中充满了烟雾。现在该回去了，回到你过夜的村中的农舍里去了。你背上枪，不顾疲倦，迅速地走着……这期间黑夜来临了；二十步之外已经看不见了；狗在黑暗中微微地显出白色。在那边黑压压的丛林上，天际模糊地发亮……这是什么？火灾吗？……不是，这是月亮升起来了。下面靠右边，村子里的灯火已经在闪耀了……终于到达了你的屋子。你从窗子里可以看到铺着白桌布的食桌、焰焰的蜡烛、晚餐……

　　有时你吩咐套上竞走马车，到树林里去猎松鸡。车子在两旁长着又高又密的黑麦的狭路上经过，是很愉快的事。麦穗轻轻地打你的脸，矢车菊绊住你的脚，四周有鹌鹑叫着，马儿跑着懒洋洋的大步子。树林到了。阴暗而寂静。体态匀称的白杨树高高地在你上面簌簌作响；白桦树的下垂的长枝微微颤动；一棵强大的橡树像战士一般站在一棵优雅的菩提树旁边。你的车子在长满绿草的、阴影斑驳的小路上行驶着；黄色的大苍蝇一动不动地在金黄色的空气中逗留了一会儿，突然飞去；小蚊蚋成群地盘旋着，在阴暗的地方发亮，在太阳光里发黑；鸟儿安闲地歌唱着。知更鸟的金嗓子欢愉地发出天真烂漫的絮絮叨叨声，这声音同铃兰的香气很调和。再走远去，再走远去，去到树林的深处……

（选自《猎人笔记》，人民文学出版社，2015年版）

【交流之窗】

树林和草原，美在哪里？

那里，菩提高大，铃兰芬芳，橡树繁茂，荨麻馨香；那里，土地黑沉，云朵洁白,露水明净,晚霞灿烂。

"再走远去,再走远去,去到树林的深处。"从其舒缓的节奏、宁静的氛围,你能感受到作家对俄罗斯广袤土地的深沉的依恋和不尽的爱;自然之美,似乎只有在俄罗斯作家的笔下,才得到了真正细微的展现。

十九世纪俄罗斯作家对自然美的描写,成为后学者的文学财富和创作源泉。

克拉克河谷怀旧

海明威　松　风 译

⊙ 海明威　何作栋绘

欧内斯特·米勒尔·海明威（1899—1961），美国作家，1954年获诺贝尔文学奖。代表作品有《老人与海》等。

　　夏末，大鳟鱼告别了上游的水坑，游到了溪河中央，正要顺流而下，到大峡谷的深水里过冬。因此，九月的头两周，正是垂钓的好时节。此地的鳟鱼肥壮、滑嫩、亮光光的。几乎所有的鳟鱼都跳着咬钩。你要是放两把鱼钩，多半能同时钓着两尾鳟鱼。要在湍急的溪流中摆弄好上了钩的鱼，那技巧就不能是一般的娴熟。

　　夜凉如冰。你若在半夜醒来，会听见郊狼的嚎声。白天，你不必过早到溪边去。一夜的寒风吹彻了溪水，太阳要几近正午才能照到溪河上。只有到那时，鳟鱼才肯出来捕食。

　　上午，你可以骑马到野外溜达溜达；要不，就坐在小屋前，任阳光照在身上，慵懒地远眺河谷对岸。那儿，饲草割了，草地一片萎黄，在一排颤杨映衬下，平平展展的。这会儿到了秋天，颤杨也黄了。远方，起伏的群山上，鼠尾草一片银灰色。

　　河的上游，耸立着两座山峰：引航峰和二指峰。月底，我们可以到那儿去猎山羊。你坐在阳光里，心里惊叹着，群山远远望去竟有如此端正的形状：线条清晰，轮廓分明。于是，你记起了从遥远的地方望到的山影。这情景不同于你停车地方的嶙峋的山崖，不同于你跨过的起伏不平的滑岩，也不同于那突出的狭长的石块。你汗涔涔地从这块通到山峰后面的石头上摸行着，不敢朝下边望一眼，你绕过线条圆滑而规则的山峰，来到一片空地上。下边，山腰上有一块绿草茵茵的凹地。一只老公羊正带着三只小公羊在凹地上的野桧林里吃草。

　　老公羊一身紫灰，只有臀部是白色的。它抬起头时，你能看见它头上的那对犄角又大又厚实。你躺在十里外的一块背风的岩石后面，用一副蔡斯望远镜细细搜寻着这高地上的每一寸风光。当你望着碧油油的野桧丛时,老公羊暴露在你的视线里的,正是它臀部的那撮白毛。

这会儿,你坐在小屋前面。你还记得朝山下射去的子弹。小公羊们直起身子,转过头来注视着老公羊,等着它站起来。它们看不见高处的你,也没有嗅出你的气味。枪声没有惊动它们,它们以为只是又滚下去了一块卵石。

曾记当年,我们在林溪的源头盖了一间木屋。我们每次外出,大灰熊总是撞开了屋门。那年的雪姗姗来迟,这头熊因此迟迟不肯冬眠。整个秋天,它不是扯开木屋的门,就是毁坏陷阱。它精明绝顶,白天,你断不会见到它。你还记得,后来,小锤溪溪头的高地上,来了三头大灰熊。你听到木头断裂的声音,以为是母麋在奔跑。跟着,它们出现在眼前,在零零碎碎的日影里,偷偷地、轻悠悠地跑着;下午的太阳照在它们身上,短而硬的鬃毛闪烁着柔和的银光。

你记得,秋天,麋鹿一天天肥胖起来;公牛离你那么近,它抬头时,你能看到它胸脯肌肉的起伏。但是,你仍看不到它藏在密林中的头。你听到了深沉而高亢的叫声,听见了山谷那边的应和声。你想起了你放弃的一只只畜牲的头。你没有朝它们开枪。它们全令你心旷神怡。

你记得那些初学骑马的孩子,不同的马,不同的骑法。他们是那么热爱那片乡土。你记得最初踏上这块土地时的情形。那年,你开着新买的平生第一辆车来这儿,一下待了四个多月,因为,你得等沼泽地上的路冻得结结实实,车子才能开出去。你该没有忘记,一次次狩猎,一次次垂钓;该没有忘记烈日下的策马扬鞭,还有灰蒙蒙的货车车厢。在寒意袭人的深秋,你骑着马,默默地跟在牛群的后面,朝高坡上走去。你发觉,它们像野鹿一样,既狂蹦乱窜,又温顺恬静;只有它们全都聚拢在一起,朝山下低矮的田野赶去的时候,才高声嘶喊咆哮起来。

然后,就到了冬天。树枝上光秃秃的。大雪漫天飞扬,你看不见路;山口湿了,结了一层冰,你照样在雪地里踏出一条道儿,不停地挪动着双腿,朝山下走去。你到了牧场,一边品尝着撩人的、热乎乎的威士忌,一边在旺烈的炉火旁换上干净衣服。

乡村真美。

(选自《二十世纪外国散文精选》,人民文学出版社,2006年版)

【交流之窗】

海明威的文学作品散发着男性力量美。海明威的景物描写,少了柔美,多了壮美。风花雪月、小桥流水,是一种美;雪山和荒原,也是一种美。

野钓鳟鱼,骑马逛荒野,猎山羊,偶遇大灰熊、麋鹿、公牛……这里弥漫着一种原始、残酷、野性的美。海明威不禁赞叹:"乡村真美。"

晨

高尔基　　齐广春　译

马克西姆·高尔基（1868—1936），苏联著名作家。代表作品有自传体三部曲《童年》《在人间》《我的大学》等。

　　世界上最好的事情是看白天是怎样诞生的！太阳的第一道光线刚一闪现在天空，黑夜的阴影悄悄地往山谷和石缝中躲藏，藏在茂密的树叶里，藏在满是露水的花边一样的野草里，而山峰则爱抚地微笑着，好像在对柔弱的黑夜的暗影说："别怕，这是太阳！"
　　海浪高高地昂起漂亮的白头，向太阳礼拜。就像宫廷的美女向国王朝拜一样，一边朝拜，一边歌唱："向您致敬，世界的君主！"
　　仁慈的太阳笑着：这些海浪快活地转了一整夜，现在它们头发蓬乱，绿色的衣裳揉皱了，丝绒的拖地长裙在脚下绊来绊去。
　　"你们好！"太阳一边从海上升起一边说，"美人们，你们好！不过——够了，安静点儿吧！如果你们不停地跳得那么高，孩子们就不能游泳了！应该让世人都感到很好，对吧？"
　　绿色的蜥蜴从石缝中爬出来，眨着惺忪的睡眼互相说道："今天要热啊！"
　　在炎热的天气里，苍蝇懒得飞，蜥蜴容易捉到它们吃，而吃肥大的苍蝇该多么惬意呀！蜥蜴是不要命的馋鬼。
　　沾满沉甸甸露珠的花朵摇摇摆摆，好像在引逗人似的说："先生，请描写一下我们早晨载着露珠的美貌吧！请用语言给花儿们画一幅小小的肖像吧！试试看，这很容易，因为我们是非常普通……"
　　这些狡猾的小家伙！它们明明知道人不能用语言描绘出它们那招人喜欢的美貌来——它们在笑呢！
　　我尊敬地摘下帽子，对它们说："你们太可爱了！谢谢你们给我的光荣,不过我今天没有时间。以后,也许……"

它们骄傲地笑了,把脸朝向太阳,太阳的光辉在露珠上闪烁着,花瓣和叶子像钻石似的闪着光芒。

金色的蜜蜂和胡蜂已在花儿上边盘旋,它们一边盘旋,一边贪婪地采集着馥郁的花粉,而在温暖的空气中则充满着它们浑厚的歌声:赞美太阳——使生活变得快乐!赞美劳动——使大地变得美丽!

红胸脯的知更鸟醒了,它用纤细的两腿站着,摇摇摆摆,也在唱自己轻柔而快乐的歌——鸟儿比人更懂得生活在世上是多么幸福!知更鸟总是首先出来迎接朝阳;在遥远而寒冷的俄罗斯,知更鸟被叫作"朝霞鸟",因为这种鸟胸脯上的羽毛是朝霞色的。在灌木丛中,活泼的黄雀跳跃着,它们的颜色灰黄相间,像街上的孩子——也那么淘气,那么不停地喊叫着。

追捕昆虫的燕子和雨燕一掠而过,如黑色的箭支,发出愉快和幸福的声音——长一对轻快的翅膀多么好啊!

笠松的枝叶摇晃着,它们宛如一些大酒杯,注满了阳光就像注满了金色的醇酒一样。

以劳动为生的人们醒来了,他们终生美化世界,为世界创造财富,但却从生到死一直受穷受苦。

是什么原因呢?

这个问题,你以后长大了就会明白,当然,如果你想明白的话;而现在呢,你要学会热爱太阳,热爱一切快乐和力量的源泉,要快活,要善良,就像对万物一视同仁的善良的太阳一样。

人们醒了,他们向田野走去,向自己的劳动场所走去。太阳看着他们,微笑着:它最了解人们在大地上做了多少好事,它曾看到过从前的大地是一片荒凉,而如今则满是人们——人们祖祖辈辈创造的伟大劳动成果,除了那些严肃的、孩子们现在还不理解的事物之外,他们还创造了各种玩具和世上一切令人高兴的东西,如电影院。

啊,我们的先人劳动得多么出色!他们在我们周围所创造的一切伟大劳动成果是多么值得爱惜和尊重啊!孩子们,不妨想一想:人在大地上劳动的童话是世界上最有趣的童话呀!……

田埂上的玫瑰正在泛红，各处的花儿都在微笑，其中有许多正在凋谢，但它们仍然望着蓝天，望着金色的太阳，它们丝绒似的花瓣簌簌作响，散发出一种甜蜜的馨香，而在蔚蓝色的温暖的洋溢着芬芳的空气里，则轻轻地荡漾着柔情爱抚的歌声：

美终究是美，
即使是在它凋谢的时候；
我们的爱始终是爱，
即使是在我们要死的时候……

白天降临了！你们好啊，孩子们，愿你们的一生里有无数个美好的白天，我写的这个东西枯燥吗？真是毫无办法：人一过了四十岁，就变得有些枯燥了。

（选自《外国名家散文经典》，长江文艺出版社，2003年版）

【交流之窗】

一天之计在于晨。早晨，美在何处？

高尔基热忱讴歌早晨：世界上最好的事情是看白天是怎样诞生的！海浪向太阳礼拜，蜥蜴忙活起来，花朵摇摆着逗人，蜜蜂和胡蜂在盘旋着赞美太阳，知更鸟迎接朝阳，燕子一掠而过……人们醒来，开始劳动，美化世界，创造财富。

美终究是美。

黎明，是明快的，是一种祝福。而日光中的劳动，是另一种美。

太湖游记（节选）

钟敬文

钟敬文（1903—2002），广东人。中国现代民俗学家、散文作家，著有散文集《荔枝小品》《西湖漫拾》等。

我们终于到了"湖山第一"的惠山。刚进山门，两旁有许多食物店和玩具店，我们见了它，好像得到了一个这山是怎样"不断人迹"的报告。

车夫导我们进惠山寺，在那里买了十来张风景片，登起云楼。楼虽不很高，但上下布置颇佳，不但可以纵目远眺，小坐其中，左右顾盼，也很使人感到幽逸的情致。昔人题此楼诗，有"秋老空山悲客心，山楼静坐散幽襟。一川红树迎霜老，数曲清馨远寺深"之句。

现在正是"四照花开"的春天（楼上楹联落句云："据一山之胜，四照花开。"真是佳句！），而非"红树迎霜"的秋暮。所以这山楼尽容我"静坐散幽襟"，而无须作"空山悲客心"之叹息了。

天下第二泉，这是一个多么会耸动人听闻的名词。我们现在虽没有"独携天上小圆月"，也总算"来试人间第二泉"了。泉旁环以石，上有覆亭。近亭壁上有"天下第二泉"署额。另外有乾隆御制诗碑一方，矗立泉边。我不禁想起这位好武而且能文的皇帝。他巡游江南，到处题诗制额，平添了许多古迹名胜，给予后代好事的游客以赏玩凭吊之资。

梅园，是无锡一个有力的名胜。

当刚到园门时，我们的心是不期然地充满着希望与喜悦了。循名责实，我们可以晓得这个园里应该有着大规模的梅树吧。可惜来得太迟了，"万八千株芳不孤"的繁华，已变成了"绿叶成荫子满枝"。然而又何须斤斤然徒兴动其失时之感叹呢？园里的桃梨及其他未识名的花卉，正纷繁地开展着红、白、蓝、紫诸色的花朵，在继续着梅花装点春光的工作啊。

我们走上招鹤亭，脑里即刻联想到孤山的放鹤亭。在亭上凭栏眺望，可以见到明波荡漾的太湖和左右兀立的山岭。我至此，紧张烦扰的心益发豁然开朗了。口里非意识地念着昔年读过的"放鹤亭中一杯酒，楚山齾齾水粼粼"的诗句，与其说是清醒了悟，还不如说是沉醉忘形更来得恰当些吧。

（选自《钟敬文散文》，安徽教育出版社，2010年版）

【交流之窗】

　　山、水、树林、草原、雪山、白鹭……自然风景具有天然自足的美，而亭台楼阁、历史掌故、古人佳句，具有一种与自然美相配的人文美，自然美与人文美相得益彰，丰富了美的世界。

　　钟敬文先生环太湖一游，抵惠山，登云楼，赏古迹，游园赏花，凭栏眺望，口中诵诗，紧张消失，烦忧云散，这是一种容身自然的沉醉忘形。

黄山松

张万舒

张万舒,安徽人,中国当代诗人。

好!黄山松,我大声为你叫好,
谁有你挺得硬,扎得稳,站得高;
九万里雷霆,八千里风暴,
劈不歪,砍不动,轰不倒!

要站就站上云头,
七十二峰你峰峰皆到;
要飞就飞上九霄,
把美妙的天堂看个饱!

不怕山谷里阴风的夹袭,
你双臂一抖,抗得准,击得巧!
更不畏高山雪冷寒彻骨,
你折断了霜剑,扭弯了冰刀!

谁有你的根底艰难贫苦啊,
就从那紫色的岩上挺起了腰;
即使是裸露着的根须,
也把山岩紧紧地拥抱!

你的雄姿像千古高峰不动摇,
每一根针叶都闪烁着骄傲;

那背阳的阴处,你横眉怒扫,
向着阳光,你迸出劲枝万千条!

呵,黄山松,我热烈地赞美你,
我要学你艰苦奋战,不屈不挠;
看!在这碧紫透红的群峰之上,
你像昂扬的战旗在呼啦啦地飘。

(选自《诗刊》,1963年第1期)

【交流之窗】

在险峻的黄山山崖,松树挺得硬,扎得稳,站得高!

黄山松的美,不是温顺柔和的美,而是一种坚强、大写的美,一种精神品格的美:沐浴雷霆风暴,不歪不倒,站云头,飞九霄,不畏冷寒,挺起腰,横眉怒扫,心向阳光,艰苦奋战,不屈不挠。所以作者才以浓烈的笔触,讴歌黄山松!

大声朗读这首诗,读出对黄山松的赞美,让黄山松的精神气质,灌注心田。

中国古代诗词三首

绝 句

杜 甫

两个黄鹂鸣翠柳,一行白鹭上青天。
窗含西岭千秋雪,门泊东吴万里船。

村 夜

白居易

霜草苍苍虫切切,村南村北行人绝。
独出前门望野田,月明荞麦花如雪。

怨王孙

李清照

湖上风来波浩渺,秋已暮、红稀香少。
水光山色与人亲,说不尽、无穷好。
莲子已成荷叶老,青露洗、蘋花汀草。
眠沙鸥鹭不回头,似也恨、人归早。

【交流之窗】

言近旨远,意思是说,言语表达浅显易懂,却意味无穷。

"两个黄鹂鸣翠柳,一行白鹭上青天。"运用数字对比、色彩对比,写出江南冬春交接之际的清丽美。

"霜草苍苍虫切切""月明荞麦花如雪",运用比喻,写出了秋夜的清冷美。

"水光山色与人亲,说不尽、无穷好。""眠沙鸥鹭不回头,似也恨、人归早。"运用亲切、精妙的拟人笔法,写出了"人、水、山、鸥鹭"之间的亲密美。

● 理性之光

自然与人

汤川秀树　陈喜儒　译

汤川秀树（1907—1981），日本理论物理学家，1949年获诺贝尔物理学奖。

　　自然创造了曲线，人创造了直线。

　　我坐在车里呆呆地望着窗外的景色，头脑中突然蹦出了这样一句话。远近丘陵的轮廓，草木的枝枝叶叶，都是无数条线条、无数个面交织在一起，其中没有一条笔直的线和一个平坦的面。与此相反，田园用直线划分，而散落其间的房屋的屋顶、墙壁都基本呈直线和平面。

　　自然界为什么只用曲线来表现？其理由很简单，如果没有特殊情况，偶然出现的直线概率，要比其他一般出现的曲线概率无限小。那么人类为什么选择直线呢？从遵循最简单的规则的意义来说，这是最便于使用的方法。

　　自然创造的人类的肉体本身，也是由复杂微妙的曲线构成的。但人类的精神在探求自然深处的奥秘时，反而在曲线的外貌中发现了潜藏的直线骨骼。实际上，迄今为止人类发现的自然法则，在某种意义上说几乎都是直线的。但是，倘若继续探索，也许会发现并非直线的自然的神髓。

　　这个问题，可能更应该是理论物理学今后的课题吧？

（选自《文苑》，2011年第9期）

【交流之窗】

"自然创造了曲线",那是因为"偶然出现的直线概率,要比其他一般出现的曲线概率无限小";"人创造了直线",那是因为直线"最便于使用"。但是,作者认为人类"倘若继续探索,也许会发现并非直线的自然的神髓"。这是多么吸引人去研究的一个概念啊。

美

泰戈尔　　白开元　译

拉宾德拉纳特·泰戈尔（1861—1941），印度诗人、文学家、哲学家。1913年，他以《吉檀迦利》成为第一位获得诺贝尔文学奖的亚洲人。

夕阳坠入地平线，西天燃烧着鲜红的霞光，一片宁静轻轻落在梵学书院娑罗树的枝梢上，晚风的吹拂也便弛缓起来。一种博大的美悄然充溢我的心头。对我来说，此时此刻，已失落其界限。今日的黄昏延伸着，融入无数时代前的邈远的一个黄昏。在印度的历史上，那时确实存在隐士的修道院，每日喷薄而出的旭日，唤醒一座座净修林中的鸟啼和《娑摩吠陀》的颂歌。白日流逝，晚霞鲜艳的恬静的黄昏，召唤终年为祭火提供酥油的牛群，从芳草萋萋的河滨和山麓归返牛棚。在印度那淳朴的生活，肃穆修行的时光，在今日静谧的暮天清晰地映现。

我忽然想起，我们的雅利安祖先，一天也不曾忽视一望无际的恒河平原上日出和日落的壮丽景象。他们从未冷漠地送别晨夕和晚祷。每位瑜珈行者和每家的主人，都在心中热烈欢迎迷人的景色。他们把自然之美迎进了祭神的庙宇，以虔诚的目光注望美中涌溢的欢乐。他们抑制着激动，稳定着心绪，将朝霞和暮色溶入他们无限的遐想。我认为，他们在河流的交汇处，在海滩，在山峰上欣赏自然美景的地方，不曾营造自己享受的乐园；在他们开辟的圣地和留下的名胜古迹中，人与神浑然一体。

暮空中萦绕着我内心的祈祷：愿我以纯洁的目光瞻仰这美的伟大形象，不以享乐思想去黯淡和去贬低世界的美，要学会以虔诚使之愈加真切和神圣。换句话说，要弃绝占有它的妄想，心中油然萌发为之献身的决心。

我又觉得，认识到真实的美，美的崇伟，不是件容易的事。我们摈弃许多东西，把厌烦的许多东西推得远远的，对许多矛盾视而不见，在合乎心意的狭小范围内，把美当作时髦的奢侈品。我们妄图让世界艺术女神沦为女婢，羞辱她，失去了她，同时也丧失了我们的福祉。

撇开人的好恶去观察，世界本性并不复杂，很容易窥见其中的美和神灵。将察看局部发现的矛盾和形变，掺入整体之中，就不难看到一种恢宏的和谐。

然而，我们不能像对待自然那样对待人。周围的每一个人离我们太近，我们以特别挑剔的目光夸大地看待他的小疵。他短时的微不足道的缺点，在我们的感情中往往变成非常严重的过错。贪欲、愤怒、恐惧、忧愁妨碍我们全面地看人，而让我们在他人的小毛病中摇摆不定。所以我们很容易在寥廓的暮空发现美，而在俗人的世界却不容易发现。

今日黄昏，不费一点力气，我们见到了宇宙的美妙形象。宇宙的拥有者亲手把完整的美捧到我们的眼前。如果我们仔细剖析，进入它的内部，扑面而来的是数不清的奇迹。此刻，无垠的暮空的繁星间飞驰着火焰的风暴，若容我们目睹其一部分，必定目瞪口呆。用显微镜观察我们前面那株姿态优美的斜倚星空的大树，我们能看清许多脉络，许多虬须，树皮的层层褶皱，枝丫的某些部位干枯，腐烂，成了虫豸的巢穴。站在暮空俯瞰人世，映入眼帘的一切，都有不完美和不正常之处。然而，不扬弃一切，广收博纳，卑微的，受挫的，变态的，全部拥抱着，世界坦荡地展示自己的美。整体即美，美不是荆棘包围的窄圈里的东西，造物主能在静寂的夜空毫不费力地向世人昭示。

强大的自然力的游戏惊心动魄，可我们在暮空却看到它是那样宁静，那样绚丽。同样，伟人一生经受的巨大痛苦，在我们眼里也是美好的，高尚的。我们在完满的真实中看到的痛苦，其实不是痛苦，而是欢乐。

我曾说过，认识美需要克制和艰苦的探索，空虚的欲望宣扬的美，是海市蜃楼。

当我们完美地认识真理时，我们才真正地懂得美。完美地认识了真理，人的目光才纯净，心灵才圣洁，才能不受阻挠地看见世界各地蕴藏的欢乐。

（选自《泰戈尔散文选》，长江文艺出版社，2013年版）

【交流之窗】

泰戈尔先生从黄昏"博大的美",联想到祖先与自然美的融合,祈愿自己献身于世界的伟大的美,感叹"认识到真实的美,美的崇伟,不是件容易的事。"因为世界整体具有"恢宏的和谐""完整的美"。

泰戈尔先生认为,认识美需要克制和艰苦的探索,欲望宣扬的美是海市蜃楼;当我们完美地认识真理时,我们才真正地懂得美,才能看见世界各地蕴藏的欢乐。

我们认同泰戈尔先生的观点,我们认为,真善美,三位一体,不可割裂,并且,真善美三者的前后逻辑关系不能颠倒,因为,真是善的基础,真与善,是美的基础。

美与欢乐,是世界万物最高的属性。

第二编
体物之工

⊙ 秦秋寒印

自然，大自然，神奇的自然，神妙的自然，无限宏大里藏着无尽精妙的大自然！它怎么会舍弃任何一种形式的美呢？而人，以现有人类理性所知，乃生命中最神奇的，乃造化所最爱。人，不仅能享用自然之美，且能临摹自然之美，乃至创造本属于自然美、来源于自然美的一种美学——人，喜欢把他所品鉴的自然美，描摹得更加美轮美奂、格调高远。

　　本编所选诗文，侧重于描写风物的细腻独到。有的诗文就某种物象（或动物，或植物……）而工笔细描，如《天鹅》《云雀》《杨花》，难道作者像照相一样，仅仅把事物照下来吗？心灵敏感、心思精巧的人类，喜欢托物言志，喜欢使用"比喻""象征"的方式，喜欢通过所咏的事物寄托自己的某种信念。请你通过诵读，体会作者倾注于他所描摹的那个事物的情感以及他想赞美的某种品质。

　　有的诗文，抒写了某自然风物的某种风情、某种情调，如《济南的秋天》《中国古代诗歌选之山水篇》，对这些诗文或熟读之，或背诵之，一定可以增强你感知自然风物、摹写自然风物、借咏物以抒怀的能力。这种能力，是大自然所喜欢的，因为造化创造了美，它需要人类来表达之、细化之。

　　"理性之光"部分所选《美是宇宙的一种表现》《说"木叶"》，说理性稍强，请你一定标画每一段落的主要观点，并看看作者是如何来论证他自己的观点的。

　　正如爱默生先生在《美是宇宙的一种表现》一文里所言："品行好的人与自然融为一体，并且自己也成为无限中的核心人物。"他的意思是说，美何止仅仅是美的，而且"美"蕴含着"善"，"美"展现着"善"。开始你的阅读、标画、感悟、仿写之旅吧！你行走在美丽、高雅、善良里。

第二编　体物之工

● 文学之花

泰戈尔散文诗两首

泰戈尔　郑振铎　译

花的学校

当雷云在天上轰响,六月的阵雨降落的时候,
润湿的东风走过荒野,在竹林中吹着口笛。
于是一群一群的花从无人知道的地方突然跑出来,
在绿草地上狂欢地跳着舞。

妈妈,我真的觉得那群花朵是在地下的学校里上学。他们关了门在做功课。
如果他们想在散学以前出来游戏,他们的老师是要罚他们站壁角的。
雨一来,他们便放假了。

树枝在林中互相碰触着,绿叶在狂风里飒飒地响,雷云拍着大手。
这时花孩子们便穿了紫色的、黄色的、白色的衣裳,冲了出来。

你可知道,妈妈,他们的家是在天上,在星星所住的地方。
你没看见他们怎样地急着要到那儿去么?你不知道他们为什么那样急急忙忙么?
我自然能够猜得出他们是对谁扬起双臂来:
他们也有他们的妈妈,就像我有自己的妈妈一样。

起　源

　　掠过婴儿双目的睡眠,有谁知道它来自何方?是的,传说它来自森林阴影中,萤火虫迷离之光照耀着的梦幻村落,那儿悬挂着两个腼腆而迷人的蓓蕾。它从那儿飞来,轻吻着婴儿的双眸。

　　婴儿沉睡时唇边闪现的微笑,有谁知道它来自何方?是的,传说是新月那一丝青春的柔光,碰触到将逝的秋云边缘,于是微笑便在沐浴着露珠的梦中——当婴儿沉睡时,微笑便在他唇边闪现。

　　甜美柔嫩的新鲜气息,如花朵般绽放在婴儿的四肢上——有谁知道它久久地藏匿在什么地方?

　　是的,当妈妈还是少女时,它已在她心间,在爱的温柔和静谧的神秘中潜伏——甜美柔嫩的新鲜气息,如花朵般绽放在婴儿的四肢上。

　　　　　　　　　　　(选自《新月集》,陕西师范大学出版社,2009年版)

【交流之窗】

　　在《花的学校》里,泰戈尔模拟孩童的视角,把花儿比喻为放假散学的孩童,自由快乐,并以孩童的口吻,说出花儿也渴望妈妈的怀抱,这是多么别致的情怀和文笔!

　　在《起源》里,泰戈尔先生说"掠过婴儿双目的睡眠",来自森林阴影,携带着萤火虫和迷人的蓓蕾,"轻吻着婴儿的双眸"。"轻吻",显示用词之精当!

　　在《起源》里,"在婴儿的四肢上"绽放"甜美柔嫩的新鲜气息",来自于他妈妈少女时代内心的爱。这花儿一般温柔的文笔,歌颂了孩童和母爱。

　　泰戈尔先生的文笔出神入化,那是源于他细腻的情感和精妙的想象。

溪 水

苏雪林

苏雪林（1897—1999），浙江人，中国现当代女作家。

我们携着手走进林子，溪水漾着笑涡似乎欢迎我们的双影。这道溪流，本来温柔得像少女般可爱，但不知何时流入深林，她的身体便被囚禁在重叠的浓翠中间。

早晨时她不能向玫瑰色的朝阳微笑，夜深时不能和娟娟的月儿谈心，她的明澈晶莹的眼波，渐渐变成忧郁的深蓝色，时时凄咽着忧伤的调子。她是如何的沉闷啊！在夏天的时候。

几番秋雨过后，溪水涨了几篙；早凋的梧楸，飞尽了翠叶；黄金色的朝霞，从枒丫树隙里，深入溪中；泼靛的波面，便泛出彩虹似的光。

现在，水恢复从前的活泼和快乐了，一面急忙地向前走着，一面还要和沿途遇见的落叶、枯枝……淘气。

一张小小的红叶儿，听了狡狯的西风的劝告，私下离开母枝出来玩耍，走到半路上，风偷偷儿地溜走了，他便一跤跌在溪水里。

水是怎样的开心啊，她将那可怜的迷路的小红叶儿，推推挤挤地推到一个旋涡里，使他滴滴溜溜地打圆转儿；那叶向前不得，向后不得，急得几乎哭出来；水笑嘻嘻地将手一松，他才一溜烟地逃走了。

水是这样欢喜捉弄人的，但流到坝塘边，她自己的磨难也来了，你记得吗？坝下边不是有许多大石头，阻住水的去路？

水初流到石边时，还是不经意地涎着脸撒娇撒痴地要求石头放行，但石头却像没有耳朵似的，板着冷静的面孔，一点儿不理。于是水开始娇嗔起来了，拼命向石头冲突过去。冲突激烈时，浅碧的衣裳袒开了，露出雪白的胸臂，肺叶收放，呼吸极其急促，发出怒吼的声音来，缕缕银丝，四散飞起。

噼噼啪啪，温柔的巴掌，尽打在石头皱纹深陷的颊边——她真的怒了，不是儿戏。

谁说石头是始终顽固的呢？巴掌来得狠了，也不得不低头躲避。于是水得以安然渡过难关了。

她虽然得胜了，然而弄得异常疲倦，曳了浅碧的衣裳去时，我们还听见她断续的喘息声。

我们到这树林中来，总要到这坝塘边参观水石的争执，一坐总是一两个钟头。

（选自《绿天》，东方出版社，2004年版）

【交流之窗】

作者通篇用拟人手法，把溪水写"活"。说"溪水漾着笑涡似乎欢迎我们"，溪水像少女般可爱，转入森林的溪水，有些忧郁。

作者重点描写了溪水和一张红叶儿的嬉戏：红叶儿，听了狡狯的西风的劝告，私下离开母枝出来玩耍，走到半路上，被风丢弃，一跤跌在溪水里。水将小红叶儿推推挤挤的，急得红叶儿几乎哭出来。水捉弄红叶，多么富有人性化的描写！

作者又重点描写了溪水与大石头的争执：水涎着脸撒娇撒痴地要求石头放行，但石头板着面孔，水开始娇嗔起来了，拼命向石头冲过去。溪水顾不得害羞，衣裳袒开了，露出雪白的胸臂，肺叶收放，发出怒吼。

作者观看水石相争，"一坐总是一两个钟头"。这是能工笔写"活"溪水的基础啊。

云 雀

儒勒·列那尔　　徐知免　译

儒勒·列那尔（1864—1910），法国小说家、散文家、戏剧作家。代表作品有《胡萝卜须》和《自然的故事》。

　　我从来没有见过云雀，尽管我黎明即起，也是徒然。云雀不是地上的鸟儿。
　　从今天早晨起，我就踏着泥块和干草到处寻觅。
　　一群群灰色的麻雀或鲜艳的金翅鸟在荆棘篱笆上飘来飘去。
　　松鸦穿着区长礼服在检阅树丛。
　　一只鹌鹑从苜蓿地上掠过，在空中画出一道笔直的墨线。
　　牧羊人比妇女还要精巧地打着毛线，他身后跟随着一色的羊群。
　　这一切都浸润在清新的朝晖之中，即使从来不预报吉兆的乌鸦也令人含笑。
　　听吧，像我这样倾听吧。
　　您听见，在那上面，某个地方，正在金杯里捣碎一颗颗水晶细粒吗？
　　谁能告诉我云雀在哪里歌唱？
　　如果我仰望苍穹，太阳光会烧灼我的眼睛。
　　我只好不去看她。
　　云雀生活在天上，在天上的飞鸟中，唯有你，歌声闻于人间。

（选自《自然纪事》，浙江文艺出版社，2012年版）

【交流之窗】

"灰色的麻雀或鲜艳的金翅鸟""飘来飘去","松鸦穿着区长礼服在检阅树丛",鹌鹑"掠过,在空中画出一道笔直的墨线",作者对这些普通的鸟儿的描写,用笔足够精妙,但这些鸟儿怎么能与云雀相比!

云雀岂是凡间的鸟儿?云雀生活在天上,是天上的飞鸟。

"在那上面,某个地方,正在金杯里捣碎一颗颗水晶细粒吗?"作者把云雀的歌唱比喻为"在金杯里捣碎一颗颗水晶细粒",云雀及其歌声,象征了极其美好的人或事物,难以亲见,但我依然寻觅。

杨 花

普里什文　　潘安荣　译

米哈伊尔·米哈伊洛维奇·普里什文（1873—1954），苏联作家，被俄罗斯文坛称为大自然的诗人与文人。

我拍摄白杨树上的鞭毛虫，它们正把杨花纷纷撒落下来。蜜蜂儿迎着太阳顶风飞着，犹如飞絮一般。你简直分辨不出，那是飞絮，还是蜜蜂，是植物种子飘落下来求生呢，还是昆虫在飞寻猎物。

静悄悄的，杨花蒙蒙飞舞，一夜之间就铺满了各处道路和小河湾，看去好像盖上了一层皑皑白雪。我不禁回想起了一片密密的白杨树林，那儿飘落的白絮足有一厚层。我们曾把它点上了火，火势就在密林中猛散开来，使一切都变成了黑色。

杨花纷飞，这是春天里的大事。这时候夜莺纵情歌唱，杜鹃和黄鹂一声声啼啭，夏天的鹟鹩也已试起歌喉了。

每一回，每一年春天，杨花漫天飘飞的时候，我心里总有说不出的忧伤：白杨种子的浪费，好像竟比鱼在产卵时的浪费更加大，这使我难受而不安。

在老的白杨树降白絮的时候，小的却把肉桂色的童装换为翠绿色的丽服：就像农村里的姑娘，在过年过节串门游玩的时候，时而这么打扮，时而那么打扮一样。

人的身上有大自然的全部因素：只要人有意，便可以和他身外所存在的一切互相呼应。

就说这根被风吹下来的白杨树枝吧，它的遭遇多么使我们感动：它躺在地下林道的车辙里，身上日复一日地忍受着车轮的重压却仍然活着，长出白絮，让风给吹走，带它的种子去播种……

拖拉机耕地，不能机耕的地方用马来耕；分垄播种机播种，不能机播的地方用筐子照老法子来播,这些操作的细节令人看不胜看……

雨过后,炎热的太阳把森林变成了一座暖房,里面充满了正在生长和腐烂的植物的醉人芳香:生长着的是白桦的叶芽和纤茸的春草,腐烂的是别有一种香味的去岁的黄叶。旧干草、麦秆以及长过草的浅黄色的土墩上,都生出了芊绵的碧草。白桦的花穗也已绿了。白杨树上仿佛小毛虫般的种子飘落着,往一切东西上面挂着。就在不久以前,去岁硬毛草的又高又浓又密的圆锥花序,还高高地兀立着,摇来摆去,不知吓走了多少兔子和小鸟。白杨的小毛虫落到它身上,却把它折断了,接着新的绿草又把它覆盖了起来。不过这不是很快的,那黄色的老骨骼还长久地披着绿衣,长着新春的绿色的身体。

第三天,风来散播白杨的种子了。大地不倦地要着愈来愈多的种子。微风轻轻送来,飘落的白杨种子越来越多。整个大地都被白杨的小毛虫爬满了。尽管落下的种子有千千万,而且只有其中的少数才能生长,却毕竟一露头就会成为蓊茸的小白杨树林,连兔子在途中遇上都会绕道而过。

小白杨之间很快会展开一场斗争:树根争地盘,树枝争阳光。因而人就把它们疏伐一遍。长到一人来高时,兔子开始来啃它的树皮吃。好容易一片爱阳光的白杨树林长成,那爱阴影的云杉却又来到它的帷幕下面,胆怯地贴在它的身边,慢慢地长过它的头顶,终于用自己的阴影绝灭了爱阳光的不停地抖动着叶子的树木……

当白杨林整片死亡,在它原来地方长成的云杉林中西伯利亚狂风呼啸的时候,却会有一棵白杨侥幸地留存在附近的空地上,树上有许多洞和节子,啄木鸟来凿洞,椋鸟、野鸽子、小青鸟却来居住,松鼠、貂常来造访。等到这棵大树倒下,冬天的时候附近的兔子便来吃树皮,而吃这些兔子的,则是狐狸:这里成了禽兽的俱乐部,整个森林世界都像这棵白杨一样,彼此有千丝万缕的联系,都应该描绘出来。

我竟倦于看这一番播种了,因为我是人,我生活在悲伤和喜悦的经常交替之中。现在我已疲乏,我不需要这白杨,这春天,现在我仿佛感到,连我的"我"也溶解在疼痛里,就连疼痛也消失了——什么都不存在了。我默默地坐在老树桩上,把头搁在手里,把眼盯在地上,白杨的小毛虫落了我一身，也毫不在意。无所谓坏的，无所谓好的……我之存在，像一颗撒满白杨种子的老树桩的延续。

但是我休息过来了，惊讶地从异常欢愉的安谧之海中恍然苏醒，环视了四周，重新看到了一切，为一切而欣喜。

（选自《林中水滴》，百花文艺出版社，1984年版）

【交流之窗】

普里什文先生的文笔摇曳多姿，极尽描写之能事！这源于他对自然的精细观察。

你看："夏天的鹪鹩也已试起歌喉"，"也已""试起"，两个词，传达出春夏之交的季节特色。

你看：小的白杨树"把肉桂色的童装换为翠绿色的丽服"，"童装"换为"丽服"，既有拟人也有比喻。"小白杨就像农村里的姑娘，在过年过节串门游玩的时候，时而这么打扮，时而那么打扮一样。"这是比喻和类比。

普里什文先生不仅观察和描绘风景，他由此沉思："人的身上有大自然的全部因素"，他在大自然各种事物的生老病死中，感悟着自己的"悲伤和喜悦的经常交替"。

济南的秋天

老 舍

⊙ 老舍 韩得刚绘

老舍（1899—1966），北京人。中国现代小说家、戏剧家。代表作品有小说《骆驼祥子》《四世同堂》，话剧《茶馆》。

济南的秋天是诗境的。设若你的幻想中有个中古的老城，有睡着了的大城楼，有狭窄的古石路，有宽厚的石城墙，环城流着一道清溪，倒映着山影，岸上蹲着红袍绿裤的小妞儿。你的幻想中要是这么个境界，那便是个济南。设若你幻想不出——许多人是不会幻想的——请到济南来看看吧。

请你在秋天来。那城，那河，那古路，那山影，是终年给你预备着的。可是，加上济南的秋色，济南由古朴的画境转入静美的诗境中了。这个诗意秋光秋色是济南独有的。上帝把夏天的艺术赐给瑞士，把春天的赐给西湖，秋和冬的全赐给了济南。秋和冬是不好分开的，秋睡熟了一点便是冬，上帝不愿意把它忽然唤醒，所以做个整人情，连秋带冬全给了济南。

诗的境界中必须有山有水。那末，请看济南吧。那颜色不同，方向不同，高矮不同的山，在秋色中便越发的不同了。以颜色说吧，山腰中的松树是青黑的，加上秋阳的斜射，那片青黑便多出些比灰色深，比黑色浅的颜色，把旁边的黄草盖成一层灰中透黄的阴影。山脚是镶着各色条子的，一层层的，有的黄，有的灰，有的绿，有的似乎是藕荷色儿。山顶上的色儿也随着太阳的转移而不同。山顶的颜色不同还不重要，山腰中的颜色不同才真叫人想作几句诗。山腰中的颜色是永远在那儿变动，特别是在秋天，那阳光能够忽然清凉一会儿，忽然又温暖一会儿，这个变动并不激烈，可是山上的颜色觉得出这个变化，而立刻随着变换。忽然黄色更真了一些，忽然又暗了一些，忽然像有层看不见的薄雾在那儿流动，忽然像有股细风替"自然"调和着彩色，轻轻地抹上一层各色俱全而全是淡美的色道儿。有这样的山,再配上那蓝的天,晴暖的阳光;蓝得像要由蓝变绿了,可又没完全绿了;晴暖得要发燥了,可是有点凉风,正像诗一样的温柔:这便是济南的秋。况且因为颜色的不同,那山的高低也更显然了。高的更高了些,低的更低了些,山的棱角曲线在晴空中更真了,更分明了,更瘦硬了。看山顶上那个塔!

再看水。以量说,以质说,以形式说,哪儿的水能比济南?有泉——到处是泉——有河,有湖,这是由形式上分。不管是泉是河是湖,全是那么清,全是那么甜,哎呀,济南是"自然"的Sweet heart吧?大明湖夏日的莲花,城河的绿柳,自然是美好的了。可是看水,是要看秋水的。济南有秋山,又有秋水,这个秋才算个秋,因为秋神是在济南住家的。先不用说别的,只说水中的绿藻吧。那份儿绿色,除了上帝心中的绿色,恐怕没有别的东西能比拟的。这种鲜绿色借着水的清澄显露出来,好像美人借着镜子鉴赏自己的美。是的,这些绿藻是自己享受那水的甜美呢,不是为谁看的。它们知道它们那点绿的心事,它们终年在那儿吻着水皮,做着绿色的香梦。淘气的鸭子,用黄金的脚掌碰它们一两下。浣女的影儿,吻它们的绿叶一两下。只有这个,是它们的香甜的烦恼。羡慕死诗人呀!

在秋天,水和蓝天一样的清凉。天上微微有些白云,水上微微有些波皱。天水之间,全是清明,温暖的空气,带着一点桂花的香味。山影儿也更真了。秋山秋水虚幻地吻着。山儿不动,水儿微响。那中古的老城,带着这片秋色秋声,是济南,是诗。

(选自《老舍全集》,人民文学出版社,2013年版)

【交流之窗】

多少人浸润在济南的秋天里,为什么只有老舍先生写出如此精妙的文章?

文章起句"济南的秋天是诗境的"。略写济南古城古路,详写济南秋天的山水。

先生细描济南秋天的山的颜色:青黑的,透黄的,有的黄,有的灰,有的绿,有的似乎是藕荷色儿。忽然黄色更真了一些,忽然又暗了一些,全是淡美的色道儿。

先生又细描济南秋天的水中绿藻：就像上帝心中的绿色，吻着水皮，做着绿色的香梦。淘气的鸭子，用黄金的脚掌碰它们一两下。这些细节，这些用词，真是诗人的妙笔！

"秋山秋水虚幻地吻着。"秋天的济南，是一首诗。

鲁迅散文两篇

鲁　迅

⊙ 鲁迅　莫丹绘

鲁迅（1881—1936），浙江绍兴人。著名文学家、思想家，中国现代文学的奠基人。代表作品有小说集《呐喊》，散文集《朝花夕拾》等。

雪

　　暖国的雨，向来没有变过冰冷的坚硬的灿烂的雪花。博识的人们觉得他单调，他自己也以为不幸否耶？江南的雪，可是滋润美艳之至了；那是还在隐约着的青春的消息，是极壮健的处子的皮肤。雪野中有血红的宝珠山茶，白中隐青的单瓣梅花，深黄的磬口的蜡梅花；雪下面还有冷绿的杂草。蝴蝶确乎没有；蜜蜂是否来采山茶花和梅花的蜜，我可记不真切了。但我的眼前仿佛看见冬花开在雪野中，有许多蜜蜂们忙碌地飞着，也听得他们嗡嗡地闹着。

　　孩子们呵着冻得通红，像紫芽姜一般的小手，七八个一齐来塑雪罗汉。因为不成功，谁的父亲也来帮忙了。罗汉就塑得比孩子们高得多，虽然不过是上小下大的一堆，终于分不清是壶卢还是罗汉；然而很洁白，很明艳，以自身的滋润相黏结，整个地闪闪地生光。孩子们用龙眼核给他做眼珠，又从谁的母亲的脂粉奁中偷得胭脂来涂在嘴唇上。这回确是一个大阿罗汉了。他也就目光灼灼地嘴唇通红地坐在雪地里。

　　第二天还有几个孩子来访问他；对了他拍手，点头，嬉笑。但他终于独自坐着了。晴天又来消释他的皮肤，寒夜又使他结一层冰，化作不透明的水晶模样；连续的晴天又使他成为不知道算什么，而嘴上的胭脂也褪尽了。

　　但是，朔方的雪花在纷飞之后，却永远如粉，如沙，他们决不黏连，撒在屋上，地上，枯草上，就是这样。屋上的雪是早已就有消化了的，因为屋里居人的火的温热。别的，在晴天之下，旋风忽来，便蓬勃地奋飞，在日光中灿灿地生光，如包藏火焰的大雾，旋转而且升腾，弥漫太空，使太空旋转而且升腾地闪烁。

在无边的旷野上，在凛冽的天宇下，闪闪地旋转升腾着的是雨的精魂……

是的，那是孤独的雪，是死掉的雨，是雨的精魂。

一九二五年一月十八日

【交流之窗】

暖国的雨，江南的雪，滋润美艳。先生不吝笔墨，写出了江南雪中孩童的欢乐。笔锋一转，写朔方的雪花，使人为之一振，"朔方的雪"，如粉，如沙，奋飞，旋转升腾，孤独，硬朗，尖锐……朔方的雪"那是孤独的雪，是死掉的雨，是雨的精魂。"这句话让我们感到先生对"朔方的雪花"的亲近、认同、赞美。

先生更喜欢"朔方的雪花"，先生就是"朔方的雪花"，因为先生的性格是硬朗的，思想是尖锐的，先生不满于他的时代和他身处的文化传统。

秋　夜

在我的后园，可以看见墙外有两株树，一株是枣树，还有一株也是枣树。

这上面的夜的天空，奇怪而高，我生平没有见过这样奇怪而高的天空。他仿佛要离开人间而去，使人们仰面不再看见。然而现在却非常之蓝，闪闪地睒着几十个星星的眼，冷眼。他的口角上现出微笑，似乎自以为大有深意，而将繁霜洒在我的园里的野花草上。

我不知道那些花草真叫什么名字，人们叫他们什么名字。我记得有一种开过极细小的粉红花,现在还开着,但是更极细小了。她在冷的夜气中,瑟缩地做梦,梦见春的到来,梦见秋的到来,梦见瘦的诗人将眼泪擦在她最末的花瓣上,告诉她秋虽然来,冬虽然来,而此后接着还是春,蝴蝶乱飞,蜜蜂都唱起春词来了。她于是一笑,虽然颜色冻得红惨惨地,仍然瑟缩着。

枣树,他们简直落尽了叶子。先前,还有一两个孩子来打他们别人打剩的枣子,现在是一个也不剩,连叶子也落尽了。他知道小粉红花的梦,秋后要有春;他也知道落叶的梦,春后还是秋。他简直落尽叶子,单剩干子,然而脱了当初满树是果实和叶子时候的弧形,欠伸得很舒服。但是,有几枝还低亚着,护定他从打枣的竿梢所得的皮伤,而最直最长的几枝,却已默默地铁似的直刺着奇怪而高的天空,使天空闪闪地鬼䀹眼;直刺着天空中圆满的月亮,使月亮窘得发白。

鬼䀹眼的天空越加非常之蓝,不安了,仿佛想离去人间,避开枣树,只将月亮剩下。然而月亮也暗暗地躲到东边去了。而一无所有的干子,却仍然默默地铁似的直刺着奇怪而高的天空,一意要制他的死命,不管他各式各样地䀹着许多蛊惑的眼睛。

哇的一声,夜游的恶鸟飞过了。

我忽而听到夜半的笑声,吃吃地,似乎不愿意惊动睡着的人,然而四围的空气都应和着笑。夜半,没有别的人,我即刻听出这声音就在我嘴里,我也即刻被这笑声所驱逐,回进自己的房。灯火的带子也即刻被我旋高了。

后窗的玻璃上叮叮地响,还有许多小飞虫乱撞。不多久,几个进来了,许是从窗纸的破孔进来的。他们一进来,又在玻璃的灯罩上撞得叮叮地响。一个从上面撞进去了,他于是遇到火,而且我以为这火是真的。两三个却休息在灯的纸罩上喘气。

那罩是昨晚新换的罩,雪白的纸,折出波浪纹的叠痕,一角还画出一枝猩红色的栀子。

猩红的栀子开花时,枣树又要做小粉红花的梦,青葱地弯成弧形了……。我又听到夜半的笑声;我赶紧砍断我的心绪,看那老在去白纸罩上的小青虫,头大尾小,向日葵子似的,只有半粒小麦那么大,遍身的颜色苍翠得可爱,可怜。

我打一个呵欠,点起一支纸烟,喷出烟来,对着灯默默地敬奠这些苍翠精致的英雄们。

一九二四年九月十五日

(选自《野草:插图本》,人民文学出版社,2015年版)

【交流之窗】

1924年,那是一个政治昏乱、民生凋敝、令人窒息的年代。

鲁迅先生秋夜无眠,孤独、寂寞,又在绝望中隐隐地、微微地祈望着。

先生通过细描当夜所见所感,表达压抑的心绪:"在我的后园,可以看见墙外有两株树,一株是枣树,还有一株也是枣树。"这种废话式的语言,传达的是无奈和落寞。

天空"奇怪而高",映着"冷眼",传达的是冷寂。

极细小的粉红花"瑟缩地做梦,梦见春的到来……"绝望里含着一丝希望。

枣树枝"铁似的直刺着奇怪而高的天空,使天空闪闪地鬼䀹眼;直刺着天空中圆满的月亮,使月亮窘得发白。"传达了不屈。

"我忽而听到夜半的笑声,吃吃地",表达了对邪恶世界的冷笑。

扑火的小飞虫,是值得敬奠的"苍翠精致的英雄们",表达了一种希望。

沙 漠

纪 德　冯寿农　张 弛 译

安德烈·纪德（1869—1951），法国作家，1947年获诺贝尔文学奖。代表作品有小说《田园交响曲》等。

啊！多少次黎明即起，面向霞光万道、比光轮还明灿的东方——多少次走向绿洲的边缘，那里的最后几棵棕榈枯萎了，生命再也战胜不了沙漠——多少次啊，我把自己的欲望伸向你，沐浴在阳光中的酷热的大漠，正如俯向这无比强烈的耀眼的光源……何等激动的瞻仰、何等强烈的爱恋，才能战胜这沙漠的灼热呢？

不毛之地、冷酷无情之地、热烈赤诚之地、先知神往之地——啊！苦难的沙漠、辉煌的沙漠，我曾狂热地爱过你。

在那时时出现海市蜃楼的北非盐湖上，我看见犹如水面一样的白茫茫的盐层。——我知道，湖面上映照着碧空——盐湖湛蓝得好似大海，但是为什么会有一簇簇灯芯草，稍远处还会矗立着正在崩坍的页岩峭壁——为什么会有漂浮的船只和远处宫殿的幻象？所有这些变了形的景物，悬浮在这片臆想的深水之上。盐湖岸边的气味令人作呕；岸边是可怕的泥灰岩，吸饱了盐分，暑气熏蒸。

我曾见在朝阳的斜照中，阿马尔卡杜山变成玫瑰色，像是一种燃烧的物质。

我曾见天边狂风怒吼，飞沙走石，令绿洲气喘吁吁，像一只遭受暴风雨袭击而惊慌失措的航船；绿洲被狂风掀翻。而在小村庄的街道上，瘦骨嶙峋的男人赤身露体，蜷缩着身子，忍受着炙热焦渴的折磨。

我曾见荒凉的旅途上，骆驼的白骨蔽野；好些骆驼因过度疲顿，再难赶路，被商人遗弃了；随即尸体腐烂，缀满苍蝇，散发出恶臭。

我也曾见过这种黄昏：除了鸣虫的尖叫，再也听不到任何歌声。

我还想谈谈沙漠：

生长细茎针茅的荒漠，游蛇遍地；绿色的原野随风起伏。

乱石的荒漠，不毛之地。页岩熠熠闪光；小虫飞来舞去；灯芯草干枯了。在烈日的暴晒下，一切景物都发出噼噼啪啪的声音。

黏土的荒漠，这里只要有涓滴之水，万物就会充满生机。只要一场雨后，万物就会葱绿，虽然土地过于干旱，难得露出一丝笑容，但这里的青草似乎比别处更嫩更香。由于害怕未待结实就被烈日晒枯，青草都急急忙忙地开花，授粉播香，它们的爱情是急促短暂的。太阳又出来了，大地龟裂、风化，水从各个裂缝里逃遁。大地坼裂得面目全非；尽管大雨滂沱，激流涌进沟里，冲刷着大地；但大地无力挽留住水，依然干涸而绝望。

黄沙漫漫的荒漠——宛如海浪的流沙；不断移动的沙丘，在远处像金字塔一样指引着商队。登上一座沙丘，便可望见天边另一沙丘的顶端。

刮起狂风时，商队停下，赶骆驼的人便在骆驼的身边躲避。

这里生命灭绝，唯有风与热的搏动。阴天下雨，沙漠犹如天鹅绒一般柔软，夕照中，像燃烧的火焰；而到清晨，又似化为灰烬。沙丘间是白色的谷壑，我们骑马穿过，每个足迹都立即被尘沙所覆盖。由于疲惫不堪，每到一座沙丘，我们总感到难以跨越了。

黄沙漫漫的荒漠啊，我早就应当狂热地爱你，但愿你最小的尘粒在它微小的空间，也能映现宇宙的整体！微尘啊！你忆起何种生活，从何种爱情中分离出来的？微尘也想得到人类的赞颂。

我的灵魂，你曾在黄沙上看到什么？

白骨——空的贝壳……

一天早上，我们来到一座座高高的沙丘脚下蔽日。我们坐下，那里还算阴凉，悄然长着灯芯草。

这是一次缓慢的航行。至于黑夜，茫茫黑夜，我能谈些什么呢？

海浪输却沙丘三分蓝，

胜似天空一片光。

——我熟悉这样的夜晚，似乎觉得一颗颗明星格外璀璨。

（选自《最美的散文·世界卷》，江苏美术出版社，2014年版）

【交流之窗】

　　沙漠似乎代表了枯萎、衰败、绝望、死亡。但安德烈·纪德却热爱沙漠,走进沙漠,瞻仰沙漠,感悟人生。

　　沙漠既是不毛之地、冷酷无情之地,也是热烈赤诚之地、先知神往之地。沙漠是苦难的,也是辉煌的。

　　纪德先生细致描绘了海市蜃楼景象,飞沙走石的场景,荒凉旅途上骆驼的白骨,烈日暴晒,黄沙漫漫,以及一场雨瞬间带来的沙漠生机。

　　纪德先生狂热爱恋沙漠,感悟到灯芯草、微尘、白骨、夜光等一切存在物的价值。

天　鹅

德·布封　　范希衡　译

德·布封（1707—1788），法国博物学家、作家，用40年时间写成36册的《自然史》。

　　在任何社会里，不管是禽兽的或人类的社会，从前都是暴力造成霸主，现在却是仁德造成贤君。地上的狮、虎，空中的鹰、鹫，都只以善战称雄，以逞强行凶统治群众；而天鹅就不是这样，它在水上为王是凭着一切足以缔造太平世界的美德，如高尚、尊严、仁厚，等等。它有威势，有力量，有勇气，但又有不滥用权威的意志、非自卫不用武力的决心；它能战斗，能取胜，却从不攻击别人。它是水禽界里爱好和平的君主，却又敢于与空中的霸主对抗；它等待着鹰来袭击，不招惹它，却也不惧怕它。它的强劲的翅膀就是它的盾牌，它以羽毛的坚韧、翅膀的频繁扑击对付着鹰的嘴爪，打退鹰的进攻。它奋力的结果常常是获得胜利。而且，它也只有这一个骄傲的敌人，其他善战的禽类没一个不尊敬它，它与整个自然界都是和平共处的：在那些种类繁多的水禽中，它与其说是以君主的身份监临着，毋宁说是以朋友的身份照看着，而那些水禽仿佛个个都服服帖帖地归顺它。它只是一个太平共和国的领袖，是一个太平共和国的首席居民，它赋予别人多少，也就只向别人要求多少，它所希冀的只是宁静与自由。对这样的一个元首，全国公民自然是无可畏惧的了。

　　天鹅的面目优雅，形状妍美，与它那种温和的天性正好相称。它叫谁看了都顺眼。凡是它所到之处，它都成了这地方的点缀品，使这地方美化。人人喜爱它，人人欢迎它，人人欣赏它。任何禽类都不配这样地受人钟爱：原来大自然对于任何禽类都没有赋予这样多的高贵而柔和的优美，使我们意识到它创造物类竟能达到这样妍丽的程度。俊秀的身段，圆润的形貌，优美的线条，皎洁的白色，婉转的、传神的动作，忽而兴致勃发，忽而悠然忘形的姿态，总之，天鹅身上的一切都散布着我们欣赏优雅与妍美时所感到的那种舒畅、那种陶醉,一切都使人觉得它不同凡俗,一切都描绘出它是爱情之鸟;古代神话把这个媚人的鸟说成为天下第一美女的父亲,一切都证明这个富有才情与风趣的神话是很有理由的。

我们看见它那种雍容自在的样子,看见它在水上活动得那么轻便、那么自由,就不能不承认它不但是羽族里第一名善航者,并且是大自然提供给我们的航行术的最美的模范。可不是么,它的颈子高高的,胸脯挺挺的,圆圆的,就仿佛是船头,冲开着波浪;它的宽广的腹部就像船底;它的身子为了便于疾驶,向前倾着,渐渐向后就渐渐高,最后翘起来就像船舳;尾巴是地道的舵;脚就是宽阔的桨;它的大翅膀在风前半张着,微微地鼓起来,这就是帆,帆推着这艘活的船舶,自己漂行,自己操纵。

天鹅知道自己高贵,所以很自豪,知道自己美丽,所以很自豪。它仿佛故意摆出它的全部优点;它那样儿就像是要听到人家的赞美,引起人注目。而事实上它也真是令人百看不厌的,不管是我们从远处看它们成群地在浩瀚的烟波中,和有翅的船队一般,自由自在地游着,或者是它们应着召唤的信号,独自离开船队,游近岸旁,以种种柔和、婉转、妍媚的动作,显出它们的美色,施出它们的娇态,供人们仔细欣赏。

天鹅既有天生的美质,又有自由的美德;它不在我们所强制或幽禁的那些奴隶之列。它无拘无束地生活在我们的池沼里,如果它不能享受到足够的独立,使它毫无奴役俘囚之感,它就不会逗留在那里,不会在那里安顿下去。它要任意地在水上遍处游,或到岸旁着陆,或离岸游到水中央,或者沿着水边,来到岸脚下栖息,藏到灯芯草丛中,钻到最偏僻的湾汊里,然后又离开它的幽居,回到有人的地方,享受着与人相处的乐趣——它似乎是很喜欢接近人的,只要它在我们这方面发现的是它的居停和朋友,而不是它的主子和暴君。

天鹅在一切方面都高于家鹅一家,家鹅只以野草和籽粒为生,天鹅却会找到一种比较精美的,不平凡的食料;它不断地用妙计捕捉鱼类;它做出无数的不同姿态以求捕捉的成功,并尽量利用它的灵巧与气力。它会避开或抵抗它的敌人。一只老天鹅在水里,连一匹最强大的狗它也不怕;它用翅膀一击,连人腿都能打断,其迅疾、猛烈可想而知。总之,天鹅似乎是不怕任何暗算、任何攻击的,因为它的勇敢程度不亚于它的灵巧与气力。

驯天鹅的惯常叫声与其说是响亮的，毋宁说是浑浊的；那是一种喘哮声，十分像俗语所谓的"猫咒天"，古罗马人用一个谐音字"独楞散"表示出来。听着那种音调，就觉得它仿佛是在恫吓，或是在愤怒；古人之能描写出那些和鸣铿锵的天鹅，使它们那么受人赞美，显然不是拿一些像我们驯养的这种几乎喑哑的天鹅做蓝本的。我们觉得野天鹅曾较好地保持着它的天赋美质，它有充分自由的感觉，同时也就有充分自由的音调。可不是么，我们在它的鸣叫里，或者宁可说在它的嘹唳里，可以听得出一种有节奏、有曲折的歌声，有如军号的响亮，不过这种尖锐的、少变换的音调远抵不上我们的鸣禽的那种温柔的和声与悠扬朗润的变化罢了。

　　此外，古人不仅把天鹅说成为一个神奇的歌手，他们还认为，在一切临终时有所感触的生物中，只有天鹅会在弥留时歌唱，用和谐的声音作为它最后叹息的前奏。据他们说，天鹅发出这样柔和、这样动人的声调，是在它将要断气的时候，它是要对生命作一个哀痛而深情的告别；这种声调，如怨如诉，低沉地、悲伤地、凄黯地构成它自己的丧歌。他们又说，人们可以听到这种歌声，是在朝暾初上，风浪既平的时候。甚至于有人还看到许多天鹅唱着自己的挽歌，在音乐声中气绝了。在自然史上没有一个杜撰的故事，在古代社会里没有一则寓言比这个传说更被人赞美、更被人重述、更被人相信的了；它控制了古希腊人的活泼而敏感的想象力：诗人也好，演说家也好，乃至哲学家，都接受着这个传说，认为这事实在太美了，根本不愿意怀疑它。我们应该原谅他们这种杜撰的寓言；这些寓言真正是可爱的动人的，其价值远在那些可悲的、枯燥的史实之上；对于敏感的心灵来说，这都是些慰藉的比喻；无疑地，天鹅并不歌唱自己的死亡；但是，每逢谈到一个大天才临终前所做的最后一次飞扬、最后一次辉煌表现的时候，人们总是无限感慨地想到这样一句动人的话语："这是天鹅之歌！"

（选自《动物素描》，百花文艺出版社，2002年版）

【交流之窗】

狮、虎、鹰、鹫,"都只以善战称雄,以逞强行凶统治群众",对比引出水中之王——天鹅,突出天鹅具有"足以缔造太平世界的美德",天鹅"高尚、尊严、仁厚";有威势,有力量,有勇气,不滥用权威和武力;"能战斗,能取胜,却从不攻击别人。"

天鹅是一个太平共和国的领袖,它希冀宁静与自由。

天鹅"面目优雅,形状妍美",天性温和,深得众人喜爱和欣赏;天鹅不同凡俗。

作者又细致描绘了天鹅如何善航。接着细致描写天鹅如何具有"自由的美德",细致描写天鹅弥留时的绝唱!

哦,天鹅!

中国古代诗歌选之山水篇

山 中

王 勃

长江悲已滞,万里念将归。
况属高风晚,山山黄叶飞。

宿建德江

孟浩然

移舟泊烟渚,日暮客愁新。
野旷天低树,江清月近人。

鹿 柴

王 维

空山不见人,但闻人语响。
返景入深林,复照青苔上。

鸟鸣涧

王 维

人闲桂花落,夜静春山空。
月出惊山鸟,时鸣春涧中。

山 中

王 维

荆溪白石出,天寒红叶稀。
山路元无雨,空翠湿人衣。

渡荆门送别

李 白

渡远荆门外,来从楚国游。
山随平野尽,江入大荒流。
月下飞天镜,云生结海楼。
仍怜故乡水,万里送行舟。

江 雪

柳宗元

千山鸟飞绝,万径人踪灭。
孤舟蓑笠翁,独钓寒江雪。

【交流之窗】

诗人胜比高明的画家,描摹景色之时,带入个人独特的情感体悟。

"山山黄叶飞"增加了作者"万里念乡"的乡愁。

"空山不见人""人闲桂花落""天寒红叶稀",用白描手法,勾勒出王维对静谧环境、安闲心境的沉迷。

"山随平野尽,江入大荒流",可见李白的视野和心胸。

"千山鸟飞绝""独钓寒江雪",寥寥数字,尽显千古孤独。

"野旷天低树,江清月近人。""低",写出了天、树、地相接的景象;江水清澈,月光荡漾,月亮倒映水中,才有"近"的感觉。

● 理性之光

美是宇宙的一种表现

爱默生　赵一凡 译

拉尔夫·沃尔多·爱默生（1803—1882），美国思想家、文学家。美国前总统林肯称他为"美国的孔子""美国文明之父"。

一、单纯感知即快乐

  倘能抱着单纯的心态去感知自然形态也是一种快乐。自然形态和活动的影响，于人生是必不可缺的。就最基本的作用来说，似乎局限于实用和审美两者之间。俗世纷扰牵绊了人的身心，一旦回到大自然中，自然的医疗妙用就得以发挥，让人们恢复身心健康。走出熙熙攘攘闹市的商人和律师，抬头看见蓝天和树木，就会重新感受到人性的本质。在大自然恒久的天籁中，他领悟到自我真实的一面。如果要保护眼睛的健康，我们的视野一定要宽阔。只要可以看得久远，我们就永远不会倦怠。

  但是即使在我们并不觉得劳累的时候，大自然也满足于它的赏心悦目；我们之所以喜欢自然，和我们身体所受的恩惠没有一丝关系。我常常在屋对面的山顶上眺望晨景，从清晨到日落，心潮澎湃，感受着天使能感受的激情。纤细的云朵畅游在绛色霞光里，就像鱼儿遨游在深海中。我从地面望去，仿佛从海滩上凝视着静谧的大海。海天瞬息万变，我似乎分享着它急速的变幻；这活泼的氤氲侵袭了我的身体，我觉得生命在蔓延，与晨风合为一体。大自然只需来些简单的变幻，就能让我们变得超凡脱俗！给我健康与一天光阴，我将锻造帝王们奢华的浮世绘。绚烂清晨，是我的亚述帝国；夕阳西落，皓月东升，是我的帕福斯和无法想象的超凡景致；泛泛午日，将是我感觉和思维的英格兰；深深黑夜成为我玄妙哲理和梦想的德意志。

昨天傍晚，我又欣赏了一回日落美景。一月的落日真是美妙醉人，景色依旧，只是下午时人显得不那么明朗。西云漫卷，幻化成色泽不断变幻的粉色薄片，说不出的柔软；空气中也蕴涵了这么多的活力和甜蜜，闭门不出简直是一种折磨。大自然将要说什么呢？磨坊后面的峡谷里，那鲜活的静谧，就连荷马和莎翁都无法用言辞形容——这难道没有一丝意味吗？霞光里，秃树映着淡蓝的底景，如燃烧的尖塔，熠熠闪着光；枯萎的花，凋零的茎，霜嵌的残株，合成一曲无声的乐章。

久居城市的人，总以为乡间只有半年的时间值得欣赏。而我却独独喜爱冬日，正如凉爽的夏季打动我们一样，冬季也自有它动人之处。对有心人来说，一年的每一时刻都有自己的美，即使在乡间原野，景色时时变化，每小时所看到的都是空前绝后的好景致。天空变幻无穷，映衬着下界的盛衰枯荣。四周天地里的庄稼，每周焕然一新。牧场上，大路旁，植物演替，仿佛是大自然设置的无言的时钟，倘若观察者目光敏锐，还可以看出一天的朝夕变化。正如植物严守着时令，鸟和昆虫也演绎着生命的更替，四季会为所有的生物安排好空间。小溪中，流水的多样性更为清晰。以七月为例，河中水浅之处，涨满了淡蓝的梭子鱼草和海寿，成群的黄蝶，翩翩飞舞。浮华的金紫，绝非画师所能描绘。清溪一曲，其风光旖旎，四时不辍，每天好像都是令节假日，每月都有新的点缀。

我们可以看见和感觉的美，只是自然界里最平凡的部分。一日的变幻，清晨的露珠，彩虹与山峦，桃李满园，月光星辰，水波不兴中的影子，其他种种，若太过渴求，就成为作秀之物了，美景仿如幻觉，戏弄着我们。出门去赏月吧！"它只是一面铜镜，你不会明白待到月色照亮征程时的那种愉悦。谁能抓住八月昏黄午日的熠熠之美？上前去找寻它吧！它正在消失"；当你从公共马车窗望出时，它只不过是海市蜃楼。

二、美需要精神元素

完美无缺的美需要一种更高层的精神元素。高尚神圣之美，与温柔之美不同，是和人类的意志统一的。美是德的标识，这是上帝特定的。凡是顺乎自然规律的行为就是美的，英勇崇高的行为，一定是合情合理的，它的荣耀甚至恩泽到发生该事的地方和旁观者。圣贤豪杰的伟大行动，都是留给后世的一种教导，我们因此知道：宇宙是属于每个人的基业，每个正常的人都可以把六合之围看成是自己的产业，或者嫁妆。如果给他愿意拥有的话，触手可及。他也可以自暴自弃，放弃他的财富；他可以舍弃他的江山，偏安一隅，苟且偷生。这种不长进的人世界上比比皆是，但根据他素质之高低，他有权拥有他的世界。权衡自己的思想和意志，拥有属于自己的世界。

  自然的美就像空气一样，与卓越的行为不分轩轾。当哈里·韦恩爵士为捍卫英国法律的声誉，被判处死刑；当他坐着雪橇上塔山去慷慨就义时，群众中有一人向他叫喊："你现在所乘坐的雪橇是你毕生最辉煌的宝座！"为了杀鸡儆猴，查理二世令爱国志士罗素勋爵在去往断头台的路上，先乘着敞篷马车在主要大街上示众一番。为他作传的人说："然而，人们认为他们看到了自由和美德随之左右。"在穷乡僻壤，无论时势如何艰难，一旦有英勇的行为或大无畏的精神，就能够以天为庙、以日为烛。

  当人的心胸和自然一样伟大时，自然就将人拥入怀中。大自然把玫瑰紫罗兰布满他的脚下，用他的高贵仁慈来修饰他的宠子。唯有人的思想图画才能搭配这早已存在的宏伟架构。品行好的人与自然融为一体，并且自己也成为无限中的核心人物。荷马、平德尔、苏格拉底、福基翁这些人物，与希腊的地理、气候一起，恰如其分地移入我们的记忆中。而耶稣的人格更是与天地同长，与日月同辉。切不论这些往日英雄，即使在日常生活中，如果和我们相处的是一个德才兼备的人，我们会感慨他驾驭万物的能力——周围的人、现世的评论、当时的流行，以及大自然，都由他统领。

（选自《论自然·美国学者》，生活·读书·新知三联书店，2015年版）

【交流之窗】

  爱默生先生首先谈到，"抱着单纯的心态去感知自然形态也是一种快乐"。他通过细致描绘自己欣赏各种自然景色的感受，来说明自然美的不同表现，给人的不同美感。

然后论说"美需要精神元素"。"美是德的标识","顺乎自然规律的行为就是美的","英勇崇高的行为""圣贤豪杰的伟大行动",是最高的善,也是最高的美。

"偏安一隅,苟且偷生",就不美不善。

"英勇的行为""大无畏的精神",与天地同长,与日月同辉。

人不仅有美的感觉、美的情愫,更重要的,人在美的行为和善的行动中,变得更加脱俗,更加高尚,更加纯粹。所以说"爱美提升人的精神"。

说"木叶"(节选)

林 庚

林庚(1910—2006),北京人,现代诗人、学者。

"袅袅兮秋风,洞庭波兮木叶下。"(《九歌》)自从屈原吟唱出这动人的诗句,它的鲜明的形象,影响了此后历代的诗人们,许多为人传诵的诗篇正是从这里得到了启发。如谢庄《月赋》说:"洞庭始波,木叶微脱。"陆厥的《临江王节士歌》又说:"木叶下,江波连,秋月照浦云歇山。"至于王褒《渡河北》的名句:"秋风吹木叶,还似洞庭波。"则其所受的影响更是显然了。在这里我们乃看见"木叶"是那么突出地成为诗人们笔下钟爱的形象。

杜甫有名的《登高》诗中说:"无边落木萧萧下,不尽长江滚滚来。"这是大家熟悉的名句,而这里的"落木"无疑地正是从屈原《九歌》中的"木叶"发展来的。按"落木萧萧下"的意思当然是说树叶萧萧而下,照我们平常的想法,那么"叶"字似乎就不应该省掉,例如我们无妨这么说:"无边落叶萧萧下",岂不更为明白吗?然而天才的杜甫却宁愿省掉"木叶"之"叶"而不肯放弃"木叶"之"木",这道理究竟是为什么呢?事实上,杜甫之前,庾信在《哀江南赋》里已经说过:"辞洞庭兮落木,去涔阳兮极浦。"这里我们与《九歌》的关系是脉络分明的。

像"无边落木萧萧下"这样大胆的发挥创造性,难道不怕死心眼的人会误以为是木头自天而降吗?

在这里我们就不得不先来分析一下"木"字。

首先我们似乎应该研究一下,古代的诗人们都在什么场合才用"木"字呢?

吴均的《答柳恽》说:"秋月照层岭,寒风扫高木。"这里用"高树"

是不是可以呢？当然也可以；曹植的《野田黄雀行》就说："高树多悲风，海水扬其波。"这也是千古名句，可是这里的"高树多悲风"却并没有落叶的形象，而"寒风扫高木"则显然是落叶的景况了。前者正要借满树叶子的吹动，表达出像海潮一般深厚的不平，这里叶子越多，感情才越饱满；而后者却是一个叶子越来越少的局面，所谓"扫高木"者岂不正是"落木千山"的空阔吗？然则"高树"则饱满，"高木"则空阔；这就是"木"与"树"相同而又不同的地方。"木"在这里要比"树"更显得单纯，所谓"枯桑知天风"这样的树，似乎才更近于"木"；它仿佛本身就含有一个落叶的因素，这正是"木"的第一个艺术特征。

"木"不但让我们容易想起了树干，而且还会带来了"木"所暗示的颜色性。树的颜色，即就树干而论，一般乃是褐绿色，这与叶也还是比较相近的；至于"木"呢，那就说不定，它可能是透着黄色，而且在触觉上它可能是干燥的而不是湿润的；我们所习见的门栓、棍子、桅杆等，就都是这个样子；这里带着"木"字的更为普遍的性格。尽管在这里"木"是作为"树"这样一个特殊概念而出现的，而"木"的更为普遍的潜在的暗示，却依然左右着这个形象，于是"木叶"就自然而然有了落叶的微黄与干燥之感，它带来了整个疏朗的清秋的气息。

"袅袅兮秋风，洞庭波兮木叶下。"这落下的绝不是碧绿柔软的叶子，而是窸窣飘零透些微黄的叶子，我们仿佛听见了离人的叹息，想起了游子的漂泊；这就是"木叶"的形象所以如此生动的缘故。它不同于"美女妖且闲，采桑歧路间；柔条纷冉冉，落叶何翩翩"（曹植《美女篇》）中的落叶，因为那是春夏之交饱含着水分的繁密的叶子。也不同于"静夜四无邻，荒居旧业贫；雨中黄叶树，灯下白头人"（司空曙《喜外弟卢纶见宿》）中的黄叶，因为那黄叶还是静静地长满在一树上，在那蒙蒙的雨中，它虽然是具有"木叶"微黄的颜色，却没有"木叶"的干燥之感，因此也就缺少那飘零之意；而且它的黄色由于雨的湿润，也显然是变得太黄了。"木叶"所以是属于风的而不是属于雨的，属于爽朗的晴空而不属于沉沉的阴天；这是一个典型的清秋的性格。至于"落木"呢，则比"木叶"还更显得空阔，它连"叶"这一字所保留下的一点绵密之意也洗净了。

"木叶"之与"树叶",不过是一字之差,"木"与"树"在概念上原是相去无几的,然而到了艺术形象的领域,这里的差别就几乎是一字千里。

(选自《唐诗综论》,商务印书馆,2015年版)

【交流之窗】

阅读这类学术文章,重点在于把握作者的基本观点和文章思路,再留心作者如何运用材料来说明自己的观点。

作者首先集结古人的诗句"洞庭波兮木叶下""木叶微脱""木叶下,江波连""秋风吹木叶""无边落木萧萧下""辞洞庭兮落木",证明"木叶"成为诗人们钟爱的形象,并非偶然。

作者再通过对不同诗句意境的比较,来说明:"木"本身就含有落叶的因素;"木"让我们想起树干,产生微黄与干燥之感,带来了整个疏朗的清秋的气息。

叶轻,木重。叶温,木冷。

第三编
览物之情

⊙ 陈连强绘

第一编选文侧重于描摹自然之美,第二编选文侧重于工笔细描自然风物,第三编选文侧重于作者由自然风物生发的情感表达。

"圣人忘情,最下不及于情,然则情之所钟,正在我辈。"(《晋书·王衍传》)意思是说,最高层级的圣人超脱于感情之上,不屑为情所累;下层之人整日为生计奔波,无暇、无心、无力细品感情;心有所系,情有所牵,正是我们一般人的必然特征。

大自然何止给我们奉献美丽和神奇,它的万千景象引发人类的多少情愫!古往今来,文人骚客,着墨之处,无不情到深处不能自已。我们可以顺着他们的情感流动,感知他们的文采飞扬,扩展我们的心胸,丰富我们的精神,我们也可以模仿他们的文笔,一展我们人之为人,被自然景物所激荡的情思。

你窗前的树拥有怎样的风姿?原野的中央兀然屹立的大树,具有哪种风骨?鸟啼唤起你哪些遐想?水仙、梅花、杨柳、明月、白桦、河流……触动你哪根心弦?悬崖边的树、动物园里的豹子、在铁笼里奔走着的狮子……带给你哪些联想?

当你陪着一轮红日在无垠的大海上冉冉升起,你有怎样的感受?当你登上泰山极顶,一览众山小,看云蒸霞蔚,你又有怎样的感慨?断壁残垣,野草苍松,引发你对生命、对历史怎样的沉思?难道你不想把这些情愫描绘下来吗?

为什么同一景物会引发人不同的思想感情?为什么同一种感情又可能来自不同的自然景物?中国艺术的意境具有怎样的特点?中国和西方的诗歌在情趣上有哪些异同?如果你在感悟自然、抒发情感的同时,能够对一些理性的美学问题有所思考,你的思维和精神将一步步走向深刻。

● 文学之花

秋的气味

林海音

林海音（1918—2001），中国台湾人，女作家，代表作《城南旧事》。

秋天来了，很自然地想起那个地方——西单牌楼。

无论从哪个方向来，到了西单牌楼，秋天，黄昏，先闻见的是街上的气味。炒栗子的香味弥漫在繁盛的行人群中，赶快朝向那熟悉的地方看去，和兰号的伙计正在门前炒栗子。和兰号是卖西点的，炒栗子也并不出名，但是因为它在街的转角上，最是扎眼，不由得就进去买。

来一斤吧！热栗子刚炒出来，要等一等，倒在箩中筛去裹糖汁的沙子。在等待称包的时候，另有一种清香的味儿从身边飘过，原来眼前街角摆的几个水果摊子上，啊！枣、葡萄、海棠、柿子、梨、石榴……全都上市了。香味多半是梨和葡萄散发出来的。沙营的葡萄，黄而透明，一撅两截，水都不流，所以有"冰糖包"的外号。京白梨，细而嫩，一点儿渣儿都没有。"鸭儿广"柔软得赛豆腐。枣是最普通的水果，郎家园是最出名的产地，于是无枣不郎家园了。老虎眼，葫芦枣，酸枣，各有各的形状和味道。"喝了蜜的柿子"要等到冬季，秋天上市的是青皮的脆柿子，脆柿子要高桩儿的才更甜。海棠红着半个脸，石榴笑得露出一排粉红色的牙齿。这些都是秋之果。

抱着一包热栗子和一些水果，从西单向宣武门走去，想着回到家里在窗前的方桌上，就着暮色中的一点光亮，家人围坐着剥食这些好吃的东西的快乐，脚步不由得加快了。身后响起了铛铛的电车声，五路车快到宣武门的终点了。过了绒线胡同，空气中又传来了烤肉的香味，是安儿胡同口儿上，那间低矮窄狭的烤肉宛（北京经营烤肉的老字号）上人了。

门前挂着清真的记号，它们是北平许多著名的回教馆中的一个，秋天开始,北平就是回教馆子的天下了。矮而胖的老五,在案子上切牛羊肉,他的哥哥老大,在门口招呼座儿。他的两个身体健康、眼睛明亮,充分表现出回教青年精神的儿子,在一旁帮着和学习着剔肉和切肉的技术。炙子上烟雾弥漫,使原来就不明的灯更暗了些,但是在这间低矮、烟雾的小屋里,却另有一股温暖而亲切的感觉,使人很想进去,站在炙子边举起那两根大筷子。

老五是公平的,所以给人格外亲切的感觉。这烤肉店原来只是一间包子铺,供给附近居民和路过的劳动者一些羊肉包子。渐渐地,烤肉出了名,但它并不因此改变对主顾的态度。比如说,他们只有两个炙子,总共也不过能围上一二十人,但是一到黄昏,一批批的客人来了,坐也没地方坐,一时也轮不上吃,老五会告诉客人,再等二十几位,或者三十几位,那么客人就会到西单牌楼去绕个弯儿,再回来就差不多了。没有登记簿,他们却是丝毫不差地记住了先来后到的次序。没有争先,不可能插队,一切听老五的安排,他并没有因为来客是坐汽车的或是拉洋车的,而有什么区别,这就是他的公平和亲切。

一边手里切肉一边嘴里算账,是老五的本事,也是艺术。一碗肉,一碟葱,一条黄瓜,他都一一唱着钱数加上去,没有虚报,价钱公道。在那里,房子虽然狭小,却吃得舒服。老五的笑容并不多,但他给你的是诚朴的感觉,在那儿不会有吃得惹气这种事发生。

秋天在北方的故都,足以代表季节变换的气味的,就是牛羊肉的膻和炒栗子的香了!

(选自《中华活页文选:初一年级版合订本》,2015年版)

【交流之窗】

食物,是自然的馈赠,各种时鲜美味,以最直观的方式告诉人们季节的变化。吃,不只是满足口腹之欲,也是一种对世界的体验方式。吃构成人们最基本的情感体验和最持久的记忆,种种生活体验都可以称之为"滋味"。吃已经超出生存本能,成为文化。读写"吃"的文章我们不能就吃论吃,要体会其中的文化内涵。

秋的气味儿,各种各样,在作者的记忆里便是糖炒栗子与烤羊肉的气味。有这么深的记忆,当然是因为栗子的香甜、羊肉的诱人,更重要的是家人围坐着剥食栗子的快乐,烤肉店老板的亲切、诚朴,那种温馨的感觉,历久弥新。闻到这熟悉的气味,便会勾起记忆最深处的情感。

文章如话家常,娓娓道来,在看似平淡的叙述中融入浓浓的感情,那秋天的气味才会有这么大的魅力。

窗前的树

张抗抗

张抗抗，1950年生，杭州人，中国当代小说家、散文家。代表作有小说《隐形伴侣》等。

我的窗前有一棵树。

那是一棵高大的洋槐。树冠差不多可达六层的楼顶。粗壮的树干与三层的阳台相齐，碧绿而茂密的树叶部分正对着我的四楼的窗户。

坐在我的书桌前，一树浓荫收入眼底。从春到秋，由晨至夜，任是着意的或是不经意抬头，终是满眼的赏心悦目。

那树想必已生长了多年。我们还没搬来的时候，它就站立在这里了。或许，我还没出生的时候，它就已成为一棵树了。就因着它的缘故，我们曾真心希望能拥有这个单元的一扇窗。后来果真如愿，我们从此天天享受着它的清凉与恬静，便因此很是满足，很觉幸福。

洋槐在春天，似乎比其他的树都沉稳些。杨与柳都已翠叶青青，它才爆出米粒般大的嫩芽；只星星点点的一层隐绿，悄悄然决不喧哗。又过些日子，忽然就挂满了一串串葡萄似的花苞，又如一只只浅绿色的蜻蜓缀满树枝——当它张开翅膀跃跃欲飞时，薄薄的羽翼在春日温和的云朵下染织成一片耀眼的银色。那个清晨你会被一阵来自梦中的花香唤醒，那香味甘甜淡雅、撩人心脾却又若有若无。你寻着这馥郁走上阳台，你的身子为之一震，你的眼前为之一亮，顿时整个世界都因此灿烂而壮丽：满满的一树雪白，袅袅低垂，如瀑布倾泻四溅。银珠般的花瓣在清风中微微飘荡，花气熏人，人也陶醉。

便设法用手勾一串鲜嫩的槐花，一小朵一小朵地放进嘴里，如一个圣洁的吻，甜津津、凉丝丝的。轻轻地咽下，心也香了。

洋槐开花的日子，是我们的槐花节。

槐花开过，才知春是真的来了。铺在桌上的稿纸，便也文思灵动起来。那时的文字，就有了些许轻松。

夏的洋槐，巍巍然郁郁葱葱，一派的生机勃发。骄阳下如华盖蔽日，烈焰下送来阵阵清风。夏日常有雨，暴雨如注时，偏爱久久站在窗前看我的槐树——它任凭狂风将树冠刮得东歪西倒，满树的绿叶呼号犹如一头发怒的雄狮，它翻滚，它旋转，它战栗，它呻吟。曾有好几次我以为它会被风暴折断，闪电与雷鸣照亮黑暗的瞬间，却窥见它的树干却始终岿然。大雨过后，它轻轻抖落树身的水珠，那一片片细碎光滑的叶子被雨水洗得发亮，饱含着水分，安详而平静。

那个时刻我便为它幽幽地滋生出一种感动。自己的心似乎也变得干净而澄明。雨后清新的湿气萦绕书桌徘徊不去，我想这书桌会不会是用洋槐树木做成的呢？否则为何它负载着沉重的思维却依然结实有力。

洋槐伴我一春一夏的绿色，到秋天，艳阳在树顶涂出一抹金黄，不几日，窗前已是装点得金碧辉煌。秋风乍起，金色的槐树叶如雨纷纷飘落，我的思路便常常被树叶的沙沙声打断。我明白那是一种告别的方式。它们从不缠缠绵绵凄凄切切，它们只是痛痛快快利利索索地向我挥挥手连头也不回。它们离开了槐树就好比清除了衰老抛去了陈旧，是一个必然一种整合一次更新。它们一日日稀疏凋零，安然地沉入泥土，把自己还原给自己。它们需要休养生息，一如我需要忘却所有的陈词滥调而寻找新的开始。所以凝望这棵斑驳而残缺的树，我并不怎样觉得感伤和悲凉——我知道它们明年还会再回来。

冬天的洋槐便静静地沉默。它赤裸着全身一无遮挡，向我展示它的挺拔与骄傲。或许没人理会过它的存在，它活得孤独，却活得自信，活得潇洒。寒流摇撼它时，它黑色的枝条俨然如乐队指挥庄严的手臂，指挥着风的合奏。树叶落尽以后，树杈间露出一只褐色的鸟窝，肥硕的喜鹊啄着树枝喳喳欢叫，几只麻雀飞来飞去到我的阳台上寻食，偶尔还有乌鸦的黑影匆匆掠过，时喜时悲地营造出一派生命的气氛，使我常常猜测着鸟们的语言，也许是在提醒着我什么。雪后的槐树一身素裹银光璀璨，在阳光还未及融化它时，真不知是雪如槐花还是槐花如雪。

四季的洋槐树便如一幅幅不倦变幻的图画，镶入我窗口这巨大的画框。冬去春来，老槐衰而复荣、败而复兴，重新回来的是原来那棵老槐；

可是,我知道它已不再是原来的那棵槐树了——它的每一片树叶、每一滴浆汁,都由新的细胞、新的物质构成。它是一棵新的老树。

年复一年,我已同我的洋槐度过了六个春秋。在我的一生中,我与槐树无言相对的时间将超过所有的人。这段漫长又真实的日子,槐树与我无声的对话,便构成一种神秘的默契。

(选自《张抗抗散文》,人民文学出版社,2009年版)

【交流之窗】

窗前的树,每个季节有每个季节的风采,春日的灿烂壮丽,夏日的生机勃发,秋日的稀疏凋零,冬日的挺拔骄傲,都是生命力的彰显。这种强大的生命力,能够带给人感动与启迪。

作者观察细致,描写生动,在描写基础上的升华恰到好处。文章结尾"槐树与我无声的对话,便构成一种神秘的默契"。这是生命与生命之间的对话与默契。

人生如树,不同时节以不同方式,彰显生命的精彩。

海 燕

高尔基　　戈宝权　译

马克西姆·高尔基（1868—1936），苏联著名作家。

　　在苍茫的海面上，风，聚集着乌云。在乌云和大海之间，海燕像黑色的闪电高傲地飞翔。一会儿，翅膀碰着浪花，一会儿，箭一般地直冲乌云，它叫喊着……

　　在这鸟儿勇敢的叫喊声里，乌云听到了欢乐。

　　在这叫喊声里，充满着对暴风雨的渴望！在这叫喊声里，乌云听到了愤怒的力量，热情的火焰和胜利的信心。

　　海鸥在暴风雨到来之前呻吟着——呻吟着，在大海上面飞蹿，想把自己对暴风雨的恐惧，掩藏到大海深处。

　　海鸭也呻吟着，——这些海鸭呀，享受不了生活战斗的欢乐，轰隆隆的雷声就把它们吓坏了。

　　愚蠢的企鹅，畏缩地把肥胖的身体躲藏在峭崖底下……

　　只有那高傲的海燕，勇敢地，自由自在地，在翻起白沫的大海上面飞翔。

　　乌云越来越暗，越来越低，向海面压了下来；波浪一边歌唱，一边冲向空中去迎接那雷声。雷声轰响。波浪在愤怒的飞沫中呼啸着，跟狂风争鸣。看吧，狂风紧紧抱起一堆巨浪，恶狠狠地扔在峭崖上，把这大块的翡翠摔成尘雾和水沫。

　　海燕叫喊着，飞翔着，像黑色的闪电，箭一般地穿过乌云，翅膀刮起波浪的飞沫。看吧，它飞舞着像一个精灵——高傲的，黑色的暴风雨的精灵——它一边大笑，一边高叫。它笑那些乌云，它为欢乐而高叫！

　　这个敏感的精灵，从雷声的震怒里早就听出困乏，它深信乌云遮不住太阳——是的，遮不住的！

风在狂吼……雷在轰响……

一堆堆的乌云像青色的火焰,在无底的大海上燃烧。大海抓住金箭似的闪电,把它熄灭在自己的深渊里。闪电的影子,像一条条的火蛇,在大海里蜿蜒浮动,一晃就消失了。

暴风雨!暴风雨就要来啦!

这是勇敢的海燕,在闪电之间,在怒吼的大海上高傲地飞翔。这是胜利的预言家在叫喊:

——让暴风雨来得更猛烈些吧!……

(节选自《春天的旋律》)

【交流之窗】

"这是勇敢的海燕,在闪电之间,在怒吼的大海上高傲地飞翔",成为永恒的象征,象征着我们不畏强暴、顽强抗争的精神。人们的精神世界,包含刚与柔的两面。"柔"表现为细腻婉约,"刚"表现为慷慨悲歌。有了豪情,一个人才会勇敢无畏。

这种豪情要抒发出来,需要借助外物,要找到一个客观对应物,而"像黑色的闪电高傲地飞翔"的海燕,无疑是最佳选择。

大声朗读这篇文章,让我们的心随海燕飞翔。

鸟 啼

劳伦斯　　于晓丹　译

戴维·赫伯特·劳伦斯（1885—1930），英国作家。代表作有小说《儿子与情人》等。

　　严寒持续了好几个星期，鸟儿很快地死去了。田间灌木篱下每一个地方，横陈着田凫、椋鸟、画眉、鸫和数不清的腐鸟的血衣，鸟儿的肉已被隐秘的老饕吃净了。

　　尔后，突然间，一个清晨，变化出现了。风刮到了南方，海上飘来了温暖和慰藉。午后，太阳露出了几星光亮，鸽子开始不间断地缓慢而笨拙地咕咕叫。鸽子叫着，尽管带着劳作的声息，却仍像在受着冬天的日浴。不仅如此，整个下午，它们都继续着这种声音，在平和的天空下，在冰霜从路面上完全融化之前。晚上，风柔顺地吹着，但仍有零落的霜聚集在坚硬的土地上。之后是黄昏的日暮，从河床的蔷薇棘丛中，开始传出野鸟微弱的啼鸣。

　　这在严寒的静穆之后，令人惊慌，甚至使人骇异了。当大地还散布着厚厚的一层支离的鸟尸之时，它们怎么会突然歌唱起来？从夜色中浮起的隐约而清越的声音，使人的灵魂骤变，几乎充满了恐惧。当大地仍在束缚中时，那小小的清越之声怎么能在这样柔弱的空气中，这么流畅地呼吸复苏呢？但鸟儿却继续着它们的啼鸣，虽然含糊，若断若续，却把明快而萌发的声音之线抛入了苍穹。

　　几乎是一种痛苦，这么快发现了新的世界。万物已死。让万物永生！但是鸟儿甚至略去了这宣言的第一句话，它们啼叫的只是微弱的、盲目的、丰美的生活！

　　那是另一个世界的。冬天离去了。一个新的春天的世界。田地间响起斑鸠的叫声。但它的肉体却在这突然的变幻中萎缩了。诚然，这叫声还显得匆促，泥土仍冻着，地上仍零散着鸟翼的残骸！但我们无可选择。在不能进入的荆棘丛底,每一个夜晚以及每一个清晨,都会闪动出一声鸟儿的啼鸣。

它从哪儿来呀,那歌声?在这么长的严酷之后,它们怎么会这么快复生?但它活泼,像井源、像泉源,从那里,春天慢慢滴落又喷涌而出。新生活在它们喉中凝练成悦耳的声音。它开辟了银色的通道,为着新鲜的夏日,一路潺潺而行。

所有的日子里,当大地受窒,受扼,冬天抑制一切时,深埋着的春天的生机一片寂寞。他们只等着旧秩序沉重的阻碍退去,在冰消雪化时降服,然后就是他们了,顷刻间现出银光闪烁的王国。在毁灭一切的冬天巨浪之下,伏着的是宝贵的百花吐艳的潜力。有一天,黑色的浪潮定会精力耗尽,缓缓后移。番红花就会突然间显现,在后方胜利地摇曳,于是我们知道:规律变了,这是一个新的朝代,喊出了一个崭新的生活!生活!

不必再注视那些暴露四野的破碎的鸟尸,也无须再回忆严寒中沉闷的响雷,以及重压在我们身上的酷冷。不管我们情愿与否,那一切是统统过去了,选择不由我们。如果情愿,寒冷和消极还要在心中再驻留一刻,但冬天走开了,不管怎样,日落时我们的心会放出歌声。

即使当我们凝注那些散落遍地、尸身不整的鸟儿腐烂而可怕的景象,屋外也会飘来一阵鸽子的咕咕声,灌木丛中出现了微弱的啼鸣,变幻成幽微的光。无论如何,我们站着、端详着那些破碎不堪地毁灭了的生命,我们是在注视着冬天疲倦而残缺不全的队伍从眼前撤退。我们耳中充塞的,是新生的造物清明而生动的号音,那造物从身后追赶上来,我们听到了鸽子发出的轻柔而欢快的隆隆鼓声。

或许我们不能选择世界。我们不能为自己做任何选择。我们用眼睛跟随极端的严冬那沾满血迹的骇人的行列,直到它走过去。我们不能抑制春天。我们不能使鸟儿悄然,不能阻止大野鸽的沸腾。我们不能滞留美好世界中丰饶的创造,不让它们聚集,不许它们取代我们自己。无论我们情愿与否,月桂树就要飘出花香,绵羊就要站立舞蹈,白屈菜就要遍地闪烁,那就是新的天堂和新的大地。

它就在我们中间,又不将我们包容。那些强者或许要跟随冬天的行列从大地上隐遁。但我们一些人,我们是毫无选择的,春天来到我们中间，银色的泉流在心底奔涌，那是喜悦，我们禁不住。在这一时刻，我们将这喜悦接受了！变化的初日，啼唱起一首不凡又短暂的颂歌，一个在不觉中与自己争论的片断。这是极度的苦难所禁不住的，是无数残损的死亡所禁不住的。

　　这样一个漫长、漫长的冬天，冰霜昨天才裂开。但看上去，我们已把它全然忘记了。它奇异地远离了，像远去的黑暗。不真实，像深夜的梦。新世界的光芒摇曳在心中，跃动在身边。我们知道过去的是冬天，漫长、可怖。我们知道大地被窒息、被残害，我们知道生命的肉体被撕裂，又零落遍地。但这些追忆来的知识是什么？那是不关我们的，那是不关我们现在如何的。我们是什么，什么看上去是我们时常的样子，正是这纯粹的造物胎动时美好而透明的原形。所有的毁害和撕裂，啊，是的，过去曾降在我们身上，曾团团围住我们。它像高空中的一阵风暴，一阵浓雾，或一阵倾盆大雨。它缠在我们周身，像蝙蝠绕进我们的头发，逼得我们发疯。但它永远不是我们最深处真正的自我。内心中，我们是分裂的；我们是这样，就是这样银色晶莹的泉流，先前是安静的，此时却跌宕而起，注入盛开的花朵。

　　生命和死亡全不相容，多奇怪。死时，生便不存在。皆是死亡，一场势不可当的洪水。继而，一股新的浪头涌起，便全是生命，便是银色的极乐的源泉。非此即彼。我们是为着生的，或是为着死的，非此即彼。在本质上绝不可能兼得。

　　死亡攫住了我们，一切残断，转入黑暗。生命复生，我们便变成水溪下微弱但美丽的喷泉，朝向鲜花奔去，一切和一切均不能两立。这周身银色斑点、炽烈而可爱的画眉，在荆棘丛中平静地发出它第一声啼鸣。怎能把它和那些在树丛外血肉模糊、羽毛纷乱的画眉残骸联系在一起呢？没有联系的。说到此，便不能言及彼。当此是时，彼便不是。在死亡的王国里，不会有清越的歌声。但有生，便不会有死。除去银色的愉悦，没有任何死亡能美化另外的世界。

　　黑鸟不能停止它的歌唱，鸽子也一样。它全身心地投入了，尽管它的同类昨天才被全部毁灭。它不能哀伤，不能静默，不能追随死亡。死不是它的，因为生要它留住。死去的，应该埋葬了它们的死。生命现在占据了它,摇荡它到新的天堂,新的昊天,在那里,它要禁不住放声高唱,像是从来就这般炽烈。既然它此时是被完全抛入了新生活,那么那些没有越过生死界限的,它们的过去又有什么呢?

从它的歌声,听得见这场变迁的第一阵爆发和变化无常。从死亡的控制下向新生命迁移,按它奇异的轮回,仍是死亡向死亡的迁移,令人惶惑的抗争。但只需一秒钟,画这样的弧线,从一种状态进入另一种,从死亡的钳制到新生的解放。在这一瞬间,它是疑惑的王国,在新创造之中唱歌。

鸟儿没有退缩。它不沉湎于它的死,和已死的同类。没有死亡,已死的早已埋葬了它们的死。它被抛入两个世界的隙罅中,虽然惊恐,却还是高举起翅膀,发现自己充满了生命的欲望。

我们被举起,被丢入崭新的开始。在心底,泉源在涌动,激励着我们前行。谁能阻挠到来的生命冲动呢?它从陌生地来,降临在我们身上,我们应该小心越过那从天堂吹来的恍惚的、清新的风,巡视,就像做着从死到生无理性迁徙的鸟儿一样。

(选自《世界散文随笔精品文库(英国卷)》,中国社会科学出版社,1993年版)

【交流之窗】

从冬到春,从死亡到新生,鸟啼是生命的宣言。不管死亡是多么残忍、多么强大,也永远禁不住万物对生命的渴望。鸟用啼叫欢迎春天,在鸟啼中,我们也迎来新生。

鸟通过歌唱展示生命的气息和活力,生命超越死亡,生命无视死亡。作者将鸟啼写得惊心动魄,写出对生命的赞歌。聆听鸟啼让我们更好地体验生命,体会生命的可贵与美好。

文章的写法值得借鉴,自然界每一点细微的变化都引起内心的波动,从而完成景与情的自然融合。一枝一叶总关情,读完这篇文章,我们会对此有更深的体会。

蒲公英

壶井荣　肖肖译

壶井荣（1900—1967），日本女作家，儿童文学家。

"提灯笼，掌灯笼，聘姑娘，扛箱笼，……"

村子里的孩子们一面唱，一面摘下蒲公英，深深吸足了气，"噗"的一声把茸毛吹去。

"提灯笼，掌灯笼，聘姑娘，扛箱笼，噗！"

蒲公英的茸毛像蚂蚁国的小不点儿的降落伞，在使劲吹的一阵人工暴风里，悬空飘舞一阵子，就四下里飞散开，不见了。在春光弥漫的草原上，孩子们找寻成了茸毛的蒲公英，争先恐后地赛跑着。我回忆到自己跟着小伙伴们在草原上来回奔跑的儿时，也给孙子一般的小儿子，吹个茸毛瞧瞧。

"提灯笼，掌灯笼，聘姑娘，扛箱笼，噗！"

小儿子高兴了，从院子里的蒲公英上摘下所有的茸毛来，小嘴里鼓足气吹去。茸毛像鸡虱一般飞舞着，四散在狭小的院子里，有的越过篱笆飞往邻院。一旦扎下根，不怕遭践踏、被踩躏，还是一回又一回地爬起来，开出小小花朵来的蒲公英！

我爱它这忍耐的坚强和朴素的纯美，曾经移植了一棵在院里，如今已经八年了。虽然爱它而移植来的，可是动机并不是为风雅或好玩。在战争激烈的时候，我们不是曾经来回走在田野里寻觅野草来么？那是多么悲惨的时代！一向只当作应时野菜来欣赏的鸡筋菜、芹菜，都不能算野菜，变成美味了。

我们乱切一些现在连名儿都记不起来的野草，掺在一起煮成吃得碗都懒得端的稀糊来，有几次吃的就是蒲公英。据新闻杂志的报道，把蒲公英在开水里烫过，去了苦味就好吃的。我们如法炮制过一次，却再没有勇气去找来吃了。就在这一次把蒲公英找来当菜的时候，我偶然忆起儿时唱的那首童谣，就种了一棵在院子里。

蒲公英当初是不大愿意被迁移的，它紧紧扒住了根旁的土地，因此好像受了很大的伤害，一定让人以为它枯死；可是过了一个时期，又眼看着有了生气，过了两年居然开出美丽的花来了。原以为蒲公英是始终趴在地上的，没想到移到土壤松软的菜园之后，完全像蔬菜一样，绿油油的嫩叶冲天直上，真是意想不到的。蒲公英只为长在路旁，被践踏、被蹂躏，所以才变成了像趴在地上似的姿势的么？

从那以后，我家院子里蒲公英的一族就年复一年地繁殖起来。

"府上真新鲜，把蒲公英种在院子里啦。"

街坊的一位太太来看蒲公英时这样笑我们。其实，我并不是有心栽蒲公英的，只不过任它繁殖罢了。我那个像孙子似的儿子来我家，也和蒲公英一样的偶然。这个刚满周岁的男孩子，比蒲公英迟一年来到我家。

男孩子和紧紧扒住土里扎根的不肯让人拔的蒲公英一样，他初来时万分沮丧，没有一点精神。这个"蒲公英儿子"被夺去了抚养他的大地。战争从这个刚一周岁的孩子身上夺去了父母。我要对这战争留给我家的两个礼物，喊出无声的呼唤：

"须知你们是从被践踏、被蹂躏里，勇敢地生活下来的。今后再遭践踏、再遭蹂躏，还得勇敢地生活下去，却不要再尝那已经尝过的苦难吧！"

我怀着这种情感，和我那孙子一般的小儿子吹着蒲公英的茸毛：

"提灯笼，掌灯笼，聘姑娘，扛箱笼……"

（选自《中外经典散文读库》，黑龙江华文悦读荟数字出版有限公司，2011年版）

【交流之窗】

蒲公英是生活艰难时的果腹之物，它忍耐的坚强和朴素的纯美也给人精神的鼓舞。蒲公英成为作者生活的一部分，承载着作者对战争年代残酷的生活记忆。

蒲公英被践踏、被踩躏，勇敢地活下来。人也是一样。"须知你们是从被践踏、被踩躏里，勇敢地生活下来的。今后再遭践踏、再遭踩躏，还得勇敢地生活下去，却不要再尝那已经尝过的苦难吧！"委婉而坚定地表达出反战争的思想。

文章开头结尾孩子吹蒲公英的画面极富感染力，愿这种美好情景成为永恒，愿战争悲剧不再发生。

中国新诗三首

晨 星

王亚平

王亚平（1905—1983），中国现代作家、诗人、戏剧家。

早晨
我望见清醒的天野上
挂着一颗灰白的小星。

它带着
从凶险的黑夜里
战斗过来的困倦。

像病危的老人
吐着最后的喘息。
它知道要落了……

然而它最快乐
因为它死在太阳的前面。

1942年3月

（选自《顿悟菩提树》，中国青年出版社，1996年版）

悼念一棵枫树

牛 汉

牛汉（1923—2013），山西省人，现代著名诗人。

湖边山丘上
那棵最高大的枫树
被伐倒了……
在秋天的一个早晨

几个村庄
和这一片山野
都听到了，感觉到了
枫树倒下的声响

家家的门窗和屋瓦
每棵树，每根草
每一朵野花
树上的鸟，花上的蜂
湖边停泊的小船
都颤颤地哆嗦起来……

是由于悲哀吗？
这一天
整个村庄
和这一片山野上
飘忽着浓郁的清香

清香
落在人的心灵上

比秋雨还要阴冷

想不到
一棵枫树
表皮灰暗而粗犷
发着苦涩气息
但它的生命内部
却贮蓄了这么多的芬芳

芬芳
使人悲伤

枫树直挺挺地
躺在草丛和荆棘上
那么庞大，那么青翠
看上去比它站立的时候
还要雄伟和美丽

伐倒三天之后
枝叶还在微风中
簌簌地摇动
叶片上还挂着明亮的露水
仿佛亿万只含泪的眼睛
向大自然告别

哦，湖边的白鹤
哦，远方来的老鹰
还朝着枫树这里飞翔呢

枫树

被解成宽阔的木板
一圈圈年轮
涌出了一圈圈的
凝固的泪珠

泪珠
也发着芬芳

不是泪珠吧
它是枫树的生命
还没有死亡的血球

村边的山丘
缩小了许多
仿佛低下了头颅

伐倒了
一棵枫树
伐倒了
一个与大地相连的生命

（选自《牛汉诗文集》，人民文学出版社，2010年版）

悬崖边的树

曾 卓

曾卓（1922—2002），武汉人，著名诗人。

不知道是什么奇异的风
将一棵树吹到了那边——
平原的尽头
临近深谷的悬崖上

它倾听远处森林的喧哗
和深谷中小溪的歌唱
它孤独地站在那里
显得寂寞而又倔强

它的弯曲的身体
留下了风的形状
它似乎即将倾跌进深谷里
却又像是要展翅飞翔……

（选自《悬崖边的树》，四川人民出版社，1981年版）

【交流之窗】

　　星的隐没，树的生长与死亡，都是自然现象。但在敏感的诗人看来，别有一番生命的滋味，体现了生命的顽强与抗争。
　　小星带着"战斗过来的困倦""死在太阳的前面"。
　　被砍伐的枫树带着"浓郁的清香""凝固的泪珠"。
　　悬崖边的树"似乎即将倾跌进深谷里""却又像是要展翅飞翔"。
　　诗歌描写外物，又有所寄托，在对外物形象有意味的描写中表达深意。

外国诗歌七首

在铁笼里奔走着的狮子

希克梅特　　陈微明　译

那齐姆·希克梅特（1902—1963），土耳其革命诗人。著有诗集《祭神》等。

如果你看一下在铁笼里
奔走着的狮子，
你会在这猛兽的眼睛里看见
两把憎恨的钢剑。
它走向远处，
又回到跟前，
走过去，
走回来……

你看吧！
猛烈的皮鞭虽然能打倒
黄毛的背脊，
但它那有力的筋肉却很坚强，
狮子还是那般勇猛
它非常有力量，
它相信它自己。
它激怒着，奔走着……

你捉不到片刻的时间
能把枷锁套在
它那多毛的、粗壮的脖颈上。
即便在鞭子的抽打之下
两膝有些抖颤——
但它不会倒下去,
它永远在动着,
而它那高傲的头上的一堆鬣毛
愤怒地、蓬蓬地竖起……

它走向远处,
又回到跟前,
它走过去
又重新
向铁笼猛扑……
我的伙伴们的黑影
就这样不分昼夜地
沿着监牢的石墙来回闪动。

(选自《希克梅特诗集》,人民文学出版社,1952年版)

【交流之窗】

"笼中奔走的狮子"具有怎样的意志?它即使在笼子里,但是并没有失去斗志,它不屈,它坚强,它不会倒下,它追求自由的心更强劲了,它向铁笼猛扑……

"我的伙伴们的黑影/就这样不分昼夜地/沿着监牢的石墙来回闪动。"你认为"我的伙伴们"是笼中的狮子,还是另外某类人?如果是指笼中狮子,作者为什么从第三人称"它"突然转为亲切的指称"我的伙伴们"?如果他们是作者现实生活中的同伴,他们为什么在"监牢"里?我们认为,笼中的狮子,我的伙伴们,应该是为了某个目标而抗争、奋斗、不惧监牢的同志们。

豹——在巴黎动物园

里尔克　冯　至　译

莱纳·马利亚·里尔克，（1875—1926），奥地利诗人。

它的目光被那走不完的铁栏
缠得这般疲倦，什么也不能收留。
它好像只有千条的铁栏杆，
千条的铁栏后便没有宇宙。

强韧的脚步迈着柔软的步容，
步容在这极小的圈中旋转，
仿佛力之舞围绕着一个中心，
在中心一个伟大的意志昏眩。

只有时眼帘无声地撩起。——
于是有一幅图像侵入，
通过四肢紧张的静寂——
在心中化为乌有。

（选自《里尔克诗全集》，商务印书馆，2016年版）

【交流之窗】

"仿佛力之舞围绕着一个中心，在中心一个伟大的意志昏眩。"说明，"在巴黎动物园"的豹与"在铁笼里奔走着的狮子"，在意志品质上，已经完全不同。这只豹子，已经被铁栏围困得失去了力量和斗志。谁愿意做这样的一只丧失本性的软豹子呢？我们宁愿做"在铁笼里奔走着的狮子"。

海明威在《老人与海》这篇小说里，说："人可以被毁灭，但不可以被打败。"做生活的强者，而不做失去斗志的懦夫。

咏水仙

华兹华斯　　顾子欣　译

威廉·华兹华斯(1770—1850),英国浪漫主义诗人。代表作品有《抒情歌谣集》等。

我好似一朵孤独的流云,
高高地飘游在山谷之上,
突然我看到一大片鲜花,
是金色的水仙遍地开放。
它们开在湖畔,开在树下,
它们随风嬉舞,随风飘荡。

它们密集如银河的星星,
像群星在闪烁一片晶莹;
它们沿着海湾向前伸展,
通往远方仿佛无穷无尽;
一眼看去就有千朵万朵,
万花摇首舞得多么高兴。

粼粼湖波也在近旁欢跳,
却不如这水仙舞得轻俏;
诗人遇见这快乐的旅伴,
又怎能不感到欣喜雀跃;
我久久凝视——却未领悟
这景象所给我的精神至宝。
后来多少次我郁郁独卧,
感到百无聊赖心灵空漠;
这景象便在脑海中闪现,
多少次安慰过我的寂寞;
我的心又随水仙跳起舞来,

我的心又重新充满了欢乐。

（选自《世界文化历程》，国际文化出版公司出版）

【交流之窗】

　　"水仙"的精神风貌是怎样的呢？它们"遍地开放"，"随风嬉舞"，它们是人们的"快乐的旅伴"，它们"给予我精神至宝"，它们让孤独、郁郁的诗人，变得快乐起来。宇宙万物有灵且美，在与自然的接触中，诗人从心灵的创伤中恢复过来，他变得内心纯洁、恬静、喜悦。

　　我们认为，"水仙"可以象征一种美丽、纯洁、快乐的人，可以象征一种乐观、明亮的精神。

西风颂

雪　莱　　查良铮　译

珀西·比希·雪莱（1792—1822），英国著名浪漫主义诗人。代表作有《西风颂》等。

1

哦，狂暴的西风，秋之生命的呼吸！
你无形，但枯死的落叶被你横扫，
有如鬼魅碰到了巫师，纷纷逃避：

黄的，黑的，灰的，红得像患肺痨，
呵，重染疫疬的一群：西风呵，是你
以车驾把有翼的种子催送到

黑暗的冬床上，它们就躺在那里，
像是墓中的死穴，冰冷，深藏，低贱，
直等到春天，你碧空的姊妹吹起

她的喇叭,在沉睡的大地上响遍,
(唤出嫩芽,像羊群一样,觅食空中)
将色和香充满了山峰和平原。

不羁的精灵呵,你无处不远行;
破坏者兼保护者:听吧,你且聆听!

2
没入你的急流,当高空一片混乱,
流云像大地的枯叶一样被撕扯
脱离天空和海洋的纠缠的枝干。

成为雨和电的使者:它们飘落
在你的磅礴之气的蔚蓝的波面,
有如狂女的飘扬的头发在闪烁,

从天穹的最遥远而模糊的边沿
直抵九霄的中天,到处都在摇曳
欲来雷雨的鬈发,对濒死的一年

你唱出了葬歌,而这密集的黑夜
将成为它广大墓陵的一座圆顶,
里面正有你的万钧之力的凝结;

那是你的浑然之气,从它会迸涌
黑色的雨,冰雹和火焰:哦,你听!

3
是你,你将蓝色的地中海唤醒,
而它曾经昏睡了一整个夏天,

第三编 览物之情

被澄澈水流的回旋催眠入梦,

就在巴亚海湾的一个浮石岛边,
它梦见了古老的宫殿和楼阁
在水天辉映的波影里抖颤,

而且都生满青苔、开满花朵,
那芬芳真迷人欲醉! 呵, 为了给你
让一条路, 大西洋的汹涌的浪波

把自己向两边劈开, 而深在渊底
那海洋中的花草和泥污的森林
虽然枝叶扶疏, 却没有精力;

听到你的声音, 它们已吓得发青:
一边战栗, 一边自动萎缩: 哦, 你听!

4

哎, 假如我是一片枯叶被你浮起,
假如我是能和你飞跑的云雾,
是一个波浪, 和你的威力同喘息;

假如我分有你的脉搏, 仅仅不如
你那么自由, 哦, 无法约束的生命!
假如我能像在少年时, 凌风而舞

便成了你的伴侣, 悠游天空
(因为呵, 那时候, 要想追你上云霄,
似乎并非梦幻), 我就不致像如今

这样焦躁地要和你争相祈祷。
哦,举起我吧,当我是水波、树叶、浮云!
我跌在生活的荆棘上,我流血了!

这被岁月的重轭所制服的生命
原是和你一样:骄傲、轻捷而不驯。

5
把我当作你的竖琴吧,有如树林:
尽管我的叶落了,那有什么关系!
你巨大的合奏所振起的音乐

将染有树林和我的深邃的秋意:
虽忧伤而甜蜜。呵,但愿你给予我
狂暴的精神!奋勇者呵,让我们合一!

请把我枯死的思想向世界吹落,
让它像枯叶一样促成新的生命!
哦,请听从这一篇符咒似的诗歌,

就把我的话语,像是灰烬和火星
从还未熄灭的炉火向人间播散!
让预言的喇叭通过我的嘴唇

把昏睡的大地唤醒吧!要是冬天
已经来了,西风呵,春日怎能遥远?

1819年

(选自《爱的哲学:雪莱诗歌精粹》,人民文学出版社,2008年版)

【交流之窗】

《西风颂》运用了比喻、象征手法。

第一诗节,写西风的力量和作用,西风既破坏又保护,她破坏腐朽的,保护新生的,她的破坏就是为了保护。

第二诗节,用云、雨、冰雹、闪电来侧面衬托西风的力量,西风是雨与电的使者。

第三诗节,写西风给海洋施加的影响,大西洋都为西风让路。

第四诗节,写诗人希望和西风一样骄傲、轻捷而不驯。

第五诗节,诗人请求西风帮助他扫去枯死的思想,帮助他新生!并希望西风把他的诗句传到四方,唤醒大地。

最末两句又译为"冬天来了,春天还会远吗",给生活在困境中的人们带来鼓舞。

在路易斯安那我看见一棵活着的橡树正在生长

惠特曼　　楚图南　译

沃尔特·惠特曼(1819—1892),美国著名诗人,其代表作是诗集《草叶集》。

我在路易斯安那看到一棵四季常青的橡树正在成长,
它孤单地独自站立着,苔藓自树枝上挂了下来,
它没有任何的同伴却生长在那里,倾吐着深绿色的、欢乐的叶子,
它的相貌粗鲁、健壮、挺拔,令我想到自己,
不过我诧异它为什么能够独自站在那儿倾吐欢乐的叶子,但却没有朋友在身边,因为我清楚我就无法办到,
我折下了小小枝,上面带有几瓣叶子,又绕上了一些苔藓,
我将它带走,将它放到我屋内容易看到的地方,
我不需要它令我重新想起自己那些亲爱的朋友们,
(因为我认为最近自己除了他们外没怎么想念过其他的,)
但它仍就是件奇异的纪念物,它令我想到了男子之间的友爱;

虽然如此,并且虽然那棵四季常青的橡树孤单地在路易斯安那的那块非常大非常平坦的空地上面闪闪发光,

终其一生都在倾吐着欢乐的叶子,竟然没有一个朋友或是心爱的人在身边,

我深知自己是办不到的。

(选自《草叶集》,安徽人民出版社,2012年版)

【交流之窗】

这棵橡树的力量体现在哪里?"它孤单地独自站立着","它的相貌粗鲁、健壮、挺拔",诗人拿自己与这棵橡树相比,发现自己没有橡树那么有力量,诗人"折下了小小枝,将它放到我屋内容易看到的地方",因为橡树在孤独中也能发出那么多快乐的叶子,诗人也许希望从橡树那里汲取一种力量。

惠特曼说"橡树孤单地在路易斯安那的那块非常大非常平坦的空地上面闪闪发光",橡树能承担大孤独,并且快乐,而人不能永陷孤独,人需要朋友,需要温情,这不是人的软弱。

白　桦

叶赛宁　　顾蕴璞　译

谢尔盖·亚历山德罗维奇·叶赛宁(1895—1925),俄罗斯田园派诗人。代表作品有《白桦》等。

在我的窗前,
有一棵白桦,
仿佛涂上银霜,
披上一身雪花。

毛茸茸的枝头，
雪绣的花边潇洒，
串串花穗齐绽，
洁白的流苏如画。

在朦胧的寂静中，
玉立着这棵白桦，
在灿灿的金辉里，
闪着晶亮的雪花。

白桦四周徜徉着
姗姗来迟的朝霞，
它向白雪皑皑的树枝，
又抹一层银色的光华。

（选自《叶赛宁诗选》，外语教学与研究出版社，2006年版）

【交流之窗】

　　我们认为最好用歆羡、赞美、轻柔的口吻朗读这首诗歌，因为"白桦"是那么安静，那么有气质，就像冰雪大地上的一位仙女。

　　这首《白桦》托物言志，借物抒情，作者从白桦的一身"银霜"，枝头"流苏如画"，白桦"在灿灿的金辉里"，朝霞向树枝"抹一层银色的光华"几个细微的角度描写它的美，重点在描写白桦与周围世界的颜色上的和谐搭配。白桦表现出享受白雪与霞光的一种安闲、恬静的美。

黑人谈河流

休斯　申奥译

兰斯顿·休斯（1902—1967），美国黑人作家。

我了解河流：
我了解像世界一样的古老的河流，
比人类血管中流动的血液更古老的河流。

我的灵魂变得像河流一般深邃。

晨曦中我在幼发拉底河沐浴。
在刚果河畔我盖了一间茅舍，
河水潺潺催我入眠。
我瞰望尼罗河，在河畔建造了金字塔。
当林肯去新奥尔良时，
我听到密西西比河的歌声，
我瞧见它那浑浊的胸膛
在夕阳下闪耀金光。

我了解河流：
古老的黝黑的河流。

我的灵魂变得像河流一般深邃。

（选自《美国现代六诗人选集》，湖南人民出版社，1985年版）

【交流之窗】

　　休斯写作这首诗歌的时候,还是一个中学生。他怎么能在诗歌里说自己在不同的时代,到过亚洲、非洲、美洲的几条大河?

　　休斯想要表达:诗歌中的"我",其不仅指诗人本人,也泛指一个类别、一个族群的生命的延续和流淌,这个"我",代表了历史和现实中的整个"黑人"。

　　"黑人"灵魂深邃,创造历史,即使被贩卖为黑奴,也闪耀金光!那是生命的深邃的不屈的光芒!

"梅意"诗词三首

梅

王安石

墙角数枝梅,凌寒独自开。
遥知不是雪,为有暗香来。

卜算子·咏梅

陆 游

驿外断桥边,寂寞开无主。
已是黄昏独自愁,更著风和雨。
无意苦争春,一任群芳妒。
零落成泥碾作尘,只有香如故。

卜算子·咏梅

毛泽东

风雨送春归,飞雪迎春到。
已是悬崖百丈冰,犹有花枝俏。

俏也不争春，只把春来报。

待到山花烂漫时，她在丛中笑。

【交流之窗】

梅花是传统名花，在传统书画中象征清雅俊逸的风度，在文学创作中则被引申为高洁不屈的风骨，历来受到诗人的赞赏。

"凌寒独自开"，王安石笔下的梅是高洁坚贞的；"一任群芳妒"，陆游笔下的梅是寂寞冷傲的；"她在丛中笑"，毛泽东笔下的梅则是积极乐观的。

分析时尤其应当注意对比陆游与毛泽东的两首《卜算子·咏梅》，分析两人所描述的梅花的形象、品格的不同，联系创作的时代背景和作者人格，挖掘这种不同的深层原因。

● 理性之光

中国艺术的意境

叶 朗

叶朗，1938年生，浙江人，北京大学哲学系教授。主要著作《中国美学史大纲》等。

"意境"是中国传统美学中的一个很重要、很有特色的概念。

所谓"意境"，就是超越具体的、有限的物象、事件、场景，进入无限的时间和空间，即所谓"胸罗宇宙，思接千古"，从而对整个人生、历史、宇宙获得一种哲理性的感受和领悟。一方面超越有限的"象"（"取之象外""象外之象"），另一方面，"意"也就从对于某个具体事物、场景的感受上升为对于整个人生的感受。这种带有哲理性的人生感、历史感、宇宙感，就是"意境"的意蕴。

中国艺术家不是局限于刻画单个的人体或物体，把这个有限的对象刻画得很逼真，刻画得很完美。相反，他们要突破这个有限的对象，他们追求一种"象外之象""景外之景"，在这种"象外之象""景外之景"中，抒发他们对于整个人生的感受。

中国古代的画家，即使画一块石头、一条草虫，几只水鸟，几根竹子，也都要表现整个宇宙的生气，要使画面体现画家对整个人生的感悟，流露一种带有哲理性的人生感。而这就是古人说的意境。

中国古代山水画家喜欢画"远"，高远，深远，平远。中国古代很多山水画，近处是广阔的水面，有木桥、楼阁、小溪、渔船，远处有无数的高山幽谷，整个画面是由近处一层一层往远处推，越推越远。山水本来是有形体的东西，而"远"突破山水的有限的形体，使人的目光伸展到远处，从有限的时间空间进到所谓"象外之象""景外之景"。所以，"远"，也就是中国山水画的意境。

同样，中国古代诗人也都喜欢登高望远。屈原、阮籍、左思、李白、杜甫都写过登高远望的诗。登高远望是为了从有限的时间空间进到无限的时间空间，从而引发一种人生感和历史感。

中国的园林艺术也是如此。中国园林艺术在美学上的最大特点也是有意境。中国园林的美不是一座孤立的建筑物的美，也不是一片孤立的风景的美，而是意境的美。

中国每一处园林都少不了亭子。亭子在中国园林的意境中也起到很重要的作用。中国园林中亭子的造型是多种多样的，但它们的基本结构是相同的。一个屋顶，几根柱子，中间是空的。这样的建筑物的作用就在于能把外界大空间的景色吸收到这个小空间中来。元代人有两句诗，"江山无限景，都聚一亭中"。这就是亭子的作用，就是把外界空间无限景色都吸收进来。

王勃在《滕王阁序》描写了滕王阁建筑的美，但接下去就说，滕王阁给人的美感，主要不在于建筑本身，而在于它可以使人看到一个无限广大的空间，看到无限壮丽的景色。它有两句名句："落霞与孤鹜齐飞，秋水共长天一色。"这是一个无限广大的空间。然后他就写到，在这种空间的美感中，包含了一种人生感："天高地迥，觉宇宙之无穷，兴尽悲来，识盈虚之有数"。这就是一种人生感。

有意境的作品，和一般的艺术作品的区别，在于它不仅仅是揭示生活中某一个具体事物或具体事件的意味，而是要超越具体的事物和事件，要从一个角度去揭示整个人生的意味。一个作品，可能是很美的，也可能是很好的，但如果它没有揭示整个人生的某种意味，那就不能说它是有意境的作品。

宋代文学家苏东坡有一篇《前赤壁赋》。这篇文章描写苏东坡和朋友在明月之夜泛舟于赤壁之下，朋友之中有人吹起了洞箫。苏东坡形容洞箫的乐声，用了八个字，"如怨如慕，如泣如诉"。这八个字用得很好，说明在这个洞箫的音乐声中，包含了他这位朋友对整个人生的某种感受。

人的一生是短促的。人生旅途充满了酸、甜、苦、辣。但是人生终究又是有价值、有意义、有情趣的。人生中有许多事使人遗憾，使人感叹，使人感到一种惆怅，但人生中也有许多事使人怀念，使人依恋，使人得到安慰。这大概就是所谓"如怨如慕，如泣如诉"吧。

意境的美感，实际上包含了一种人生感、历史感。正因为如此，它往往使人感到一种惆怅，忽忽若有所失，就像长久居留在外的旅客，思念自己的家乡那样一种心境。中国古代诗人喜欢登高远望，用这种方法来引发自己对于人生的哲理性感悟。这种感悟，带给诗人的就是一种惆怅。很多诗人都谈到他们的这种感受。

唐宋词很多作品很有意境。如"何处是归程，长亭更短亭"，"问君能有几多愁，恰似一江春水向东流"，"流光容易把人抛，红了樱桃，绿了芭蕉"，读这些词，感到的也是一种惆怅，好像旅客思念家乡那样，茫然若失。

意境给予人的就是这种形而上的慰藉。这当然也是一种美感，也带给人一种精神的愉悦和满足。在这种美感中，包含了对于整个人生的体验和感受，可以说这是一种最高的美感。

（选自《神州学人》，1998年第8期）

【交流之窗】

品读此文，我们首先需要把握"意境"的内涵，即"带有哲理性的人生感、历史感、宇宙感"。意境是传统美学概念，文中提到的书画、建筑和文学都是其重要载体。

同时我们还要发现"美"与"意境"的不同，即是否能够"揭示整个人生的某种意味"，能够"揭示整个人生的意味"的作品，不仅描写"美"，而且达到了"意境"的层次。

情景交融是艺术的基本要求，而景物中传达出的某种感情则是作品意境的具体体现，即托物言情。

在分析艺术作品时，我们应当着力把握景物背后的感情，尝试以作者的角度品味所思所想，体会其中的意境所在。

第四编
诗意栖居

⊙ 邢永峰绘

《圣经》"创世记"里说，亚当夏娃偷吃了智慧果，被逐出伊甸园，以致辛辛苦苦汗流满面才能糊口！这则预言，揭示了人之为人的宿命，那就是必然要辛苦劳作。

劳作的价值难道仅仅在于养家糊口、物质享乐？难道不是发展自我、发展社群的必需吗？辛苦工作，是成就人生的必由之路。

人性和人性的追求，总是充满了矛盾性和辩证法。

这个世界有太多的人被生活的重担压得透不过气来，为柴米油盐忙来忙去，不痛苦吗？有些人生来富贵或能力超群，过着优越乃至奢侈的生活，难道生活的意义就在于物质的享受？

人，到底能不能超凡脱俗，远离尘嚣，采菊东篱，悠然自得？什么样的人才能做到"采菊东篱，悠然自得"？我们普通人，心底有没有对"采菊东篱，悠然自得"这种生活的向往？或者说，"每个人心中都住着一位'陶渊明'"，这句话是否成立？

请你继续思考，什么叫"诗意的栖居"？"诗意的栖居"，需要什么样的生活环境？需要什么层次的物质条件？追求"诗意栖居"的个人需要具有怎样的心灵品质？

只有中国古代才有"陶渊明"吗？西方有没有思想和陶渊明大体一致的人？陶渊明的人生追求，在现代社会还具有现实可行性吗？

"陶渊明"和"诗意的栖居"是不是代表着一种人性的必然追求？

你希望过怎样的生活？你喜欢傍山而居，还是临水而居，还是喜欢背山面水？

对本编的文人们提倡的生活，你有什么样的态度？

人类应该追求怎样的生活？你对人类生活有什么样的建议？

你所在的国家、地区，或者你的亲人、朋友，或者你本人目前的生活，与"诗意的栖居"是一个怎样的关系？

人类怎样才能走向诗意的栖居？

外国诗两首

人，诗意地栖居（节选）

荷尔德林

荷尔德林（1770—1843），德国诗人，古典浪漫派诗歌的先驱。代表作品有《自由颂歌》等。

如果人生纯属辛劳，
人就会仰天而问：
难道我所求太多以至无法生存？

人充满劳绩，
但还诗意地安居于这块大地之上。
我真想证明，
就连璀璨的星空也不比人纯洁，
人被称作神明的形象。

（选自《荷尔德林诗集》，人民文学出版社，2016年版）

我们整天在田野行走

埃利蒂斯　　李野光　译

奥季塞夫斯·埃利蒂斯（1911—1996），希腊诗人，1979年诺贝尔文学奖获得者。代表作品有长诗《理所当然》。

我们整天在田野行走，
同我们的女人、太阳和狗
我们玩啊，唱呀，饮水呀！
泉水清清来自古代的源头。

午后我们静坐了片刻，
彼此向对方的眼神深深注视，
一只蝴蝶从我们的心中飞出
它那样雪白
胜过我们梦尖上那小小的嫩枝。
我们知道它永远不会消失，
它根本不记得养过什么虫子。

晚上我们燃起一堆火。
然后围着它唱歌：
火啊，可爱的火，请不要怜惜木柴。
火啊，可爱的火，请不要怜惜灰冷。
火啊，可爱的火，请燃烧我们，
为我们讲述生命。

我们讲述生命，我们拉着它的双手。

我们瞧着它的眼睛,它也报以凝眸。
如果这使我们沉醉的是磁石,那我们认识。
如果这使我们痛苦的是恶行,我们已感受。

我们讲述生命,我们前行。
同时告别它的正在移栖的鸟群。

我们属于美好的一代人。

(选自《视野》,2009年第13期)

【交流之窗】

  人生辛劳,但并非纯属辛劳!我们不仅有辛劳,还有"诗和远方"。我们不可能沉陷在物质追求的辛劳里,我们需要"诗意的栖居"。人,本身就是大自然的艺术品,就是上帝的杰作,就是一首诗!

  "人充满劳绩,但还诗意地安居于这块大地之上",生活就是这样,我们一边劳作,一边释放心灵,安顿灵魂。因为,"星空也不比人纯洁,人被称作神明的形象"。

  读着《我们整天在田野行走》中"晚上我们燃起一堆火,然后围着它唱歌""我们讲述生命"的诗句,我们热血上涌,我们热爱生活,我们要把生活经营为一首诗!我们属于美好的一代人!所有的时代,所有的人,都可以"诗意的栖居"!

听 泉

东山魁夷　唐月梅　译

东山魁夷（1908—1999），日本风景画家、散文家。代表作有散文集《听泉》等。

　　鸟儿飞过旷野。一批又一批，成群的鸟儿接连不断地飞了过去。
　　有时候四五只联翩飞翔，有时候排成一字长蛇阵。看，多么壮阔的鸟群啊！
　　鸟儿鸣叫着，它们和睦相处，互相激励，有时又彼此憎恶，格斗，伤残。有的鸟儿因疾病、疲惫或衰老而掉队。
　　今天，鸟群又飞过旷野。它们时而飞过碧绿的田原，看到小河在太阳照耀下流泻；时而飞过丛林，窥见鲜红的果实在枝头闪烁。想从前，这样的地方有的是。可如今，到处都是望不到边的漠漠荒原。任凭大地改换了模样，鸟儿一刻也不停歇，昨天，今天，明天，它们继续打这里飞过。
　　不要认为鸟儿都是按照自己的意志飞翔的。它们为什么飞？它们飞向何方？谁都弄不清楚，就连那些领头的鸟儿也无从知晓。
　　为什么必须飞得这样快呢？为什么就不能慢一点儿呢？
　　鸟儿只觉得光阴在匆匆忙忙中逝去了。然而，它们不知道时间是无限的，永恒的，逝去的只是鸟儿自己。它们像是着了迷似的那样剧烈，那样急速地振翅翱翔。它们没有想到，这会招来不幸，会使鸟儿更快地从这块土地上消失。
　　鸟儿依然呼啦啦拍击着翅膀，更急速，更剧烈地飞过去……
　　森林中有一泓清澈的泉水，发出叮叮咚咚的响声，悄然流淌。这里有鸟群休息的地方，尽管是短暂的，但对于飞越荒原的鸟群来说，这小憩何等珍贵！地球上的一切生物，都是这样，一天过去了，又去迎接明天的新生。
　　鸟儿在清泉旁歇歇翅膀，养养精神，倾听泉水的絮语。鸣泉啊，你是否指点了鸟儿要去的方向?

泉水从地层深处涌出来,不间断地奔流着,从古到今,阅尽地面上一切生物的生死、荣枯。因此,泉水一定知道鸟儿应该飞去的方向。

鸟儿站在清澄的水边,让泉水映照着身影,它们想必看到了自己疲倦的模样。它们终于明白了鸟儿作为天之骄子的时代已经一去不复返了。

鸟儿想随处都能看到泉水,这是困难的。因为,它们只顾尽快飞翔。

鸟儿想错了,它们最大的不幸是以为只有尽快飞翔才是进步,它们以为地面上的一切都是为了鸟儿而存在。

不过,它们似乎有所觉悟,这样连续飞翔下去,到头来,鸟群本身就会泯灭的。但愿鸟儿尽早懂得这个道理。

我也是群鸟中的一只,所有的人们都是在荒凉的不毛之地上飞翔不息的鸟儿。

人人心中都有一股泉水,日常的烦乱生活,遮蔽了它的声音。当你夜半突然醒来,你会从心灵的深处,听到幽然的鸣声,那正是潺潺的泉水啊!

回想走过的道路,多少次在这旷野上迷失了方向。每逢这个时候,当我听到心灵深处的鸣泉,我就重新找到了前进的标志。

泉水常常问我:你对别人,对自己,是诚实的吗?我总是深感内疚,答不出话来,只好默默低着头。

我从事绘画,是出自内心的祈望:我想诚实地生活。心灵的泉水告诫我:要谦虚,要朴素,要舍弃清高的偏执。

心灵的泉水教导我:只有舍弃自我,才能看见真实。

舍弃自我是困难的,甚至是不可能的,我想。然而,絮絮低语的泉水明明白白对我说:美,正在于此。

(选自《美的情愫》,复旦大学出版社,2008年版)

【交流之窗】

泉水,指点了鸟儿要去的方向,泉水惊醒鸟儿:不要只顾高傲地飞翔,不要迷失了方向,还要慢下来,栖息在泉水边,静下来,倾听内心的声音。

泉水，告诫我，教导我：你对别人，对自己，要诚实。要谦虚，要朴素，要舍弃清高的偏执。

作者既说"只有舍弃自我，才能看见真实"，又接着说"舍弃自我是困难的，甚至是不可能的"，这很矛盾，为什么作家却感悟到"美，正在于此"？可见，人性、心灵，是立体的，多面的，不是单面的，不是单极的，矛盾产生了人生的美，产生了诗意。

朋友啊，放慢你的脚步，关照你的心灵，去静静聆听心灵深处那潺潺的泉水声吧！

我家的财富

德富芦花　　陈德文　译

德富芦花（1868—1927），日本近代著名小说家、散文家。代表作有小说《不如归》等。

一

　　房子不过三十三平方，庭院也只有十平方。人说，这里既褊狭，又简陋。屋陋，尚得容膝；院小，亦能仰望碧空，信步遐思，可以想得很远，很远。
　　日月之神长照。一年四季，风、雨、霜、雪，轮番光顾，兴味不浅。蝶儿来这里欢舞，蝉儿来这里鸣叫，小鸟来这里玩耍，秋蛩来这里低吟。静观宇宙之大，其财富大多包容在这座十平方的院子里。

二

　　院里有一棵老李，到了春四月，树上开满了青白的花朵。碰到有风的日子，李花从迷离的碧空飘舞下来，须臾之间，满院飞雪。
　　邻家多花树，飞花随风飘到我的院子里，红雨霏霏，白雪纷纷，眼见着满院披上花的衣衫。仔细一看，有桃花，有樱花，有山茶花，有棠棣花，有李花。

三

　　院角上长着一棵栀子。五月黄昏，春阴不晴，白花盛开，清香阵阵。主人沉默寡言，妻子也很少开口。这样的花生在我家，最为相宜。
　　老李背后有棵梧桐，绿干亭亭，绝无斜出，似乎告诫人们："要像我一般正直。"

梧叶和水盆旁边的八角金盘，叶片宽阔，有了它，我家的雨声也多了起来。

李子熟了，每当沾满了白粉的琥珀般的玉球骨碌碌滚到地面的时候，我就想，要是有个孩子，我拾起一个给他，那该多高兴啊！

四

蝉声凄切之后，世界进入冬季。山茶花开了，三尺高的红枫像燃着一团火。房东留下的一株黄菊也开了。名苑之花固然娇美，然而，秋天里优雅闲寂的情趣，却荟萃在我家的庭树上了。假若我是诗翁蜕岩，我将吟咏"独怜细菊近荆扉"，使我惭愧的是我不能唱出"海内文章落布衣"的诗句来。

屋后有一株银杏，每逢深秋，一树金黄，朔风乍起，落叶翩翩，恰如仙女玉扇坠地。夜半梦醒，疑为雨声；早起开门一看，一夜过后，满庭灿烂。屋顶、房檐水盆，无处不是落叶，片片红枫相间其中。我把黄金翠锦都铺到院子里了。

五

树叶尽落，顿生凄凉之感。然而，日光月影渐渐增多，仰望星空，很少遮障，令人欣喜。

（选自《自然与人生》，人民文学出版社，1998年版）

【交流之窗】

德富芦花家的财富是什么呢？

斯是陋室。

院里的老李树，这是财富。邻家的花飞到我的院子，这是财富。

栀子、梧桐、蝉声、山茶花、黄菊、银杏、银杏叶子，都是德富芦花家的财富。

看看，你家里的财富，是不是也有这些？是不是比德富芦花家的"财富"还要多？

德富芦花享受四季，享受日月，享受风雨，享受花开花落，把自己融入自然之中，这就是"诗意的栖居"。

俯仰天地之间，大处着眼，小处着手。立意尽可高远深邃，但写作还要从细微处下笔。

我的伊豆

川端康成　　陈德文　译

川端康成（1899—1972），日本著名小说家，1968年获得诺贝尔文学奖。代表作有《伊豆的舞女》《雪国》等。

伊豆是诗的故乡，世上的人这么说。

伊豆是日本历史的缩影，一个历史学家这么说。

伊豆是南国的楷模，我要再加上一句。

伊豆是所有的山色海景的画廊，还可以这么说。

整个伊豆半岛是一座大花园，一所大游乐场。就是说，伊豆半岛到处都具有大自然的惠赠，都富有美丽的变化。

如今，伊豆有三个入口：下田，三岛修善寺，热海。不管从哪里进去，首先迎接你的，是堪称伊豆的乳汁和肌体的温泉。然而，由于选择的入口不同，你定会感到有三个各不相同的伊豆呢。

北面的修善寺和南面的下田这两条通道，在天城山口相会合。山北称外伊豆，属田方郡，山南称内伊豆，属贺茂郡。南北两面不仅植物种类和花期各异，而且山南的天空和海色，都洋溢着南国的气息。天城火山脉东西约四十四公里，南北约二十四公里，占据着半岛的三分之一。海面的黑潮从三面包围着半岛。这山，这海，便是给伊豆增添光彩的两大要素。倘若把茶花当作海岸边的花，那么，石棉花就是天城山上的花。山谷幽邃，原生林木森严茂密，使你很难想象这原是个小小的半岛。天城山是闻名的狩鹿的场所，只有翻过这座山峦，才能尝到伊豆旅情的滋味。

开往热海的火车时髦得很，称为"罗曼车"。情死是热海的名产。热海是伊豆的都会，它是在关东温泉之乡中富有现代特征的城市。倘若把修善寺称为历史上的温泉，那么，热海便是地理上的温泉。修善寺附近，清静，幽寂；热海附近，热烈，俏丽。伊豆到伊东一带的海岸线，令人想起南欧来，这里显示着伊豆明朗的容颜。同是南国风韵，伊豆的海岸线多像一曲素朴的牧歌啊。

伊豆有热海、伊东、修善寺和长冈四大温泉，共有二三十个喷口，仅伊东就有数百处泉流。这些都是玄岳火山、天城火山、猫越火山、达磨火山的遗迹。伊豆，是男性火山之国的代表。此外，热海的间歇泉，下加茂峰的吹上温泉，拍击着半岛南端的石廊崎的巨涛，狩野川的洪水，海岸线的岩壁，茂盛的植物……所有这些，都带着男性的威力。

然而，各处涌流的泉水，使人联想起女性的温暖和丰足，这种女性般的温暖和丰足，正是伊豆的生命。尽管田地极少，但这里有合作村，有无税町，有山珍海味，有饱享黑潮和日光馈赠、呈现着麦青肤色的温淑的女子。

铁路只有热海线和修善寺线，而且只通到伊豆的入口，在丹那线和伊豆环行线建成之前，这里的交通很是不便。代之而起的是四通八达的公共汽车。走在伊豆的旅途上，随时可以听到马车的笛韵和江湖艺人的歌唱。

主干道随着海滨和河畔延伸。有的由热海通向伊东，有的由下田通向东海岸，有的沿西海岸绵延开去，有的顺着狩野川畔直上天城山，再沿着海津川和逆川南下……温泉就散缀在这些公路的两旁。此外，由箱根到热海的山道，猫越的松崎道，由修善寺通向伊东的山道，所有这些山道，也都把伊豆当成了旅途中的乐园和画廊。

伊豆半岛西起骏河湾，东至相模湾，南北约五十九公里，东西最宽处约三十六公里，面积约四百零六平方公里，占静冈县的五分之一。面积虽小，但海岸线比起骏河、远江两地的总和还长。火山重叠，地形复杂，致使伊豆的风物极富于变化。

现在，人们都这么说，伊豆的长津吕是全日本气候最宜人的地方，整个半岛就像一个大花园。然而在奈良时代，这里却是可怕的流放地。到源赖朝举兵时，才开始兴旺发达起来。幕府末期，曾一度有外国黑船侵入。这里的史迹不可胜数，其中有范赖、赖家遭受禁闭的修善寺，有掘越御所的遗址，有北条早云的韭山城等。

请不要忘记，自古以来，伊豆在日本造船史上，发挥着重大的作用，这正因为伊豆是大海和森林的故乡啊。

（选自《世界最美的散文》，华文出版社，2009年版）

【交流之窗】

在故乡安放灵魂,在故乡诗意栖居。

"走遍天下的路,最美的还是故乡;喝遍天下的水,最甜的还是故乡。"故乡何处是?忘了除非醉。

川端康成眼里和心中的伊豆,是平凡的,又是神圣的,因为他热爱伊豆。

因为爱得深沉,所以,对伊豆的地理、地形、历史那么熟知,介绍起来这般自信,也许希望所有的人都如自己一般了解伊豆。

川端康成的文笔闲散,看起来拉拉杂杂,东拉西扯,其实每一处描写都用了热爱之情,只不过他把这种热爱隐藏在平淡的笔调中,暗含在"闲话"中。平淡至极,却有韵味。

秋天的况味

林语堂

林语堂（1895—1976），福建人，中国现代著名作家、学者。代表作品有《京华烟云》《吾国与吾民》等。

　　秋天的黄昏，一人独坐在沙发上抽烟，看烟头白灰之下露出红光，微微透露出暖气，心头的情绪便跟着那蓝烟缭绕而上，一样的轻松，一样的自由。不转眼，缭烟变成缕缕的细丝，慢慢不见了，而那霎时，心上的情绪也跟着消沉于大千世界，所以也不讲那时的情绪，而只讲那时的情绪的况味。待要再划一根洋火，再点起那已点过三四次的雪茄，却因白灰已积得太多而点不着，乃轻轻一弹，烟灰静悄悄地落在铜炉上，其静寂如同我此时用毛笔写在中纸上一样，一点的声息也没有。于是再点起来，一口一口地吞云吐雾，香气扑鼻，宛如偎红倚翠温香在抱的情调。于是想到烟，想到这烟一股温煦的热气，想到室中缭绕暗淡的烟霞，想到秋天的意味。

　　这时才忆起，向来诗文上秋的含义，并不是这样的，使人联想的是肃杀，是凄凉，是秋扇，是红叶，是荒林，是菱草。然而秋却有另一意味，没有春天的阳气勃勃，也没有夏天的炎烈迫人，也不像冬天之全入于枯槁凋零。我所爱的是秋林古气磅礴气象。有人以老气横秋骂人，可见是不懂得秋林古色之滋味。在四时中，我于秋是有偏爱的，所以不妨说说。

　　秋是代表成熟，对于春天之明媚娇艳，夏日的茂密浓深，都是过来人，不足为奇了。所以其色淡，叶多黄，有古色苍茏之慨，不单以葱翠争荣了。这是我所谓秋天的意味。

　　大概我所爱的不是晚秋，是初秋，那时暄气初消，月正圆，蟹正肥，桂花皎洁，也未陷入凛冽萧瑟气态，这是最值得赏乐的，那时的温和，如我烟上的红灰，只是一股熏熟的温香罢了。或如文人已摆脱下笔惊人的格调，而渐趋纯熟练达，宏毅坚实，其文读来有深长意味。这就是庄子所谓"正得秋而万宝成"结实的意义。在人生上最享乐的就是这一类的事。比如酒以醇以老为佳。烟也有和烈之辨。雪茄之佳者，远胜于香烟，因其味较和。倘是烧得得法，慢慢地吸完一支，看那红光炙发，有无穷的意味。鸦片吾不知，然看见人在烟灯上烧，听那微微哔剥的声音，也觉得有一种诗意。

　　大概凡是古老，纯熟，熏黄，熟练的事物，都使我得到同样的愉快。如一只熏黑的陶锅在烘炉上用慢火炖猪肉时所发出的锅中徐吟的声调，使我感到同观人烧大烟一样的兴趣。或如一本用过二十年而尚未破烂的字典，或是一张用了半世的书桌，或如看见街上一块熏黑了老气横秋的招牌，或是看见书法大家苍劲雄浑的笔迹，都令人有相同的快乐。

　　人生世上如岁月之有四时，必须要经过这纯熟时期，如女人发育健全遭遇安顺的，亦必有一时徐娘半老的风韵，为二八佳人所不及者。使我最佩服的是邓肯的佳句："世人只会吟咏春天与恋爱，真无道理。须知秋天的景色，更华丽，更恢奇，而秋天的快乐有万倍的雄壮、惊奇、都丽。我真可怜那些妇女识见偏狭，使她们错过爱之秋天的宏大的赠赐。"若邓肯者，可谓识趣之人。

（选自《林语堂散文精选》，长江文艺出版社，2013年版）

【交流之窗】

　　林语堂先生学贯中西，是学者，是作家，其"诗意的栖居"如何？

　　他在秋天的黄昏独坐，轻松，自由。

　　他细品秋天的况味：色淡，叶黄，古色苍茫。

　　"秋天的况味"，味觉上它如醇老的酒，听觉上如"一只熏黑的陶锅在烘炉上用慢火炖猪肉时所发出的锅中徐吟的声调"，视觉上如"用过二十年而尚未破烂的字典""用了半世的书桌""一块熏黑了老气横秋的招牌"。它温和，具有"古老，纯熟，熏黄，熟练的事物"的厚重隽永。

　　秋，有气质，有情调，贮满诗意。

　　林语堂先生的文章闲谈亦为趣。我们也应该用闲适之心，品文章之趣。

孟加拉风光(节选)

泰戈尔　冰心 译

　　在我的窗前,河的彼岸,有一群吉卜赛人在那里安家,支起了上面盖着竹席和布片的竹架子。这样的结构只有三所,矮得在里面站不起来。他们生活在空旷中,只在夜里才爬进这隐蔽所去,拥挤着睡在一起。

　　吉卜赛人的生活方式就是这样:哪里都没有家,没有收租的房东;带着孩子和猪和一两只狗,到处流浪;警察们总以提防的目光跟着他们。

　　我常常注意看靠近我们的这一家人在做些什么。他们生得很黑,但是很好看,身躯健美,像西北农民一样。他们的妇女很丰硕;那自如随便的动作和自然独立的气派,在我看来很像黧黑的英国妇女。

　　那个男人刚把饭锅放在炉火上,现在正在劈竹编筐。那个女人先把一面镜子举到面前,然后用湿手巾再三地仔细地擦着脸;又把她上衣的褶子整理妥帖,干干净净地,走到男人身边坐下,不时地帮他干活。

　　他们真是土地的儿女,出生在土地上的某一个地方,在任何地方的路边长大,在随便什么地方死去。日夜在辽阔的天空之下,开朗的空气之中,在光光的土地之上,他们过着一种独特的生活;他们劳动,恋爱,生儿育女和处理家务——每一件事都在土地上进行。

　　他们一刻也不闲着,总在做些什么。一个女人,她自己的事做完了,就扑通地坐在另一个女人的身后,解开她的发髻,替她梳理;一面也许同时就谈论着这三个竹棚人家的家事,从远处我不能确定,但是我大胆地这样猜想着。

　　今天早晨,一个很大的骚乱侵进了这块吉卜赛人宁静的住地里。差不多八点半或是九点钟的时候,他们正在竹席顶上摊开那当作床铺用的破烂被窝和各种各样的毯子,为的是晒晒太阳见见风。母猪领着猪仔一堆堆地躺在湿地里,望去就像一堆泥土。它们被这家的两只狗赶了起来,狗咬它们,让它们出去寻找早餐。经过一个冷夜之后,正在享受阳光的这群猪，被惊吵起来就哇哇地叫出它们的厌烦。

我正在写着信，又不时心不在焉地往外看，这场吵闹就在此时开始。

我站起走到窗前，发现一大群人围住这吉卜赛人的住处。一个很神气的人物，在挥舞着棍子，信口骂出最难听的话语。吉卜赛的头人，惊慌失措地正在竭力解释些什么。我推测是当地出了些可疑的事件，使得警官到此查问。

那个女人直到那时仍旧坐着，忙着刮那劈开的竹条，那种镇静的样子，就像是周围只有她一个人，没有任何吵闹发生似的。然而，突然跳着站起，向警官冲去，在他面前使劲地挥舞着手臂，用尖粗的声音责骂他。刹那间，警官的三分之一的激动消失了，他想提出一两句温和的抗议也没有机会，因此他垂头丧气地走了，就像完全变了一个人似的。

等他退到一个安全的距离之后，他回过头来喊："我只要说，你们全得从这儿搬走！"

我以为我对面的邻居会即刻卷起席篷，带着包袱、猪和孩子一齐走掉。但是至今还没有一点动静，他们还在若无其事地劈竹子、做饭或者梳妆。

（选自《泰戈尔集：生活的回忆》，上海三联书店，2015年版）

【交流之窗】

吉卜赛人的生活方式很特殊，他们践行"哪里都没有家"。他们带着孩子、猪、狗，到一个地方，就地成"家"。

他们身躯健美，妇女丰硕，自然独立。

他们是土地的儿女，他们劳动，恋爱，生儿育女，一刻也不闲着。警官因事到此查问，吉卜赛妇女用语言反击警察，警察无奈。警察让他们搬走，他们若无其事，按照自己的节奏生活。吉人赛人的生活简朴、独立，像草原上的草，顽强自由。

他们看似"哪里都没有家"，实际上到处都是家。苏东坡先生说：此心安处是吾乡。心灵的自由安顿好了，物质的枷锁少了，把看似烦琐平凡的日常生活打理好了，即使有"警察"的威胁，也能诗意地栖居在大地上。

草木虫鱼

莫　言

⊙ 莫言　莫丹绘

莫言，原名管谟业，1955年生于山东高密，首位获得诺贝尔文学奖的中国籍作家。代表作品有《红高粱》《蛙》等。

好多文章把三年困难时期写得一团漆黑，毫无乐趣，我认为是不对的。在那个特殊的时期里，也还是有欢乐，当然所有的欢乐大概都与得到食物有关。那三年，正好是我的六岁、七岁、八岁，与村中的孩子们一起，四处悠荡着觅食，活似一群小精灵。我们像传说中的神农一样，几乎尝遍了田野里的百草百虫，为丰富人类的食谱做出了贡献。那时候的孩子都挺着一个大肚子，小腿细如柴棒，脑袋大得出奇。我当然也不例外。

我们的村子外是一片相当辽阔的草甸子，地势低洼，水汪子很多，荒草没膝。那里既是我们的食库，又是我们的乐园。春天时，我们在那里挖草根剜野菜，边挖边吃，边吃边唱，部分像牛羊，部分像歌手。我们是那个年代的牛羊歌手。我们最喜欢唱的一支歌是我们自己创作的。曲调千变万化，但歌词总是那几句：一九六〇年，真是不平凡；吃着茅草饼，喝着地瓜蔓……

歌中的茅草饼，就是把茅草的白色的甜根，洗净，切成寸长的段，放到鏊子上烘干，然后放到石磨里磨成粉，再用水和成面状，做成饼，放到鏊子上烘熟。茅草饼是高级食品，并不是天天人人都能吃上。我歌唱过一千遍茅草饼，但到头来只吃过一次茅草饼，还是三十年之后，在大宴上饱餐了鸡鸭鱼肉之后，作为一种富有地方风味的小点心吃到的。地瓜蔓就是红薯的藤蔓，用石磨粉碎后熬成粥，再加点盐，这粥在当时也是稀罕物，不是人人天天都能喝上。我们歌唱这两种食物，正说明我们想吃又捞不到吃，想喝而捞不到喝，就像一个青年男子爱慕一个姑娘但是得不到，只好千遍万遍地歌唱那姑娘的名字。我们只能大口吃着随手揪来的野菜，嘴角上流着绿色的汁液。

我们头大身子小，活像那种还没生出翅膀的山蚂蚱。荒年蚂蚱多，这大概也是天不绝人的表现。我什么都忘了，也忘不了那种火红色的、周身发亮的油蚂蚱。这种蚂蚱含油量忒高，放到锅里一炒滋啦滋啦响，颜色火红，香气扑鼻，撒上几粒盐。味道实在是好极了。我记得那几年的蚂蚱季节里，大人和小孩子都提着葫芦头，到草地里捉蚂蚱。开始时，蚂蚱傻乎乎的，很好捉，但很快就被捉精了。开始时大家都能满葫芦头而归，到后来连半葫芦也捉不到了。只有我保持着天天满葫芦的辉煌纪录。我有一个诀窍：开始捉蚂蚱前，先用草汁把手染绿。就是这么简单。油蚂蚱被捉精了，人一伸手它就蹦。它们有两条极其发达的后腿，还有双层的翅膀，一蹦一飞，人难近它的身了。我暗中思想，它们大概能嗅到人手上的气味，用草汁一涂，就把人味给遮住了。我的诀窍连爷爷也不告诉，因为我奶奶搞的是按劳分配，谁捉到的蚂蚱多，谁分到的炸蚂蚱也就多。

吃罢蚂蚱，很快就把夏天迎来了。夏天食物丰富，是我们的好时光。那三年雨水特大，一进六月，天就像漏了似的，大一阵小一阵，没完没了地淅沥。庄稼全涝死了。洼地里处处积水，成了一片汪洋。有水就有鱼。各种各样的鱼好像从天上掉下来似的，品种很多，有一些鱼连百岁的老人都没看到过。我捕到过一条奇怪又妖冶的鱼，它周身翠绿，翅羽鲜红，能贴着水面滑翔。它的脊上生着一些好像羽毛的东西，肚皮上生着鱼鳞。所以它究竟是一条鱼还是一只鸟，至今我也说不清。前面之所以说它是条鱼，不过是为了方便。这个奇异的生物也许是个新物种，也许是一个杂种，反正是够怪的，如果能养活到现在，很可能成为宝贝，但在那个时代，只能杀了吃。可是它好看不好吃，又腥又臭，连猫都不闻。其实最好吃的鱼是最不好看的土泥鳅。这些年我在北京市场上看到的那些泥鳅，瘦得像铅笔杆似的，那也叫泥鳅？我想起六十年代我家乡的泥鳅，一根根，金黄色，像棒槌似的。传说有好多种吃泥鳅的奇巧方法。我听说过两种：一是把活泥鳅放到净水中养数日，让其吐尽腹中泥，然后打几个鸡蛋放到水中，饿极了的泥鳅自然是鲨吃鲸吞。待它们吃完了鸡蛋，就把它们提起来扔到油锅里，炸酥后，蘸着椒盐什么的，据说其味鲜美。二是把一块豆腐和十几条泥鳅放到一个盆里，然后把这个盆放到锅里蒸，泥鳅怕热，钻到冷豆腐里去，钻到豆腐里也难免一死。这道菜据说也有独特风味，可惜我也没吃过。泥鳅在鱼类中最谦虚、最谨慎，钻在烂泥里，轻易不敢抛头露面，人们却喜欢欺负老实鱼，不肯一刀宰了它，偏偏要让它受若干酷刑。

秋天是收获的季节。茫茫大地鱼虾尽，又有螃蟹横行来。俗话说"豆叶黄，秋风凉，蟹脚痒"。在秋风飒飒的夜晚，成群结队的螃蟹沿河下行，爷爷说它们是到东海去产卵，我认为它们更像是要去参加什么盛大的会议。螃蟹形态笨拙，但在水中运动起来，如风如影，神鬼莫测，要想擒它，绝非易事。想捉螃蟹，最在夜里。身披蓑衣，头戴斗笠，耐心等待，最忌咋呼。我曾跟随本家六叔去捉过一次螃蟹，可谓新奇神秘，趣味无穷。白天，六叔就看好了地形，悄悄地不出声。傍晚，人散光了就用高粱秆在河沟里扎上一道栅栏，留上一个口子，口子上支一张口袋网。前半夜人脚不静，螃蟹们不动。耐心等候到后半夜，夜气浓重，细雨蒙蒙，河面上升腾着一团团如烟的雾气，把身体缩在大蓑衣里，说冷不是冷，说热不是热，听着噼噼喳喳的神秘声响，嗅着水的气味、草的气味、泥土的气味，借着昏黄的马灯光芒，看到它们来了。它们来了，时候到了，它们终于来了。它们沿着高粱秆扎成的障子哧哧溜溜往上爬，极个别的英雄能爬上去，绝大多数爬不上去，爬不上去的就只好从水流疾速的口子里走，那它们就成了我和六叔的俘虏。那一夜，我和六叔捉了一麻袋螃蟹。那时已是一九六三年，人民的生活正在好转。我们把大部分螃蟹五分钱一只卖掉，换回十几斤麸皮。奶奶非常高兴，为了奖励我们，她老人家把剩下的螃蟹用刀劈成两半，沾上麸皮，在热锅里滴上十几滴油，煎给我们吃。满壳的蟹黄和索索落落的麸皮，那味道和感觉无法用语言形容。

秋天，除了螃蟹之外，好吃的虫儿也很多。蚂蚱、豆虫、蝈蝈、蟋蟀……深秋的蟋蟀颜色黑得发红，膀大腰圆，肚子里全是子儿，炒熟了吃，有一种独特的香气，无法类比。还有一种虫儿，现在我才知道它的学名叫金龟子，是蛴螬的成虫，像杏核般大，颜色黑亮，趋光，往灯上扑，俗名"瞎眼闯"。这虫儿好聚群，落在树枝或是草棵上，一串一串的像成熟的葡萄。晚上，我们摸着黑去撸"瞎眼闯"，一晚上能撸一面口袋。此虫炒熟后，滋味又与蚂蚱和蟋蟀大大的不同。还有豆虫，中秋节后下蛰。此虫下蛰后，肚子里全是白色的脂油，一粒屎也没有，全是高蛋白。我们吃了那么多虫子，一个个身轻如燕，脑子里经常产生在空中飞行的幻觉。

　　进入冬季就有点惨了。冬天草木凋零，冰冻三尺，地里有虫挖不出来，水里有鱼捞不上来，但人的智慧是无穷的，尤其是在吃的方面。我们很快便发现，上过水的洼地面上，有一层干结的青苔，像揭饼样一张张揭下来，放到水里泡一泡，再放到锅里烘干，酥如锅巴，味若鱼片。吃光了青苔，便剥树皮。剥来树皮，刀砍斧剁，再放到石头上砸，然后放到缸里泡，泡烂了就用棍子搅，一直搅成浆糊状，捞出来，一勺一勺，摊在箅子上，像摊煎饼一样。从吃的角度来看，榆树皮是上品，柳树皮次之，槐树皮更次之。我们吃树皮的过程跟蔡伦造纸的过程很相似，但我们不是蔡伦，我们造出来的也不是纸。

　　　　　　　（选自《莫言散文新编》，文化艺术出版社，2010年版）

【交流之窗】

　　本文不是虚构的小说，不是！是纪实！

　　莫言挨过饿。挨饿的孩子，发育畸形，如文中所言"挺着一个大肚子，小腿细如柴棒，脑袋大得出奇"。

　　怎么会挨饿呢？

　　1959到1961年的三年严重困难，全国不少地区，草根、树叶、树皮，乃至水草，被农村饥饿的人挖了吃，扒了吃，甚至有人吃观音土。

　　莫言开篇就说，"好多文章把三年困难时期写得一团漆黑，毫无乐趣，我认为是不对的。"这其实是反向用笔，近乎反讽。

　　莫言详细描述了他小时候如何吃茅草饼，喝地瓜蔓，如何吃蚂蚱，如何吃泥鳅，如何吃金龟子，如何吃水面青苔，以及各种树皮的味道……看似轻松有趣的笔调，其实饱含对历史的揭示！

　　当然，在饥荒年代，在饥饿中，莫言仍然活出乐子，活出吃的技巧，还能自编打油诗"一九六〇年，真是不平凡；吃着茅草饼，喝着地瓜蔓……"这是一种满含泪水的诗意，这是一种艰涩的栖居。

仁者乐山

余秋雨

余秋雨，1946年生，浙江人，当代著名文化学者、散文家。代表作有《文化苦旅》等。

从意大利到奥地利，我们知道，已经从南欧进入了中欧，目光当然会有一点转变。

奥地利的首都维也纳当然与小城不同，虽然年代并不久远但很有文化。一百多年前已经有旅行家做出评语："在维也纳，抬头低头都是文化。"我不知道这句话的含义是褒是贬，但好像是明褒实贬，因为一切展示性的文化堆积得过于密集，实在让人劳累。接下去的一个评语倒是明贬实褒："住在维也纳，天天想离开却很难离开。"这句评语的最佳例证是贝多芬，他在一城之内居然搬了八十多次家，八十多次都没有离开，可见维也纳也真有一些魔力。但这魔力对贝多芬比较具体，那就是当时作为音乐之都的听众基础和整体氛围。

时至今日，这种魔力凝冻成一种重复式的纪念，艺术不再有勃发的创造势头，市民也不再有旺盛的发现激情，一切有关艺术大师在维也纳被接纳、受拥戴、被冷落的种种传说，永远只成了传说。它当然还是有内涵、有气势的，但是，太重的文化负担使它处处陷入程式化的纪念聚集，而自己的社会经济发展状态又使它不能像巴黎、伦敦、柏林那样为程式化的纪念注入实质性的现代精神，因此显得沉闷而困倦。奥地利人明白这一点，因此早已开始了对维也纳的审美背叛和生态背叛。

奥地利的当代风采，在维也纳之外，甚至在"维也纳森林"之外。应该走远一点去寻找，走到那些当初被看成冷僻荒野的山区农村，走到因斯布鲁克到萨尔茨堡、林茨的山路间。寻找时，有小路应该尽量走小路，能停下逗留一会儿当然更好。

奥地利的山区农村不仅背叛了维也纳，也背叛了作为欧洲主干的海洋文明。整个国家四周都沾不到海，这会给交通、货运、气候、风光带来太大的局限，但他们国歌的第一句就自豪地宣称："高山之国……"它是欧洲的异数，因此极大地丰富了欧洲。

奥地利的山区农村使我疑惑起来：自己究竟是喜欢山，还是喜欢水？这里所说的"喜欢"，不是指偶尔游观，而是指长期居息。偶尔游观哪儿都能看出一点美来，但要你认真住下来就不一样了。要方便最好是居住在平原，但人生在世并不全是为了方便。无论是临水还是倚山都会有一些不方便，甚至还会引来一些大灾难，但相比之下，山间的麻烦更多。从外面看是好好一座山，住到了它的山窝里很快就会感到闭塞、局促、坎坷、芜杂，这种生态图像与水边正恰相反。

也许正是这个原因，历来盛邑大户可以离山，却总不离水。

也许正是这个原因，我本人以前对居息环境的梦想，也大多与水有关。

但是，眼前的奥地利，分明摆脱了山居的多数弊病，让我惊讶不已。

首先是图像的净化，这在山区本来是最难做到的。他们的办法是满山满坡都种植地毯般的绒草，或者是整治一片片齐整的森林，色调和谐统一，绝不羼杂、跳跃。结果一眼看去，全然单纯朗丽，把种种纷乱和芜杂都抹去了。这也就抹去了山地对人们的心理堵塞，留下的开阔气韵，如洪波宛曼、云海静谧。海边的优势，也不过如此吧？但它又比海边宁静和安全。

其次是人迹的收敛。被整治过的草地、森林当然是人力所致，但人的痕迹却完全隐潜，只让自然力全姿全态地出台。所有的农舍虽然考究精致，却全部采用纯净的自然色，或是原木色，或是灰褐色，或是深黑色，不再有别的色彩。在形态上也追求板屋、茅寮的效果，绝没有丝毫的炫华斗奇，甘愿被自然掩盖和埋没。这种情景与中国农村大异其趣。中国由于贫困日久，一直提倡"战天斗地"，总是企图在大地上留下十分鲜明的人为印迹，至少也要涂画一些标语口号。及至改革开放，农村快速富裕，却又急忙地搭建出大量纷乱、艳丽的致富图像，更是把人迹凌驾于自然之上。到奥地利才懂得，只有当人们收敛自我，才能享受最完美的自然，而农村的最高魅力，就是自然。

有人说，要达到奥地利农村的境界，需要经历一个"否定之否定"的过程，即在富裕之初先让人力毕现，富裕到一定程度就会提高教育水平和审美水平，再让人迹收敛。这个过程也可称之为"低级自然化—非自然化—高级自然化"三段论。这种说法有一定道理，但人们应该力争少走第二段即"非自然化"的弯路，尽量让山区农村在自然化的原则下从低级走向高级。这是因为，"非自然化"的进入和摆脱，都需要花费大量资金，而且终究对自然造成无法弥补的破坏。然而，要跳过这个阶段很不容易，取决于农民自身的文化教育水平，也取决于高层设计人员的介入和引导。奥地利的山区农村完全看不到拆除那种"非自然化"建筑留下的任何痕迹，显然没有走多大的弯路，用最俭朴的方式抵达了高级自然化状态。

甚至，在奥地利的山区农村，也几乎看不到那些自以为非常热爱自然风光，却又以触目的别墅、度假村之类损害了自然风光的城里人印迹。我们周围的很多城里人不知道，当他们把"回归自然"的口号付诸实践的时候，实际上是骚扰了自然。他们为了谋取窗口的山野景象而带来的建筑样式和建筑材料，与山野的素朴本质格格不入，结果便点点块块地蚕食了山区农村的整体美学生态。奥地利这么美丽的山区农村中一定也有很多城里人居住，他们显然谦逊得多，要回归自然首先把自己"回归"了，回归成一个散淡的村野之人，居所当然也毫无市侩气息，而是彻底消融，如雨入湖，不分彼此。

由此，便出现了一个有趣的绕口令：奥地利的山区农村由于居住着非常合适的人，因此非常适合人居住。

奥地利使欧洲的山、水关系平衡了，这不禁使我想起中国古代的山、水哲学。

孔子对山、水并无厚此薄彼，说过很著名的八个字："智者乐水，仁者乐山。"

中国古人喜欢用比喻手法在自然界寻找人生品质的对应物，因此，水的流荡自如被看成智者的象征，山的宁静自守被看成仁者的象征。这还不仅仅是一般的比喻和象征，孔子分明指出，智者和仁者都会由此而选择自己所喜爱的自然环境，这已近乎现代心理学所说的心理格式对应关系了。在我的记忆中，先秦诸子都喜欢以山水来比附人间哲理，但最精彩的还是

"智者乐水,仁者乐山"这个说法,直到今天还给人们许多联想。

海洋文明和大河文明视野开阔、通达远近、崇尚流变,这一点,早已被历史证明。由这样的文明产生的机敏、应时、锐进、开通等等品质也常常成为推进社会变革的先进力量。与此相对比,山地文明一旦剥除了闭塞的包袱,也会以敦厚淳朴、安然自足、坚毅忠诚、万古不移的形态给社会历史带来定力,而这在过去常被我们看成是落后倾向。

其实,就人生而言,也应平衡于山、水之间。水边给人喜悦,山地给人安慰。水边让我们感知世界无常,山地让我们领悟天地恒昌。水边让我们享受脱离长辈怀抱的远行刺激,山地让我们体验回归祖先居所的悠悠厚味。水边的哲学是不舍昼夜,山地的哲学是不知日月。

正因为如此,我想,一个人年轻时可以观海弄潮、择流而居,到了老年,或者不到老年而有了静定心态,则不妨在山地落脚。

此刻我正站在因斯布鲁克的山间小镇塞费尔德(Seefeld)的路口,打量着迷人的山居生态。那些原木色或深褐色的农舍门前全是鲜花,门口坐着一堆堆红脸白须、衣着入时的老人。他们无所事事,却无落寞表情,不像在思考什么,也不东张西望。与我们目光相遇,便展开一脸微笑,那表情是说:"出来玩呢?天气真好!"并不期待你有太多的回应。

也有不少中年人和青年人在居住。我左边这家,妻子刚刚开了一辆白色小车进来,丈夫又骑着摩托出去了。但他们的小车和摩托都掩藏在屋后,不是怕失窃,倒是怕这种现代化的物件窃走浑厚风光。妻子乐呵呵地在屋前劈柴,新劈的木柴已经垒成一堵漂亮的矮墙。

现在是八月,山风已呼呼作响,可以想见冬季在这里会很寒冷。这些木柴那时将在烟筒里变作白云,从屋顶飘出。积雪的大山会以一种安静的银白来迎接这种飘动的银白,然后两种银白在半空中相融相依。突然有几个彩色的飞点划破这两种银白,那是人们在滑雪。

(选自《行者无疆》,长江文艺出版社,2012年版)

【交流之窗】

　　余秋雨先生写奥地利首都维也纳只是一笔带过,而将笔墨延伸到维也纳之外,甚至是维也纳森林之外,聚焦于冷僻荒野的山区农村。

　　谈奥地利的山区农村,实际上是在谈审美,在谈文明。

　　"奥地利的山区农村居住着非常合适的人",因为奥地利山区农村中的城市人,首先是把自己回归成了一个散淡的村野之人,彻底消融,如雨入湖,他们懂得并尊重,而且也能享受最完美的自然。所以,奥地利的山区农村,也"非常适合人居住",因为"居住着非常合适的人"让它摆脱了其他山区的多数弊病,呈现为图像的净化——"满山满坡都种植地毯般的绒草,或者是整治一片片齐整的森林,色调和谐统一",其次是"人迹的收敛"——人的痕迹甘愿被自然掩盖和埋没,达到了高级自然化的境界。

　　天人合一,这是一种最高形态的美,也是一种最和谐的文明。

　　只有与自然平等、和谐地"相安无事",人类才能诗意地栖居。

　　行者无疆,思者无疆,诗者无疆。

周庄水韵

赵丽宏

赵丽宏，1951年生，上海人，当代著名散文家、诗人。代表作品有《珊瑚》等。

　　一支弯曲的木橹，在水面上一来一回悠然搅动，倒映在水中的石桥、楼屋、树影，还有天上的云彩和飞鸟，都被这不慌不忙的木橹搅碎，碎成斑斓的光点，迷离闪烁，犹如在风中漾动的一匹长长的彩绸，没有人能描绘它朦胧眩目的花纹……

　　有什么事情比在周庄的小河里泛舟更富有诗意呢？小小的木船，在窄窄的河道中缓缓滑行，拱形的桥孔一个接一个从头顶掠过。贞丰桥，富安桥，双桥……古老的石桥，一座有一座的形状，一座有一座的风格，过一座桥，便换了一道风景。站在桥上的行人低头看河里的船，坐在船上的乘客抬头看桥上的人，相看两不厌，双方的眼帘中都是动人的景象。

　　周庄的河道呈"井"字形，街道和楼宅被河分隔。然而河上有桥，石桥巧妙地将古镇连缀为一体。据说，当年的大户人家，能将船划进家门，大宅后院，还有泊船的池塘。这样的景象，大概只有在威尼斯才能见到。一个外乡人，来到周庄，印象最深的莫过于这里的水，以及一切和水连在一起的景物。

　　我曾经三次到周庄，两次是在春天，一次是在冬天，每一次都乘船游镇，然而每一次留下的印象都不一样。第一次到周庄，正是仲春，那一天下着小雨，古镇被飘动的雨雾笼罩着，石桥和屋脊都隐约出没在飘忽的雨雾中，那天打着伞坐船游览，看到的是一幅画在宣纸上的水墨画。

　　第二次到周庄是冬天，刚刚下过一夜小雪，积雪还没有来得及将古镇覆盖，阳光已经穿破云层抚摸大地。在耀眼的阳光下，古镇上到处可以看到斑斑积雪，在路边，在屋脊，在树梢，在河边的石阶上，一摊摊积雪反射着阳光，一片晶莹斑斓，令人目眩。古老的砖石和清新的白雪参差交织，黑白分明，像是一幅色彩对比强烈的版画。在阳光下，积雪正在融化，到处可以听见滴水和流水的声音，小街的屋檐下在滴水，石拱桥的栏杆和桥洞在淌水，小河的石河沿上，往下流淌的雪水仿佛正从石缝中渗出来。细细谛听，水声重重叠叠，如诉如泣，仿佛神秘幽远的江南丝竹，裹着万般柔情，从地下袅袅回旋上升。这样的声音，用人类的乐器永远也无法模仿。

  最近一次去周庄也是春天，然而是在晚上。那是一个温暖的春夜，周庄正举办旅游节，古镇把这天当成一个盛大节日。古老的楼房和曲折的小街缀满了闪烁的彩灯，灯光倒映在河中，使小河变成一条色彩斑斓的光带。坐船夜游，感觉是进入梦境。船娘是一位三十岁的农妇，以娴熟的动作，轻松地摇着橹，小船在平静的河面慢慢滑行，我们的身后，船的轨迹和橹的划痕留在水面上，变成一片漾动的光斑，水中倒影变得模糊朦胧，难以捉摸。小船经过一座拱桥时，前方传来一阵音乐，水面也突然变得晶莹剔透，仿佛是有晃荡的荧光从水下射出。船摇过桥洞，才发现从旁边交叉的水道中划过来一条张灯结彩的船，船舱里，有几个当地农民在摆弄丝弦。还没有等我来得及细看，那船已经转了个弯，消失在后面的桥洞里，只留下丝竹管弦声，在被木船搅得起伏不平的河面上飘绕不绝……我们的小船划到了古镇的尽头，灯光暗淡了，小河也恢复了它本来的面目，平静的水面上闪烁着点点星光。从河里抬头看，只见屋脊参差，深蓝色的天幕上勾勒出它们曲折多变的黑色剪影。突然，一串串晶莹的光点从黑黝黝的屋脊上飞起来，像一群冲天而起的萤火虫，在黑暗中划出一道道暗红的光线。随着一声声清脆的爆炸声，小小的光点变成满天盛开的缤纷礼花，天空和大地都被这满天焰火照得一片通明。已经隐匿在夜色中的古镇，在七彩的焰火照耀下面目一新，瞬息万变，原本墨一般漆黑的屋脊，此时如同被彩霞拂照的群山，凝重的墨线变成了活泼流动的彩光。最奇妙的，当然是我身畔的河水，天上的辉煌和璀璨，全都落到了水里，平静幽深的河水，顿时变成了一条摇曳生辉、七彩斑斓的光带，随焰火忽明忽暗的河畔楼屋倒映在水里，像从河底泛起的一张张仰望天空的脸，我来不及看清楚他们的表情，他们便在水中消失。当新的一轮焰火在空中盛开时，他们又从遥远的水下泛起，只是又换了另一种表情。这时，从古镇的四面八方传来惊喜的欢呼,天上的美景稍纵即逝,地上的惊喜却在蔓延……

我很难忘记这个奇妙的夜晚,这是一个梦幻一般的夜晚,周庄在宁静的夜色中变得像神奇的童话,古镇幽远的历史和缤纷的现实,都荡漾在被竹篙和木橹搅动的水波之中。

(选自《散文选刊》,2000年第7期)

【交流之窗】

周庄被誉为中国第一水乡。

"周庄"是自然景观与人文景观高度融合的代表。人在山水中,人在历史中,人在文化中……

"有什么事情比在周庄的小河里泛舟更富有诗意呢?""智者乐水",水,是大地的血液,生活在水乡的人,也许更聪慧更富有诗意。

作者描写了自己三次到周庄的体验,略写第一次春天去周庄,周庄如"水墨画",较为详细描绘第二次冬天看到的周庄,周庄如"黑白分明"、"色彩对比强烈的版画",详写第三次春天夜晚看周庄,周庄如"神奇的童话"。

如今的周庄,是依然如赵丽宏笔下的文字描述的那般美,还是如《远去的周庄》中所言"古运河仍在,儒雅已无;双桥、旧巷仍在,遗风尽失。匠气的装饰,喧哗的商贾,把我以往梦幻之中的繁华幽雅变得奢靡浮躁"?商业化,是有助于水乡周庄的发展,还是伤害了周庄的神韵?这只能等你游览之后,做出你的判断。

中国现当代诗歌二首

水乡行

沙 白

沙白（1925— ），江苏如皋人，作家。

水乡的路，
水云铺；
进庄出庄，
一把橹。

渔网做门帘，
挂满树；
走近才见，
几户人家住。

榴火自红，
柳线舞。
户户门前，
锁一副。

要找人
稻花深处；
一步步，

踏停蛙鼓。

蝉声住，
水上起夜雾；
儿童解缆送客，
一手好橹。

（选自冀教版《语文》八年级上册，河北大学出版社，2005年版）

采莲曲

朱 湘

朱湘（1904—1933），安徽人，中国现代诗人。

小船啊轻飘，
杨柳呀风里颠摇，
荷叶呀翠盖，
荷花呀人样妖娆。
日落，
微波，
金丝闪动过小河，
左行，
右撑，
莲舟上扬起歌声。

菡萏呀半开，
蜂蝶呀不许轻来，
绿水呀相伴，

清净呀不染尘埃。
溪间，
采莲，
水珠滑走过荷钱。
拍紧，
拍轻，
桨声应答着歌声。

藕心呀丝长，
羞涩呀水底深藏，
不见呀蚕茧，
丝多呀蛹在中央？
溪头，
采藕，
女郎要采又夷犹。
波沉，
波生，
波上抑扬着歌声。

莲蓬呀子多，
两岸呀柳树婆娑，
喜鹊呀喧噪，
榴花呀落上新罗。
溪中，
采莲，
耳鬓边晕着微红。
风定，
风生，
风飐荡漾着歌声。

升了呀月钩,
明了呀织女牵牛;
薄雾呀拂水,
凉风呀飘去莲舟。
花芳,
衣香,
消融入一片苍茫;
时静,
时闻,
虚空里袅着歌音。

（选自《诗歌报——新诗百年百人选读》，2017年5月）

【交流之窗】

　　这两首诗都写得美丽轻盈，节奏明快，韵律优美；都运用参差短句，读着的感觉就像坐上了江南摇曳着的小船。

　　水乡，人间天堂。岸上榴火自红，柳树婆娑；水中荷叶翠盖，荷花妖娆，荷香芬芳；稻花深处蛙鼓。这一种景象仿佛幽梦弥漫唐宋清香，宁静迷人。这是自然界和谐的美景。

　　湖光潋滟，采莲女歌声清扬，这是人与人、人与自然的共有的和谐与诗意。

　　诗意的栖居的第一要义，是人内心的和谐，是人与自然的和谐。

陶渊明诗二首

移 居

其一

昔欲居南村,非为卜其宅。
闻多素心人,乐与数晨夕。
怀此颇有年,今日从兹役。
敝庐何必广,取足蔽床席。
邻曲时时来,抗言谈在昔。
奇文共欣赏,疑义相与析。

其二

春秋多佳日,登高赋新诗。
过门更相呼,有酒斟酌之。
农务各自归,闲暇辄相思。
相思则披衣,言笑无厌时。
此理将不胜,无为忽去兹。
衣食当须纪,力耕不吾欺。

(选自《陶渊明集全译》,贵州人民出版社,2008年版)

【交流之窗】

　　从第一首诗歌,我们看出陶渊明喜欢朴素的人,不求居住高端屋舍,喜欢与心地纯洁的人做邻居,与他们聊天,谈论诗歌和文章。

从第二首诗歌,可以看出陶渊明喜欢登高赋诗,喜欢与邻居喝酒聊天,也力争认真种地,满足基本的物质需要。

安贫乐道与崇尚自然,是陶渊明思考人生得出的两个主要结论,也是他人生的两大精神支柱。通过剔除后天的被世俗熏染的"伪我",以求返归一个淡泊悠然的"真我"。陶渊明的人生态度,对我们现代文明中的人而言,也有其借鉴价值。

唐诗三首

山中问答

李 白

问余何意栖碧山,笑而不答心自闲。
桃花流水窅然去,别有天地非人间。

社 日

王 驾

鹅湖山下稻粱肥,豚栅鸡栖半掩扉。
桑柘影斜春社散,家家扶得醉人归。

雨过山村

王 建

雨里鸡鸣一两家,竹溪村路板桥斜。
妇姑相唤浴蚕去,闲看中庭栀子花。

【交流之窗】

三首诗，景各不同：有仙境一样的山中景，有喜庆富庶、安宁平和的农家景，有优美静谧的山村景。

"笑而不答心自闲""家家扶得醉人归""闲看中庭栀子花"相似处在于："闲"。

李白"栖碧山"，是因为"心自闲"，且"别有天地非人间"，这是一种清高的"诗意的栖居"。

王驾所写：稻粱丰收，鸡豚满院，真是"五谷丰登、六畜兴旺"，赶庙会，喝点酒，家人搀扶着一步三摇向家走。这是一种普通人的"诗意的栖居"。

王建描写的"鸡鸣中，竹溪边，小小的村落里，妇姑招呼着去农忙，庭院中的栀子花独自开着"，是一种田园生活的诗意。

● 理性之光

人诗意地栖居（节选）

海德格尔　孙周兴　译

马丁·海德格尔（1889—1976），德国哲学家，20世纪存在主义哲学的创始人和主要代表之一。代表作品有《存在与时间》。

"……人诗意地栖居……"诗人如是说。如果我们把荷尔德林的这个诗句置回到它所属的那首诗中，我们便可更清晰地倾听此诗句。首先，我们来倾听两行诗。这两行如下：

　　充满劳绩，但人诗意地，
　　栖居在这片大地上。

诗行的基调回响于"诗意地"一词上。此词在两个方面得到了强调，即：它前面的词句和它后面的词句。

它前面的词句是："充满劳绩，但……"。听来就仿佛是，接着的"诗意地"一词给人的充满劳绩的栖居带来了一种限制。但事情恰好相反。限制是由"充满劳绩"这个短语道出的；对此，我们必须加上一个"虽然"来加以思考。

"（虽然）充满劳绩，但人诗意地栖居……"。下文接着是："在这片大地上"。人们会认为这个补充是多余的；因为栖居说到底就是：人在大地上逗留，在"这片大地上"逗留，而每个终有一死的人都知道自己是委身于大地的。

他特地指示出作诗的本质。作诗并不飞越和超出大地，以便离弃大地、悬浮于大地之上。毋宁说，作诗首先把人带向大地，使人归属于大地，从而使人进入栖居之中。

但荷尔德林就人的诗意栖居道说了什么呢？荷尔德林诗云：

如果生活纯属劳累，
人还能举目仰望说：
我也甘于存在吗？是的！

唯在一味劳累的区域内，人才力求"劳绩"。人在那里为自己争取到丰富的"劳绩"。但同时，人也得以在此区域内，从此区域而来，通过此区域，去仰望天空。这种仰望向上直抵天空，而根基还留在大地上。

人是通过贯通"在大地上"与"在天空下"而栖居的。这一"在……上"与"在……下"是共属一体的。它们的交合乃是贯通；只要人作为尘世的人而存在，他就时时穿行于这种贯通。在一个残篇中，荷尔德林说：

亲爱的！永远地，
大地运行，天空持守。

（选自《演讲与论文集》，生活·读书·新知三联书店，2011年版）

【交流之窗】

"充满劳绩，但人诗意地，栖居在这片大地上。"这是荷尔德林有名的诗句。海德格尔的演讲解读了这一诗句前面的词句"充满劳绩，但……"，强调了它后面的词句"在这片大地上"，即"仰望向上直抵天空，而根基还留在大地上"。

海德格尔说："无论在何种情形下，只有当我们知道了诗意，我们才能体验到我们的非诗意栖居，以及我们何以非诗意地栖居。"如何给人生减少"非诗意栖居"，而增加"诗意栖居"的成分呢？首先要做到"自我内心和谐"，然后追求"人与人的和谐"，追求"人与自然的和谐"。

如果把"栖居"一词换成"生活"或"居住"，这句话少了一种韵味，就变得普通、乏味，因为"生活""居住"两个词，突出了人的主动和生活的沉重，而"栖居"一词把人当作大自然最亲密的一员，突出了大自然主动庇护人类的味道。

陶渊明的自然人生观

罗宗强

罗宗强，1932年生，广东人，南开大学教授。

陶渊明常常达到物我一体、与道冥一的人生境界。

士人与大自然的关系，大体说来，是在自然中求得一席安身之地，安顿自己的身境和心境。陶渊明在中国文化史上，他是第一位心境与物境冥一的人。他成了自然间的一员，不是旁观者，不是欣赏者，更不是占有者。他完全生活在大自然之中。山川田园，就在他的生活之中，自然而然地存在于他的喜怒哀乐里：

> 暧暧远人村，依依墟里烟。狗吠深巷中，鸡鸣桑树巅。户庭无尘杂，虚室有余闲。久在樊笼里，复得返自然。（《归田园居五首》之一）

> 种豆南山下，草盛豆苗稀。晨兴理荒秽，带月荷锄归。道狭草木长，夕露沾我衣；衣沾不足惜，但使愿无违。（《归田园居五首》之三）

陶渊明所写的山川，全是田家景色，是淳朴的村民活动于其中的山川，或者说，是人与自然融为一个整体的环境。他并不对山川作纯粹的审美鉴赏。他的山水，他的天地，和他同生命同脉搏，和他的身心原是一体。《归田园居》中的景色同样如此，村落、炊烟、田野、月色、山涧、榛莽，都和他的心灵相通。他就在这安静的山野间生活，一切是那样自然，仿佛原本都是如此地存在着，是那样的合理，那样的真实，那样的永恒。心灵与自然，全融合在这永恒的真实之中。

草木飞鸟，微雨好风，各得其所，我也在这和谐的大自然里自得自足，成了这和谐的大自然的一部分。"结庐在人境，而无车马喧。问君何能尔，心远地自偏。采菊东篱下，悠然见南山。山气日夕佳，飞鸟相与还。此中有真意，欲辨已忘言。"（《饮酒》二十首之五）这诗所表现的，也是这和谐。人与菊、与山、与鸟，和谐地存在着，仿佛宇宙原本就如此安排，日日如是，年年如是。何以如是，不可言说也无须言说。这种物我的和谐，就是一种最美的境界。心物交融的美的境界，当然是一种不易描述不易图画的境界。多少人为"采菊东篱下，悠然见南山"心驰神往，为之图画，而从来没有一位画家，能够画出它的境界。因为它充盈着大美，是宇宙一体的大美。大美无形，是难以用言语和图画表达的。

物我一体，心与大自然泯一，这正是老庄的最高境界，也是玄学所追求的最高境界。陶渊明是达到了这一境界的杰出代表。

陶渊明之所以能够达到这一人生境界，就在于他真正持一种委运任化的人生态度，并且真正做到了委运任化。

但是，一个完整的陶渊明，也有世俗的种种纠结，但他安于贫穷，他用儒家的固穷的思想，用般若的万有皆空的思想，摆脱了世俗的种种纠结，走向物我泯一的人生境界。

这就是说，他的自然人生观是有限定的。这限定，便是他并非始终有这样的人生观。只是当他摆脱世俗情结的纠缠之后，他才达到与自然泯一的人生境界。（有改动）

（选自《玄学与魏晋士人心态》，天津教育出版社，2005年版）

【交流之窗】

"物我一体，心与大自然泯一。"陶渊明能达到这种境界的原因，是他减少物质的追求，减少世俗的羁绊，倾心于自然。

"物我一体、与道冥一"，是"自我意识"与"外界万物"和谐统一的境界，物质与精神合一，天人合一。

"纵浪大化中，不喜亦不惧。""纵浪大化"就是返回自然，正因为陶渊明深悟自然之"化"，"委运任化"就是把自己托付给自然，听任自然规律的安排，这并非消极无为，而是一种对造化的信任和顺从。

所以他在"环堵萧然，不蔽风日"的日子里，仍能"著文章自娱"，活在诗意里。

林语堂先生说："陶渊明是整个中国文学传统上最和谐最完美的人物，他的生活方式和风格是简朴的，令人敬畏，使那些聪明与谙于世故的人自惭形秽。"

第五编
梭罗专题

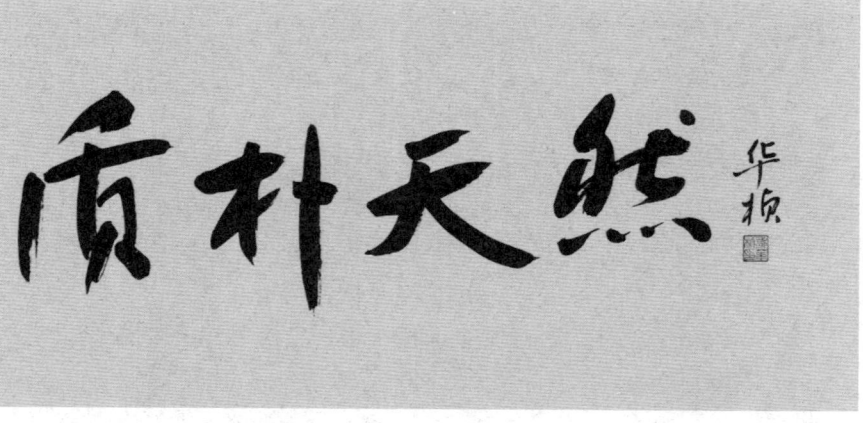

⊙ 质朴天然　邹华桢书

我们在第四编"诗意栖居"的导读里，谈到"人性和人性的追求，总是充满了矛盾性和辩证法"。那里是说，人必然要辛苦劳作以生息，又必然心中向往"悠然自得，诗意栖居"。在这里我们说，人不仅可以做斗士，也可同时实践一下隐士生活。

美国人亨利·戴维·梭罗（1817—1862）就是这样一位立体感很强的人，他不仅是民权斗士，参与反对美国蓄奴制度的运动；而且他在1845年至1847年，单身只影，跑进了瓦尔登湖边的山林中，独居了两年。

在这两年多的时间里，梭罗在小木屋周围种植豆子、萝卜、玉米和马铃薯。完全靠自己的双手过了一段原始简朴的生活。然而，梭罗并非厌弃世俗生活，一心要做不食人间烟火的隐士，而是通过隐居两年的生活体验，向世人昭示，人可以过一种更简单更纯正的生活，如果你愿意。

梭罗名作《瓦尔登湖》完整地展示了他在瓦尔登湖边的隐居体验，他试图鼓励人们要简化生活，将时间腾出来，来深入生命。他告诉世人不要被繁纷复杂的生活所迷惑。他认为：假如人们能过宇宙法则规定的简朴生活，就不会有那么多的焦虑来扰乱内心的宁静。

梭罗在一百七十年前的忠告，对今天在城市森林里忙碌而焦虑的人们而言，具有怎样的启迪意义？

梭罗是不是现代意义的陶渊明？现代美国的梭罗，与古代中国的陶渊明，有哪些相似的认识和见解？梭罗的生活心态，与中国禅宗的思想有哪些相通之处？

《瓦尔登湖》（又有人译作《湖滨散记》），翻译得最典雅畅达的，是中国散文家徐迟先生的译本。为了让你更真切地了解梭罗，了解《瓦尔登湖》，也为了纪念徐迟先生，我们本编节选了徐迟先生的《瓦尔登湖》译本序言。

但愿，此编所选诸文，能引发你研读梭罗、研读《瓦尔登湖》的兴致！

● 文学之花

《瓦尔登湖》译本序（节选）

徐 迟

徐迟（1914—1996），浙江人，诗人、散文家。在报告文学领域有突出贡献，代表作有《哥德巴赫猜想》《地质之光》等。

　　你能把你的心安静下来吗？你也许最好是先把你的心安静下来，然后你再打开这本书，否则你也许会读不下去，认为它太浓缩，难读，艰深，甚至会觉得它莫明其妙，莫知所云。

　　这本《瓦尔登湖》是本静静的书，极静极静的书，并不是热热闹闹的书。它是一本寂寞的书，一本孤独的书。它只是一本一个人的书。如果你的心没有安静下来，恐怕你很难进入到这本书里去。我要告诉你的是，在你的心静下来以后，你就会思考一些什么。在你思考一些什么问题时，你才有可能和这位亨利·戴维·梭罗先生一起，思考一下自己，更思考一下更高的原则。

　　这位梭罗先生是与孤独结伴的。他常常只是一个人。他认为没有比孤独这个伴儿更好的伴儿了。他的生平十分简单，十分安静。

　　他的一生是如此之简单而馥郁，又如此之孤独而芬芳。也可以说，他的一生十分不简单，也毫不孤独。他的读者将会发现，他的精神生活十分丰富，而且是精美绝伦，世上罕见，和他交往的人不多，而神交的人可就多得多了。

　　1844年的秋天，美国思想家爱默生在瓦尔登湖上买了一块地。当这年过去了之后，梭罗得到了这块土地的主人的允许，可以让他"居住在湖边"。终于他跨出了勇敢的一步，用他自己的话来说：

　　"1845年3月尾，我借来一柄斧头，走到瓦尔登湖边的森林里，到达我预备造房子的地方，开始砍伐一些箭矢似的，高耸入云而还年幼的白松,来做我的建筑材料……那是愉快的春日、人们感到难过的冬天正跟冻土一样地消融,而蛰居的生命开始舒伸了。"

7月4日,恰好那一天是独立日,美国的国庆,他住进了自己盖起来的湖边的木屋。在这木屋里,这湖滨的山林里,观察着,倾听着,感受着,沉思着,并且梦想着,他独立地生活了两年又多一点时间。他记录了他的观察体会,他分析研究了他从自然界里得来的音讯、阅历和经验。绝不能把他的独居湖畔看作是什么隐士生涯。他是有目的地探索人生,批判人生,振奋人生,阐述人生的更高规律。并不是消极的,他是积极的。并不是逃避人生,他是走向人生,并且就在这中间,他也曾用他自己的独特方式,投身于当时的政治斗争。

那发生于一个晚上,当他进城去到一个鞋匠家中,要补一双鞋,忽然被捕,并被监禁在康城监狱中。原因是他拒绝交付人头税。他之拒付此种税款已经有六年之久。他在狱中住了一夜,毫不在意。第二天,因有人给他付清了人头税,就被释放,出来之后,他还是去到鞋匠家里,等补好了他的鞋,然后穿上它,又和一群朋友跑到几里外的一座高山上,漫游在那儿的什么州政府也看不到的越橘丛中——这便是他的有名的入狱事件。

在1849年出版的《美学》杂志第一期上,他发表了一篇论文,用的题目是《对市政府的抵抗》。在1866年(他去世已四年)出版的《一个在加拿大的美国人,及其反对奴隶制和改革的论文集》收入这篇文章时,题目改为《论公民的不服从权利》。此文题目究竟应该用哪一个,读书界颇有争论,并有人专门研究这问题。我国一般地惯用了这个《消极反抗》的题名,今承其旧,不再改变。文中,梭罗并没有发出什么政治行动的号召,这毋宁说正是他一贯倡导的所谓"更高的原则"中之一项。他认为政府自然要做有利于人民的事,它不应该去干扰人民。但是所有的政府都没有做到这一点,更不用说这个保存了奴隶制度的美国政府了,因此他要抗议和抵抗这一个政府,不服从这一个政府。他认为,如果政府要强迫人民去做违背良心的事,人民就应当有消极抵抗的权利,以抵制它和抵抗它。这篇《消极抵抗》的论文,首先是给了英国工党和费边主义者以影响,后来又对于以绝食方式反对英帝国主义的印度圣雄甘地的"不合作运动"与"非暴力主义"有很大的作用,对于1960年马丁·路德·金,在非洲争取民权运动也有很大的作用，对托尔斯泰的"勿以暴抗暴"的思想也有影响，以及对罗曼·罗兰也有一些影响。

梭罗是一生都反对蓄奴制度的，不止一次帮助南方的黑奴逃亡到自由的北方。在1845年的《消极反抗》之后，他还写过《马省的奴隶制》（1854年）一文，他和爱默生一起支持过约翰·布朗。1859年10月，布朗企图袭击哈泼斯渡口失败而被捕，11月刑庭判处布朗以绞刑，梭罗在市会堂里发表了《为约翰·布朗请愿》的演说。布朗死后，当地不允许给布朗开追悼会时，他到市会堂敲响大钟，召集群众举行了追悼会。梭罗关于布朗的一系列文章和行动都是强烈的政治言行。

《瓦尔登湖》于1854年出版。没有受到应有的注意，甚至还受到詹姆斯·洛厄尔以及罗勃特·路易斯·斯蒂文生的讥讽和批评。但乔治·艾略特在1856年1月，却在《西敏寺周报》上给他以"深沉而敏感的抒情"和"超凡入圣"的好评。那些自以为是的，只知道要按照他们的规范，来规规矩矩地生活的人，往往受不了他们毫不理解的事物的价值，自然要把梭罗的那种有历史意义的行为，看作不切实际的幻梦虚妄了。

随着时光的流逝，这本书的影响是越来越大，业已成为美国文学中的一本独特的、卓越的名著。下面再说一点他的这本书。

对于《瓦尔登湖》，不须多说什么，只是还要重复一下，这是一本寂寞、恬静、智慧的书。其分析生活，批判习俗，有独到处。自然颇有一些难懂的地方，作者自己也说过："请原谅我说话晦涩。"

本书内也有许多篇页是形象描绘，优美细致，像湖水的纯洁透明，像山林的茂密翠绿；有一些篇页说理透彻，十分精辟，有启发性。这是一百多年以前的书，至今还未失去它的意义。在白昼的繁忙生活中，我有时读它还读不进去，似乎我异常喜欢的这本书忽然又不那么可爱可喜了，似乎觉得它什么好处也没有，甚至弄得将信将疑起来。可是黄昏以后，心情渐渐地寂寞和恬静下来，再读此书，则忽然又颇有味，而看的就是白天看不出好处辨不出味道的章节，语语惊人，字字闪光，沁人心肺，动我衷肠。到了夜深人静，万籁无声之时，这《瓦尔登湖》毫不晦涩，清澄见底，吟诵之下，不禁为之神往了。

应当指出，这本书是一本健康的书，对于春天，对于黎明，作了极其动人的描写。读着它，自然会体会到，一股向上的精神不断地将读者提升、提高。书已经摆在读者面前了，我不必多说什么了，因为说得再好，也比不上读者直接去读了。

人们常说，作家应当找一个僻静幽雅的去处，去进行创作：信然，然而未必尽然。我反而认为，读书确乎需要一个幽静良好的环境，尤其读好书，需要的是能高度集中的精神条件。读者最需要有一个朴素淡泊的心地。读《瓦尔登湖》如果又能引起读者跑到一个山明水秀的、未受污染的地方去的兴趣，就在那样的地方读它，就更是相宜了。

梭罗的这本书近年在西方世界更获得重视。严重污染使人们又向往瓦尔登湖和山林的澄净的清新空气……

（选自《瓦尔登湖》，上海译文出版社，2013年版）

【交流之窗】

这篇节选的序言核心是中国文论家喜欢讲的知人论世，即首先要了解作者生活的时代、作者的性情为人，再去读他的作品。

首先，该序言谈到阅读本书的方法，即要以极静的心境去读这本书，方可悟到一些真谛。

其次，指出梭罗的孤独并非要过隐居避世生活，如古代中国的一些隐士，而是在这种孤独中"去探索人生，批判人生，振奋人生，阐述人生的更高规律"。所以，面对社会的不公，梭罗能以自己独特的方式去抗争，而不是坐视人间的苦难，满足一己之内心平静，放弃一己拯救社会之责任。

当下发展中的中国，物欲横流，道德滑坡，环境污染日益肆虐，阅读梭罗，或许会引起我们更深的思考。

序言最后谈到《瓦尔登湖》一书的特点：既有"形象描绘优美细致"的篇章，又有"说理透辟"、精警畅达、富有启发性的篇章，当然，更可贵的是《瓦尔登湖》全书洋溢着一种健康的情调，"读着它，一股向上的精神不断地将读者提升、提高"。

冬日漫步（节选）

梭 罗

亨利·戴维·梭罗（1817—1862），美国著名作家，环境主义的第一圣徒。代表作品有《瓦尔登湖》。

我们也睡着了，一觉醒来，正是冬天的早晨。

我们悄悄地拔去了门闩，雪花飘飘，立刻落到屋子里来；走出屋外，寒风迎面扑来，利如刀割。星光已经不那么闪烁光亮，地平线上笼罩着一层昏昏的铅状的薄雾。东方露出一种奇幻的古铜色的光彩，表示天快要亮了；可是四面的景物，还是模模糊糊，一片幽暗，鬼影幢幢，疑非人间。耳边的声音，也带一种鬼气——鸡啼狗吠，木柴的砍劈声，牛群的低鸣声——这一切都好像是阴阳河彼岸冥王的农场里所发出的声音；声音本身并没有特别凄凉之处，只是天色未明，这种种活动显得太庄严了，太神秘了，不像是人间所有的。

大地冰冻，远处鸡啼狗吠；从各处农舍门口，也不时地传来噼噼啪啪劈柴的声音。脚下的土地，铿锵有声，如叩坚硬的古木；一切乡村间平凡的声音，此刻听来都美妙悦耳；树上的冰条，互相撞击，其声铮琮，如流水，似妙乐。

太阳最后总算从远处的林间上升，阳光照处，空中的冰霜都融化，隐隐之中似乎有铙钹伴奏，铙钹每响一次，阳光的威力逐渐增加；时间很快从黎明变成早晨，早晨也愈来愈老，很快地把西面远处的山头，镀上一层金色。我们匆匆地踏着粉状的干雪前进，因为思想感情更为激动，内心发出一种热力，天气也好像变得像十月小阳春似的温暖。假如我们能改造我们的生活，和大自然更能配合一致，我们也许就无须畏惧寒暑之侵，我们将同草木走兽一样，认大自然是我们的保姆和良友，她是永远照顾着我们的。

大自然在这个季节，显得特别纯洁，这是使我们觉得最为高兴的。残干枯木，苔痕斑斑的石头和栏杆，秋天的落叶，现在被大雪掩盖，像上面盖了一块干净的手巾。寒风一吹，无孔不入，一切乌烟瘴气都一扫而空，凡是不能坚贞自守的，都无法抵御；因此凡是在寒冷荒僻的地方（例如在高山之顶），我们所能看得见的东西，都是值得我们尊敬的，因为它们有一种坚强的淳朴的性格——一种清教徒式的坚韧。别的东西都寻求隐蔽保护去了，凡是能卓然独立于寒风之中者，一定是天地灵气之所钟，是自然界骨气的表现，它们具有和天神一般的勇敢。

（选自《瓦尔登湖》，上海译文出版社，2013年版）

【交流之窗】

　　梭罗的宁静、孤独、简单的生活追求，是把自己完全融入自然之中，在自然中自由地呼吸行走，变成自然的一个部分。这与中国古代的"天人合一""万物并育而不相害"，有异曲同工之妙。

　　晋代的陶渊明辞官归去，躬耕田园，没有世俗红尘的车马喧闹，没有拜迎长官的屈辱辛酸，虽也有"晨兴理荒秽，带月荷锄归"的劳动艰辛，有"夏日长抱饥，寒夜无被眠"的困窘尴尬，但在"采菊东篱下，悠然见南山"中，捍卫了自己的人格独立，达到自由的境界。这一点与梭罗精神高度契合。

寂 寞

梭 罗

  这是一个愉快的傍晚，全身只有一个感觉，每一个毛孔中都浸润着喜悦。我在大自然里以奇异的自由姿态来去，成了她自己的一部分。我只穿衬衫，沿着硬石的湖岸走，天气虽然寒冷，多云又多风，也没有特别分心的事，那时天气对我异常的合适。牛蛙鸣叫，邀来黑夜，夜鹰的乐音乘着吹起涟漪的风从湖上传来。

  大体说来，我居住的地方，寂寞得跟生活在大草原上一样。在这里离新英格兰也像离亚洲和非洲一样遥远。可以说，我有我自己的太阳、月亮和星星，我有一个完全属于我自己的小世界。从没有一个人在晚上经过我的屋子，或叩我的门，我仿佛是人类中的第一个人或最后一个人。

  然而我有时经历到，在任何大自然的事物中，都能找出最甜蜜温柔，最天真和鼓舞人的伴侣，即使是对于愤世嫉俗的可怜人和最最忧悒的人也一样。只要生活在大自然之间而还有五官的话，便不可能有很阴郁的忧虑。对于健全而无邪的耳朵，暴风雨还真是伊奥勒斯的音乐呢。什么也不能正当地迫使单纯而勇敢的人产生庸俗的伤感。当我享受着四季的友爱时，我相信，任什么也不能使生活成为我沉重的负担。

  我从不觉得寂寞，也一点不受寂寞之感的压迫，只有一次，在我进了森林数星期后，我怀疑了一个小时，不知宁静而健康的生活是否应当有些近邻，独处似乎不很愉快。同时，我却觉得我的情绪有些失常了，但我似乎也预知我会恢复到正常的。当这些思想占据我的时候，温和的雨丝飘洒下来，我突然感觉到能跟大自然做伴是如此甜蜜如此受惠，就在这滴答滴答的雨声中，我屋子周围的每一个声音和景象都有着无穷尽无边际的友爱，一下子这个支持我的气氛把我想象中的有邻居方便一点的思潮压下去了，从此之后，我就没有再想到过邻居这回事。每一支小小松针都富于同情心地胀大起来，成了我的朋友。我明显地感到这里存在着我的同类，虽然我是在一般所谓凄惨荒凉的处境中，然则那最接近于我的血统，并最富于人性的却并不是一个人或一个村民，从今后再也不会有什么地方会使我觉得陌生的了。

"不合宜的哀动销蚀悲哀；

在生者的大地上，他们的日子很短，

托斯卡尔的美丽的女儿啊。"

大部分时间内，我觉得寂寞是有益于健康的。有了伴儿，即使是最好的伴儿，不久也要厌倦，弄得很糟糕。我爱孤独。我没有碰到比寂寞更好的同伴了。到国外去厕身于人群之中，大概比独处室内，更为寂寞。一个在思想着在工作着的人总是单独的，让他爱在哪儿就在哪儿吧，寂寞不能以一个人离开他的同伴的里数来计算。真正勤学的学生，在剑桥学院最拥挤的蜂房内，寂寞得像沙漠上的一个托钵僧一样。农夫可以一整天，独个儿地在田地上，在森林中工作，耕地或砍伐，却不觉得寂寞，因为他有工作。

社交往往廉价。相聚的时间之短促，来不及使彼此获得任何新的有价值的东西。我们在每日三餐的时间里相见，大家重新尝尝我们这种陈腐乳酪的味道。我们都必须同意若干条规则，那就是所谓的礼节和礼貌，使得这种经常的聚首能相安无事，避免公开争吵，以至面红耳赤。我们相会于邮局，于社交场所，每晚在炉火边；我们生活得太拥挤，互相干扰，彼此牵绊，因此我想，彼此已缺乏敬意了。当然，所有重要而热忱的聚会，次数少一点也够了。试想工厂中的女工，——永远不能独自生活，甚至做梦也难于孤独。如果一英里只住一个人，像我这儿，那要好得多。人的价值并不在他的皮肤上，所以我们不必要去碰皮肤。

（选自《瓦尔登湖》，上海译文出版社，2013年版）

【交流之窗】

西哲有云，人是一根会思想的芦苇，我思故我在。中国古代也有这样的诗句，"人生不满百，常怀千岁忧"。作为万物之灵长的人类的可贵之处就在于有思想。有思想就会有忧虑,小忧则忧财富、美貌、声誉、地位,大忧则忧国忧民忧地球。

然而,过度的忧虑则会使人类失去快乐的感受,而快乐恰恰是上帝赐予人类最基本的心灵需要。人有时候被生活折磨得丧失了安静和快乐的能力。

那么,像梭罗那样走入自然吧!走入自然,你会感到"暴风雨还真是伊奥勒斯的音乐呢";走入自然,"温和的雨丝飘洒下来",你会觉得"屋子周围的每一个声音和景象都有着无穷尽无边际的友爱",你会觉得"每一支小小松针都富于同情心地胀大起来,成了我的朋友"。当你享受着四季的友爱时,生活就难以成为你沉重的负担。

大自然永不忧虑,人需要向大自然学习。

我生活的地方，我为何生活

梭 罗

　　八月里，在轻柔的斜风细雨暂停的时候，这小小的湖做我的邻居，最为珍贵，那时水和空气都完全平静了，天空中却密布着乌云，下午才过了一半却已具备了一切黄昏的肃穆，而画眉在四周唱歌，隔岸相闻。

　　虽然从我的门口望出去，风景范围更狭隘，我却一点不觉得它拥挤，更无被囚禁的感觉。尽够我的想象力在那里游牧的了。矮橡树丛生的高原升起在对岸，一直向西去的大平原和鞑靼式的草原伸展开去，给所有的流浪人家一个广阔的天地。当达摩达拉的牛羊群需要更大的新牧场时，他说过，"再没有比自由地欣赏广阔的地平线的人更快活的人了"。

　　时间和地点都已变换，我生活在更靠近了宇宙中的这些部分，更挨紧了历史中最吸引我的那些时代。我生活的地方遥远得跟天文家每晚观察的太空一样，我们惯于幻想，在天体的更远更僻的一角，有着更稀罕、更愉快的地方，在仙后星座的椅子形状的后面，远远地离了喧闹和骚扰。我发现我的房屋位置正是这样一个遁隐之处，它是终古常新的没有受到污染的宇宙一部分。

　　我所居住的便是创造物中那部分——

　　　　曾有个牧羊人活在世上，
　　　　他的思想有高山那样
　　　　崇高，在那里他的羊群
　　　　每小时都给予他营养。

　　如果牧羊人的羊群老是走到比他的思想还要高的牧场上，我们会觉得他的生活是怎样的呢？

　　每一个早晨都是一个愉快的邀请，使得我的生活跟大自然自己同样的简单，也许我可以说，同样的纯洁无瑕。我向曙光顶礼，忠诚如同希腊人。我起身很早，在湖中洗澡；这是个宗教意味的运动，我所做到的最好的一件事。据说在成汤王的浴盆上就刻着这样的字："苟日新，日日新，又日新。"我懂得这个道理。黎明国带来了英雄时代。在最早的黎明中，我坐着，门窗大开，一只看不到也想象不到的蚊虫在我的房中飞，它那微弱的吟声都能感动我，就像我听到了宣扬美名的金属喇叭声一样。这是荷马的一首安魂曲，空中的《伊利亚特》和《奥德赛》，歌唱着它的愤怒与漂泊。黎明啊，一天之中最值得纪念的时节，是觉醒的时辰。

可以纪念的一切事，我敢说，都在黎明时间的氛围中发生。《吠陀经》说："一切知，俱于黎明中醒。"诗歌与艺术，人类行为中最美丽最值得纪念的事都出发于这一个时刻。所有的诗人和英雄都像门农，那曙光之神的儿子，在日出时他播送竖琴音乐。以富于弹性的和精力充沛的思想追随着太阳步伐的人，白昼对于他便是一个永恒的黎明。

我到林中去，因为我希望谨慎地生活，只面对生活的基本事实，看看我是否学得到生活要教育我的东西，免得到了临死的时候，才发现我根本就没有生活过。

（选自《瓦尔登湖》，上海译文出版社，2013年版）

【交流之窗】

"再没有比自由地欣赏广阔的地平线的人更快活的人了"，这句话说明，人放飞视野和心灵是多么重要。

梭罗在此文最后一段言及"谨慎地生活"，其意思是指"没有经过审察的生活，是不值得过的"，人只面对生活的基本事实，不被世俗的、时尚的、他人的东西所左右，过一种忠实于个人的生活，才不会后悔。

现代著名文学家、画家、诗人木心先生说，许多人只是行过，远未完成。"行过"也就是活过，在这个世界上赤条条来去走了一遭，没留下什么痕迹，没感悟到生命的意义。"完成"当是履行了一个个体生命的职责使命，追求过，奋斗过，思考过，挣扎过，困惑过，迷惘过，成功过，失败过，最终参透生命的价值和意义。

那么,梭罗所理解的生命完成是什么呢?

正是在自然中,在"更靠近了宇宙中的这些部分",在"创造物那部分",在"更挨紧了历史中最吸引我的那些时代",在黎明中,懂得了生活的基本事实,得到了生活要教育他的东西:"简单"和"纯洁",这就是生命的本质。你认为呢?

● 理性之光

《瓦尔登湖》中的禅宗思想

胡 芬

一、引言

作家梭罗于1817年7月12日生于马萨诸塞州的康科德城市,哈佛大学毕业,之后执教两年,然后他住到了大作家、思想家爱默生家里当门徒,又当助手,到1845年,他就单身一人,拿了一柄斧头,跑进了无人居住的瓦尔登湖边的山林中,开始了他的新的简单生活。梭罗曾说:"我来到这片森林是因为想过一种省察的生活,去面对人生最本质的问题。"

《瓦尔登湖》是美国作家亨利·戴维·梭罗的代表作。作者在瓦尔登湖的湖畔独自一人生活了两年多。书中记录了作者的所听、所察、所感及所思。作者在这森林里以自然为伴,静虑人生,找回"真我"。

二、寓禅于人生

《瓦尔登湖》描述了梭罗在这个山林中的湖畔旁边的生活。作品中有很多细微描写,与禅宗有很多的契合之处。现在就让我们从以下三个方面来细细品味!

(一)人性本净

"人性本净"指的是人的自性是无污染的,是清净的。六祖慧能在《坛经》中反复强调"世人性本清净"。

梭罗由衷地喜爱瓦尔登湖。瓦尔登湖是明净的,是纯洁的,在这里什么都看得很清楚。瓦尔登湖在此不仅仅是湖,而且是一个象征,象征着"人性本净"的禅理。每一个人心目中都有自己的瓦尔登湖,梭罗也是这样。

他对鱼的描写很有意思:"这种鱼也是不愿意沾染红尘。"连鱼都不愿意被污染。这些与六祖慧能一首偈语相吻合,那就是:菩提本无树,明镜亦非台;本来无一物,何处惹尘埃?

(二)拈花微笑

梭罗在《声》这一部分这样写道:"白昼在前进,仿佛只是为了照亮我的某种工作;可是刚才还是黎明,你瞧,现在已经是晚上,我并没有完成什么值得纪念的工作。我也没有像鸟禽一般地歌唱,我只静静地微笑,笑我自己幸福无涯。"梭罗在晚上来临的时候,发现自己今天没有做些什么很有纪念意义的工作,他所做的就是微笑,笑自己幸福的人生。

梭罗在《访客》中描写一个樵夫,梭罗看到他在树林中劳动,当他看到樵夫时:"他会带着笑声迎接我,此时他的欢乐并没有掺杂其他的成分。他笑也是因为他能专心来领会这生活,这禅意。因为我们俩用同样的心领神会的心来悟禅,所以会心地笑了。"

(三)去妄归真

在禅宗中有"妄我"与"真我"的区别。所谓"妄我"指的是为世俗虚妄所污染的"我",为外物所牵扯,所染污的"我";而"真我"乃是本清寂静净之"我",无牵累,无染着的"我"。万物的本性是空,故在生活中没有必要为那些本是虚空的事物而污染,要找到"真我"。"去妄归真"就是指从"妄我"中脱拔出来而回归到"真我",心不再为所需要的种种物质而受驱使被奴役了,心得到了解放,人也得到了解放。

如《禽兽为邻》中:"我们很快就亲热起来,它驰奔过我的皮鞋,而且从我的衣服上爬上来。它很轻易就爬上屋侧,三下两蹿就上去了,像松鼠,连动作都是相似的。到后来有一天我这样坐着,用肘子支在凳上,它爬上我的衣服,沿着我的袖子,绕着我盛放食物的纸不断地打转,而我把纸拉向我,躲开它,然后忽然把纸推到它面前,跟它玩躲猫儿,最后,我用拇指与食指拿起一片干酪来,它过来了,坐在我的手掌中,一口一口地吃了它之后,很像苍蝇似的擦擦它的脸和前掌,然后扬长而去。"

回归自然的梭罗乃是禅宗的所谓的"真我"。再看看瓦尔登湖,她是如此的纯洁,没有被污染。瓦尔登湖是梭罗的化身,她没有被污染,能"去妄归真"。

三、结束语

静心品味《瓦尔登湖》,就会发现梭罗的个性与思想与中国的禅宗有许多契合之处。作品中所描述的作者感想与感悟都体现了禅宗的宗旨:"教外别传,不立文字,直指人心,见性成佛。"

(选自《消费导刊》,2008年第18期)

【交流之窗】

人是各种欲望的集合体。叔本华认为人生的所有悲苦烦恼,就在于人有意志,有意志于是有追求挣扎,痛苦烦恼便随之而来。消除意志,没有追求,自然就没有了烦恼。梭罗走入自然,追求极简单的生活,在某种程度上就是克制了人性中的过多欲求,将人的欲望升华为极其纯粹的东西,达到了极高的精神境界,一如佛教禅宗的"去妄归真""拈花微笑""见性成佛"。

人有"妄我"与"真我"之分吗?如果你认为有,请试着区分"妄我"与"真我"。如果你认为根本没有"妄我"与"真我"之分,请你说明理由。

梭罗(节选)

爱默生　张爱玲　译

拉尔夫·沃尔多·爱默生(1803—1882),美国思想家、文学家。美国前总统林肯称他为"美国的孔子""美国文明之父"。

亨利·戴维·梭罗的祖先是法国人,从古恩西岛迁到美国来,他是他的家族里最后一个男性的后嗣。他的个性偶尔也显示由这血统上得到的特性,很卓越地与一种非常强烈的撒克逊天才混合在一起。

他宁愿减少他日常的需要,并且自给自足——这也是一种富有。他旅行起来,除了有时候要穿过一带与他当前的目标无关紧要的地区,那才利用铁路以外,他经常步行几百里,避免住旅馆,在农人与渔人家里付费住宿,认为这比较便宜,而且在他觉得比较愉快,同时也因为在那里他比较容易获得他所要的人,打听他所要知道的事。

梭罗生就一个最适合最有用的身体。他身材不高,很坚实,浅色的皮肤,健壮的严肃的蓝眼睛,庄重的态度——在晚年他脸上留着胡须,于他很相宜。他的五官都敏锐,他体格结实,能够吃苦耐劳,他的手使用起工具来,是强壮敏捷的。而他的身体与精神配合得非常好,他能够用脚步测量距离,比别人用尺量得还准些。他说他夜里在树林中寻找路径,用脚比用眼睛强,他能够用眼睛估计两棵树的高度,非常准确;他能够像一个牲畜贩子一样地估计一头牛或是一只猪的重量。一只盒子里装着许多散置着的铅笔,他可以迅速地用手将铅笔一把一把抓出来,每次恰好抓出一打之数。他善于游泳、赛跑、溜冰、划船,在从早至晚的长途步行中,大概能够压倒任何乡民。

梭罗以全部的爱情将他的天才贡献给他故乡的田野与山水,因而使一切识字的美国人与海外的人都熟知它们,对它们感兴趣。他生在河岸上,也死在那里;那条河,从它的发源处直到它与迈利麦克河交汇的地方,他都完全熟悉。他在夏季与冬季观察了它许多年,日夜每一小时都观察过它。麻省委派的水利委员最近去测量,而他几年前早已由他私人的实验得到同样的结果。

他喜欢描写那条河的作风,将它说成一个法定的生物,而他的叙述总是非常精确,永远以他观察到的事实作为根据,他对于这一个地段的池塘也和这条河一样地熟悉。

他用来征服科学上的一切阻碍的另一工具,就是忍耐。他知道怎样坐在那里一动也不动,成为他身下那块石头的一部分,一直等到那些躲避他的鱼鸟爬虫又都回来继续做它们惯常做的事,甚至于由于好奇心,会到他跟前来凝视他。

他的灵魂是应当和最高贵的灵魂做伴的;他在短短的一生中学完了这世界上一切的才技;无论在什么地方,只要有学问、有道德的、爱美的人,一定都是他的忠实读者。

(选自《张爱玲作品集:爱默生选集》,花城出版社,1997年版)

【交流之窗】

本文以平易朴实的文笔,条理清晰地描述了梭罗的优点:日常生活的简单欲求,强壮结实敏捷的身体,天生的对田野和山水的热爱,超凡的忍耐力,高贵的灵魂等,由外在形象到内在精神,逻辑思路清晰。

文中描述"身体与精神的配合"及"忍耐"这一部分,作者观察精准,细节描写传神生动,"状难写之景如在目前,含不尽之意见于言外",给人留下极其深刻的印象。

"他宁愿减少他日常的需要,并且自给自足——这也是一种富有",减少需要也是一种富有,是说他减少的是物质享受,富有的是心灵。

第六编
自然之思

⊙秦秋寒印

古希腊智者学派代表人物普罗泰戈拉说:"人是万物的尺度。"苏格拉底则提出:"有思想力的人是万物的尺度",苏格拉底强调的是人的思想力。

人,是自然的一部分,他感受自然之美,描摹自然之美,抒发自然之情,而且,有思想力的人沉思自然。自然不仅赐予我们美的一面,而且能给予我们人生的启迪和感悟。

人类,自其诞生,便拥有了自然观。自远古以来,人类在《盘古开天辟地》里,在《圣经·创世记》里,在《亡灵书》里,在《梨俱吠陀》里……沉思自然,思索生命。

与大自然同在的人类,不仅要从自然界获取生存与发展的物质财富,还通过与大自然的心灵交流取得精神的饱满与自适,激荡起灵魂的涟漪与共鸣,这就是"神游自然"。

自然引发了人类哪些思考?

埃及的《亡灵书》赞美太阳是"完善之神,永恒之神,唯一之神",印度的《梨俱吠陀》把"夜"称为"夜女神",把"黎明"唤作"夜"的"姊妹",这体现了人类对自然怎样的感情?苏轼在《赤壁赋》里,超越"哀吾生之须臾,羡长江之无穷",而开悟"物与我皆无尽也,而又何羡乎";爱默生在《论自然》里谈到"自然从未穿过一件虚伪的外衣";牛顿在《论宇宙中的计划性》一文中提醒世人:"万物的创造者,最聪明,最公正,最善良,最神圣。我们必须爱戴他,畏惧他,尊敬他,信任他,祈求他,感谢他,赞美他,赞颂他的名字,遵守他的戒律。"

自然引发了你怎样的思考?你从自然得到了哪些启发?

你怎么评价古代神话或者宗教中的自然观?

在人类对自然认识的若干观点中,你最欣赏哪一种观点?为什么?

请你在阅读人类神话传说、宗教典籍选段的时候,剔除其神话外衣和特有的宗教表达方式,而感知其思维内核,把握其敬畏自然的心理。

● 文学之花

盘古开天辟地

天地混沌如鸡子。盘古生在其中,万八千岁,天地开辟。阳清为天,阴浊为地。盘古在其中,一日九变。神于天,圣于地。天日高一丈,地日厚一丈,盘古日长一丈,如此万八千岁。天数极高,地数极深,盘古极长。后乃有三皇。数起于一,立于三,成于五,盛于七,极于九,故天去地九万里。

天气蒙鸿,萌芽兹始,遂分天地,肇立乾坤,启阴感阳,分布元气,乃孕中和,是为人也。首生盘古,垂死化身,气成风云,声为雷霆;左眼为日,右眼为月;四肢五体为四极五岳;血液为江河;筋脉为地里;肌肉为田土;发为星辰;皮肤为草木;齿骨为金石;精髓为珠玉;汗流为雨泽;身之诸虫,因风所感,化为黎甿。

(选自《太平御览》,中华书局,2011年版)

【交流之窗】

天地生成的神话和人类繁衍的传说一般是世界各民族最早的文学内容,也是人类自我意识的萌芽。这些内容肯定不是科学理论,但也不能简单贬之为愚昧迷信。这些神话传说对后世人类的思想行为和民族文化心理影响甚大,更是一个民族的世界观的基础。

在我国古代神话里,宇宙像一个鸡蛋,盘古生在里面,经过一万八千岁,盘古把鸡蛋分开,形成天和地;又过了一万八千岁,盘古死去,身体化成日月星辰、山川河流、风云雷电、土地草木、金石珠玉和人类(黎甿),这就是盘古开天辟地的传说。

古人对天地万物创生的想象，瑰丽奇异，是我们先民关于世界万物最珍贵的思考和最朴素的解释。其伟大和神奇应不在现代科学的宇宙大爆炸和相对论理论之下哟！

创世记

《圣经》

第一章

起初，神创造天地。地是空虚混沌，渊面黑暗；神的灵运行在水面上。神说："要有光。"就有了光。神看光是好的，就把光暗分开了。神称光为昼，称暗为夜。有晚上，有早晨，这是头一日。神说："诸水之间要有空气，将水分为上下。"神就造出空气，将空气以下的水、空气以上的水分开了。事就这样成了。

神称空气为天。有晚上，有早晨，是第二日。神说："天下的水要聚在一处，使旱地露出来。"事就这样成了。神称旱地为地，称水的聚处为海。神看着是好的。神说："地要发生青草和结种子的菜蔬，并结果子的树木，各从其类，果子都包着核。"事就这样成了。

于是地发生了青草和结种子的菜蔬，各从其类；并结果子的树木，各从其类，果子都包着核。神看着是好的。

有晚上，有早晨，是第三日。神说："天上要有光体，可以分昼夜，做记号，定节令、日子、年岁。

并要发光在天空，普照在地上。"事就这样成了。于是神造了两个大光，大的管昼，小的管夜。又造众星。就把这些光摆列在天空，普照在地上。

管理昼夜，分别明暗。神看着是好的。有晚上，有早晨，是第四日。神说："水要多多滋生有生命的物，要有雀鸟飞在地面以上，天空之中。"

神就造出大鱼，和水中所滋生各样有生命的动物，各从其类；又造出各样飞鸟，各从其类。神看着是好的。

神就赐福给这一切说:"滋生繁多,充满海中的水;雀鸟也要多生在地上。"

有晚上,有早晨,是第五日。神说:"地要生出活物来,各从其类;牲畜、昆虫、野兽,各从其类。"事就这样成了。

于是神造出野兽,各从其类;牲畜,各从其类;地上一切昆虫,各从其类。神看着是好的。

神说:"我们要照着我们的形象,按着我们的样式造人,使他们管理海里的鱼、空中的鸟、地上的牲畜和全地,并地上所爬的一切昆虫。"

神就照着自己的形象造人,乃是照着他的形象造男造女。 神就赐福给他们,又对他们说:"要生养众多,遍满地面,治理这地;也要管理海里的鱼、空中的鸟,和地上各样行动的活物。"

神说:"看哪!我将遍地上一切结种子的菜蔬,和一切树上所结有核的果子,全赐给你们作食物。

至于地上的走兽和空中的飞鸟,并各样爬在地上有生命的物,我将青草赐给他们作食物。"事就这样成了。

神看着一切所造的都甚好。有晚上,有早晨,是第六日。

天地万物都造齐了。 到第七日神造物的工已经完毕,就在第七日歇了他一切的工,安息了。

神赐福给第七日,定为圣日,因为在这日神歇了他一切创造的工,就安息了。创造天地的来历,在神造天地的日子,乃是这样。野地还没有草木,田间的菜蔬还没有长起来,因为神还没有降雨在地上、也没有人耕地。

但有雾气从地上腾,滋润遍地。耶和华用地上的尘土造人,将生气吹在他鼻孔里,他就成了有灵的活人,名叫亚当。

耶和华在东方的伊甸立了一个园子,把所造的人安置在那里。 耶和华使各样的树从地里长出来,可以悦人的眼目,其上的果子好作食物。园子当中又有生命树,和分别善恶的树。

有河从伊甸流出来滋润那园子,从那里分为四道。第一道河名叫比逊,就是环绕哈腓拉全地的。在那里有金子。并且那地的金子是好的。在那里又有珍珠和红玛瑙。第二道河名叫基训,就是环绕古实全地的。第三道河名叫希底结,流在亚述的东边。第四道河就是伯拉河。

耶和华将那人安置在伊甸园,使他修理看守。耶和华吩咐他说:"园中各样树上的果子,你可以随意吃。只是分别善恶树上的果子,你不可吃,因为你吃的日子必定死。"耶和华说:"那人独居不好,我要为他造一个配偶帮助他。"耶和华用土所造成的野地各样走兽和空中各样飞鸟,都带到那人面前看他叫什么。那人怎样叫各样的活物,那就是他的名字。

那人便给一切牲畜和空中飞鸟、野地走兽都起了名。只是那人没有遇见配偶帮助他。

耶和华使他沉睡,他就睡了。于是取下他的一条肋骨,又把肉合起来。

耶和华就用那人身上所取的肋骨造成一个女人,领她到那人跟前。

那人说:"这是我骨中的骨、肉中的肉,可以称她为女人。因为她是从男人身上取出来的。"因此,人要离开父母与妻子联合,二人成为一体。当时夫妻二人赤身露体,并不羞耻。

【交流之窗】

《圣经》是基督教的经典,是人类最伟大最重要的书籍之一,这本书对世界的意义、对人类文明的形成以及对西方社会生活的影响,可以说无与伦比。

这里选取的是《圣经·旧约》里面《创世记》章节,内容是对天地万物形成的解释。与中国盘古开天辟地的创世神话对照阅读,可以略微看出中西的差异。基督教相信有一个创造万物的至高之神,也就是上帝,所有的一切,包括天地万物和人类自身,都是神按照自己的样子创造的,这为人类信仰奠定了认识和情感的基础。中国盘古神话以为,天地生盘古,盘古化生万物和人类,中国人不信仰上帝,而顺从自然。

建议你阅读房龙的著作《圣经故事》。

你也可以去观赏电影《创世记》,这是一部有关圣经故事的好莱坞电影。

亡灵起身，歌唱太阳

《亡灵书》

赞美你，啊拉，向着你惊人的上升！
你上升，照耀，令诸天向一旁滚动。
你是众神之王，万物之主，
我们自你而来，因你而成神圣。

你的祭司黎明出迎，以欢笑洗心；
神圣的风带着音乐，吹过你黄金的琴弦。
在日落时分，他们拥抱你，犹如每一片云；
自你的翅膀上，闪现着天边反照的颜色。

你行过了天顶，你的心喜悦；
你的清晨和黄昏之舟都遇上好风；
在你面前，玛特高举她决定命运的羽毛，
阿努的殿堂因你的名而喧嚣。

啊你完善之神，永恒之神，唯一之神！
与上升的太阳一同飞翔的伟大的鹰！
在青翠的无花果树上，你永远年轻的形象
闪烁着掠过天国的河心。

你的光照亮每一张脸，却无人知晓。
千年万年，你是新的生命热切的根源。
时间在你的脚下卷起尘土，而你永远不变。
时间的创造者，你已超越了一切时间。

你通过了那扇黑夜的背后闭起的门，
使愁苦中躺卧的灵魂欢喜雀跃。
语言的真实，心的宁静，起来啜饮你的光明，
因你是昨日，今日，也是明天。

赞美你，拉，使生命从昏睡中苏醒！
你上升，照耀，显示你光辉的形象，
千万年过去了，我们不能一一清数，
千万年将到来，你光照万年！

【交流之窗】

  古埃及人在存放了木乃伊的陵墓里的纸草卷上，写有诗歌，这些诗歌是一些咒语和对神的赞美，希望这些诗歌指导亡灵的生活。后人把这些诗歌汇集，名为《亡灵书》，它是研究古埃及文化的重要资料。

  本章借亡灵之口，用极热烈、赞颂的情感，歌唱太阳，赞美生命："你是众神之王，万物之主，我们自你而来，因你而成神圣。""啊你完善之神，永恒之神，唯一之神！"连亡灵都禁不住起身，如此赞颂太阳，这是为了充分肯定太阳对大地万物的意义。

  华美的文辞和铺张的手法，产生出强烈的感染力。

夜

《梨俱吠陀》

《梨俱吠陀》,是印度最古老的一部诗歌集。它的内容包括神话传说、对自然现象和社会现象的描绘与解释,以及与祭祀有关的内容。

夜女神来了,
她用许多眼睛观察各处,
她披戴上一切荣光。

不死的女神布满了
广阔区域,低处和高处,
她用光辉将黑暗驱除。

夜女神来了,
引出姊妹黎明;
黑暗也将离去。

你今天向我们来了,
你一来,我们就回到家里了,
如同鸟儿们回树上进窠巢。

村庄人们回去安息,
有足的去安息,有翼的去安息,
连贪婪的鹰隼也安息了。

请赶走母狼和公狼,

请赶走盗贼,夜女神啊!
请让我们容易度过去。

装扮一切的,黑睛,
明显的,黑色,来到我面前了。
黎明啊!请像除债务一样〔除去它〕吧。

我向你奉献,如献母牛,
白天的女儿啊!请选中收下
这如同对胜利者的颂歌吧!夜啊。

【交流之窗】

在古人的情感世界里,万物皆有生命,与人类生死依存,相互沟通。

诗中把夜和黎明分别称为"夜女神""黎明女神",就表现了这种情感。夜女神来了,"村庄人们回去安息,有足的去安息,有翼的去安息,连贪婪的鹰隼也安息了"。人类早期经典里面,体现的大多是这种自然认识,黑夜就是黑夜,黎明就是黎明,并非黑暗象征邪恶,光明象征正义。

"请赶走母狼和公狼/请赶走盗贼,夜女神啊/请让我们容易度过去。"这三行诗句,让我们看出古代人类的生存环境是比较险恶的,他们祈求安康的心理是朴实和热烈的。

我感到了阳光

王小妮

王小妮，1955年生，吉林人，当代作家。代表作品有《上课记》等。

我从长长的走廊
走下去……

——啊，迎面是刺眼的窗子
两边是反光的墙壁
阳光，我，
我和阳光站在一起！

——啊，阳光原来是这样的强烈
暖得人凝住了脚步，
亮得人憋住了呼吸，
全宇宙的光脚在这里集聚。

——我不知道还有什么存在，
只有我，靠着阳光
站了十秒钟
十秒，有时会长于一个世纪的四分之一。

终于，我冲下楼梯，推开门
奔走在春天的阳光里……

（选自《广东第二课堂》，2005年第21期）

【交流之窗】

愈是难以见到光明的人,对光明的渴望与期盼便愈是强烈。

第2、3、4小段,作者毫不掩饰自己见到阳光的喜悦——"我和阳光站在一起",多么骄傲!"全宇宙的光脚在这里集聚",多么振奋!"十秒,有时会长于一个世纪的四分之一",阳光的力量无比强大,一瞬足以抵得过漫漫黑暗。

阳光指的是新生、是自由,它引领作者"从长长的走廊走下去"——冲破黑暗的时代,"奔走在春天的阳光里"——拥抱光明和自由。

山羊兹拉特

艾萨克·巴什维斯·辛格

艾萨克·巴什维斯·辛格（1904—1991），美国作家，1978年获诺贝尔文学奖。代表作品有《傻瓜吉姆佩尔》。

往年光明节，从村里到镇上的路总是冰雪覆盖。但是这年冬天却很暖和，光明节快要到了，还没有下过雪。大部分时间天气晴朗，农民们担心，由于干旱，冬粮收成准不会好。嫩草一露头，农民们就把牲畜赶到牧场去。

对皮货商鲁文来说，这年更是个坏年头，他犹豫了好久，终于决定卖掉山羊兹拉特。这只山羊已经老了，挤不出多少奶了。镇上的屠夫费夫尔愿出八个银币买下这只山羊。用这笔钱可以买光明节点的蜡烛、过节用的土豆和做薄煎饼用的脂油，还可以给孩子们买些礼物，给家里添些过节用的其他必需品。鲁文叫他的大儿子阿隆把山羊赶到镇上交给屠夫费夫尔。

阿隆知道把山羊交给屠夫费夫尔准没好事，但是他又不敢违抗父命。阿隆的母亲听说要卖掉山羊，伤心地哭了。阿隆的妹妹安娜和密丽安也放声大哭。阿隆穿上棉夹克，戴上有耳套的帽子，在山羊兹拉特的脖子上拴了根绳子，带上两片涂着乳酪的面包准备路上吃。家里人要阿隆送完羊晚上就在屠夫家过夜，第二天把钱带回家。

家里人和山羊依依不舍地告别。阿隆在羊脖子上拴绳子时，山羊像往常一样，温顺地站在那里。山羊舔着鲁文的手，摇着它那小小的白胡子。兹拉特一向信任人类。它知道，人们总是喂它东西吃，从来没有伤害过它。

阿隆把羊赶上通往镇子的大道时，山羊似乎有点惊奇，因为以前从来没有朝那个方向走过。山羊回过头来诧异地瞧着阿隆，好像在问："你要把我赶到哪里去呀？"但是过了一会儿，山羊又好像自言自语地说："山羊是不应当提出疑问的。"可是，路毕竟不是往日所熟悉的路。他们通过陌生的田野、牧场和茅舍。不时有狗叫着追赶他们，阿隆用棍子将狗赶跑。

阿隆离开村子时还出着太阳，可是突然间天气变了。东边天空出现了一大片乌云，那云微带蓝色。乌云迅速布满天空，一阵冷风随之而起。乌鸦飞得很低，"呱呱"地叫着。起初，看样子像是要下雨，但是实际上却像夏天那样下起冰雹来。虽然当时是上午，但是天昏地暗，好像黄昏一样。过了一会儿，冰雹又转为大雪。

阿隆已经12岁了，经历过各种天气，但是他从来没有看到过这样大的雪。大雪纷飞，遮天蔽日，顿时一片昏暗，不一会儿就分辨不清哪儿是道路哪儿是田野了。寒风刺骨。通向镇上的路本来就很狭窄，又弯弯曲曲，阿隆找不着路了。风雪交加，使他分不清东西南北。寒气逼人，冷风透过棉夹克直往里钻。

起初，兹拉特好像并不在意天气的变化。山羊也12岁了，知道冬天意味着什么。但是当它的腿越来越深地陷进雪里时，它便不时转过头来茫然地瞧着阿隆。它那温和的眼神似乎在问："这么大的暴风雪我们出来干什么呢？"阿隆希望能够遇见一位赶车的，可是根本没有人打那里经过。

雪越积越厚，大片大片的雪花打着转儿落到地面上。阿隆感到靴子触到了雪下刚犁过的松软土地。他意识到他已离开大路了，他迷失了方向，分不清哪里是东，哪里是西，弄不清哪边是村子，哪边是镇子。冷风呼啸着，怒吼着，卷起雪堆在地上盘旋，犹如一个个白色小魔鬼在田野上玩捉人游戏。一股股白色粉末被风从地上掀起。兹拉特停住不动了，它再也走不动了。它倔强地站在那儿，蹄子好像固定在土地里，"咩咩"地叫着，好像在恳求阿隆把它赶回家似的。冰柱挂在山羊的白胡子上，羊角上结了一层白霜，发出亮光。

阿隆不愿承认他已陷入危难之中，但是他知道，如果找不到地方躲避一下风雪，他和山羊都会冻死。这场风雪与往日的不同，是一场罕见的特大暴风雪。雪已没过了双膝，手冻僵了，脚也冻麻木了，他呼吸困难，风雪呛得他喘不过气来。他感到鼻子冻得发木，他抓了一把雪揉搓了一下鼻子。兹拉特的"咩咩"叫声听起来好像是在哭泣，它如此信赖的人类竟把它带到了绝境。阿隆开始乞求上帝保佑自己和这只无辜的山羊。

突然，他看到了什么，好像是座小山包。他纳闷那到底是什么东西。谁能把雪堆成这样的山包呢？他拖着兹拉特，想走过去看个究竟。走近一看，他才认出那山包似的雪堆原来是个大草垛，已经完全被积雪覆盖了。

阿隆这时才松了一口气：他们有救了。他费了好大劲在积雪中挖出一条通道。他是在乡村长大的，知道该怎么办。他摸到干草以后，替自己和山羊掏出一个藏身的草窠来。不管外边多么冷，干草垛里总是很暖和的，而且干草正是兹拉特爱吃的。山羊一闻到干草的气味，立即心满意足地吃起来。草垛外面，雪继续下着。

大雪很快重新覆盖了阿隆挖出的那条通道。阿隆和山羊需要呼吸，而他们的栖身之地几乎没有一点空气。阿隆透过干草和积雪钻了个"窗户"，并小心地使这个通气道保持畅通。

兹拉特吃饱之后，坐在后腿上，好像又恢复了对人类的信赖。

阿隆吃了他带的两片面包和奶酪，但是一路上艰苦奔波，他还是感到饿。他瞧了瞧山羊兹拉特，发现山羊的双乳鼓鼓的。他躺在山羊旁边，尽量舒服些，以便他挤出羊奶时，奶汁能够喷到他嘴里。山羊的奶又浓又甜。山羊不习惯人们这样挤奶，但它没有动。看来它急切地想要报答阿隆，感谢阿隆把它带到这个可以躲避风雪的地方，这个避难所的墙壁、地板和天花板都是它的美餐。

透过"窗户"，阿隆可以瞥见外边的灾难景象：风把一股股的雪卷起来；到处一片漆黑，他弄不清是到了夜晚呢，还是由于暴风雪才这样天昏地暗，谢天谢地，干草垛里不冷。干草散发出夏天太阳的温暖。兹拉特不停地嚼着干草，时而吃上面的草，时而吃下面的草，时而吃左边的草，时而吃右边的草。山羊的身体散发着热气，阿隆紧紧地依偎着山羊。他一向喜欢兹拉特，现在山羊简直像他的姐妹一样。他思念家里人，感到很寂寞，想说话来解解闷儿。他开始对山羊说话。

"兹拉特，你对我们遇到的这场灾难有什么看法呢？"他问道。

"咩。"兹拉特回答说。

"如果我们找不到这个干草垛，咱俩现在早冻僵了。"阿隆说。

"咩。"山羊回答说。

"如果雪这样不停地下，我们就得在这里待好些天。"阿隆解释说。

"咩。"兹拉特叫道。

"你这'咩''咩',是什么意思呢?"阿隆问道,"你最好说个清楚。"

"咩,咩。"兹拉特想要说清楚。

"好吧,那你就'咩'吧,"阿隆耐心地说,"你不会说话,但我知道你懂了。我需要你,你也需要我,对吗?"

"咩。"

阿隆瞌睡来了。他用草编成一个枕头,枕在上面,打起盹来。兹拉特也睡着了。

阿隆一觉醒来,睁开眼睛,弄不清是早晨还是夜里。积雪又封住了"窗户"。他想把雪清除掉,但是当他把整个手臂伸直时,仍然没有够到外边,幸好,他带着一根棍子,他用棍子朝外捅出去,这才捅透积雪。外边仍然一片漆黑。雪还在下,风还在呼啸,先是听到一种声音,然后是许多声音。有时风声像鬼笑一般……

雪接连下了三天,阿隆和兹拉特在干草垛里待了三天三夜,阿隆一向喜欢兹拉特,但是在这三天里,他更感到离不开兹拉特了。

第三天晚上,雪停了,但是阿隆不敢摸黑去寻找回家的路。天放晴了,月亮升起来了,银色的月光洒在雪地上。阿隆挖了一条通道走出了草垛,向四周张望。到处白茫茫的,静悄悄的,一片极美好的梦境。星星又大又密。月亮在天空游泳,就像在海里游泳一样。

第四天早晨,阿隆听到了雪橇的铃声。看来草垛离大路不远。驾雪橇的农民给阿隆指了路,但指的不是通向镇上找屠夫费夫尔的路,而是回村子的路。阿隆在草垛里已拿定了主意:再也不和兹拉特分开了。

阿隆家里的人以及左邻右舍在暴风雪里找过阿隆和山羊,但是毫无结果。他们担心阿隆和山羊完了。阿隆的母亲和妹妹悲伤地哭泣;他父亲沉默不语,闷闷不乐。突然,一位邻人跑来报告他们一个好消息:阿隆和兹拉特回来了,正朝家走呢。

全家一片欢乐。阿隆向家里人讲述了他怎么找到草垛、兹拉特如何供他奶喝的事情。阿隆的妹妹们又是亲兹拉特,又是拥抱兹拉特,还用剁碎的胡萝卜和土豆皮款待兹拉特,兹拉特狼吞虎咽,美餐一顿。

从那以后,再没有人提起要卖兹拉特了。寒冷的天气终于来临了,村民们又需要鲁文为他们做皮活了。光明节到来时,阿隆的母亲每晚都做薄煎饼,兹拉特也得到一份。尽管兹拉特有自己的羊圈,但是它常来厨房,用犄角敲门,表示想来拜访,人们总是放它进去。晚上,阿隆、密丽安和安娜玩陀螺,山羊坐在炉旁,或瞧孩子们玩,或对着光明节蜡烛的火苗出神。

阿隆有时问山羊:"兹拉特,你还记得我们一块度过的那三天三夜吗?"

兹拉特便用犄角搔搔脖子,摇晃着长白胡子的脑袋,发出它那唯一的声音:"咩——"

(选自《山羊兹拉特》,北京出版社,1983年版)

【交流之窗】

贫寒的鲁文,为了节日的开支要卖掉山羊兹拉特。鲁文的儿子阿隆在去卖兹拉特的路上,遭遇特大暴风雪,迷路,阿隆和山羊兹拉特巧遇大雪覆盖的草堆,相依为命,相互支撑,渡过难关,安全回到家里。从此,阿隆和阿隆的家人,把山羊兹拉特当作更加亲密的家庭成员,一家子和和美美。

这篇小说是一则寓言,它启迪人类:生命与生命,是命运共同体;一个生命对待另一个生命,应该满怀友善与悲悯。

狗、鸟、马（节选）

莫 言

十年前，我曾随一个作家代表团去过联邦德国。现在回想起来，在联邦德国那些美丽的城市里，随处可见被衣冠楚楚的男人或是女人牵拉着行进的狗。从德国的北头走到南头，我还没看到过一只无主的狗。德国的狗花样实在是多极了。有蠢笨如牛的，有玲珑如兔的，有长发飘飘如美女的，有皱脸裂唇如恶鬼的。几乎所有的狗的脖子上都拴着一根链条。偶尔也能见到一条摘除了链条的狗，但脖子上还拴着皮圈。那根链条就在狗身后的主人的手里提着，随时都可以挂上去的。即便是那些摘除了链条的狗，也像个好孩子似的乖乖地跟在主人脚后，主人走快它走快，主人走慢它走慢，无链条也好像有链条，看着都让人感动。

在慕尼黑，我看到一匹似狗非狗的大动物，摇摇晃晃地跟在一个美丽的金发女郎背后。那女子袒胸露背，昂首前进，那怪物在她后边，威风凛凛，狼行虎步。我心里很是恐惧，因为打死我我也想不到世界上竟会有这样的动物。它是老虎和绵羊交配生出来的杂种吧？它看到我看它，也冷冷地歪头瞅了我一眼，掩藏在绿色长毛里的那眼睛凶光逼人。它的比我的拳头还要大的爪子吧嗒吧嗒地敲着地面，尾巴拖在身后，好像一把大扫帚。这东西如果出现在深山老林里，一定是位令百兽毂觫的大王，但它跟在一个女人的背后，脖子上还挂着一根链条，它也只能是条狗。

在高速公路旁边的一家小饭店里，我看到一对盛装的中年男女，像侍候小宝宝似的，用一个银盘子，给一条顶多只有两斤重的小老狗喂奶。这条狗娇喘微微，令我想起中国的古典美人。它用红红的小舌头，舔了一点牛奶，然后就摇摇头。那女人咕噜了一句外语，我虽然听不懂，但我能猜到她的意思。无非是说：宝贝，你不喝了吗？你喝这点怎么能行呢？那小老狗继续摇头。男人就从瓶子里拿出一根金黄色的香肠，递到小老狗的嘴里。我们有时吃到的香肠并不香，但是这男子拿来喂狗的香肠真是香气扑鼻。小狗闻了闻那肠，不吃。我心中感到很愤怒。十年前我们的思想还不跟现在一样，我们的生活也不能跟现在相比。我这样说的目的就是要承认那香肠的香气勾起了我的食欲。十年前我还没有勇气承认，十年后我可以坦率地承认。其实，一切就是个所谓名分，上帝生长万物，并没有标出哪是狗食哪是人食。那根德国小老狗不喜吃的香肠品质优良，它勾起我的食欲完全正常。如果是现在，我就跟那个德国男人要一根吃。他给不给我是他的问题。他把那根小老狗不吃的香肠用纸包了包，扔到垃圾桶里。我心里感到很痛惜。那男人用一根雪白的手帕给他的狗擦了擦小嘴巴，然后，才和他的女人坐下吃饭。

还有一次，我们坐在面包车里，在公路上奔走。一辆辆的豪华轿车，从我们车旁一越而过，一越而过，一越而过。我突然看到，在一辆刚刚超越了我们的奔驰轿车的后座上，蹲着一条笑嘻嘻的小狮子狗。这家伙，还对着我们的车叫唤，好像在笑话我们的车太慢了。我心里很气，恨不得把它揪下来踢一脚。但是它很快就随着奔驰绝尘而去。我忽然想到：这条狗如果头晕，会不会呕吐呢？如果呕吐，不是把那辆豪华轿车给弄脏了吗？

又有一次，记不清是在哪座城市里了，在一座教堂的边上，躺着一个生着火红色连鬓胡须的流浪汉。他老人家身前身后依偎着五条狗，好像他的五个孩子。这五条狗一条比一条漂亮，身上不脏，毛也很顺溜，不像吃不饱的样子。而狗的主人，则是面黄肌瘦。在他和它们的面前，放着一个盘子，里边有几个硬币。每逢有人从他和它们面前走过，老流浪汉就说几句话，声音很低沉。老头说完话，那五条狗也跟着叫几声，声音也很低沉。他和它们表现出一种特别深沉、特别谦逊的态度。

我问我们的翻译：他们说什么？

翻译说：老头说可怜可怜这五条无家可归的狗吧。

我问：狗呢，狗说什么？

翻译笑着说：我不懂狗语。

我说：你不懂我懂，狗必定是说，可怜可怜这个无家可归的人吧！

这是真正的相依为命，也是真正的互相关心、互相爱护。我们尽管很穷，但还是掏出几个硬币扔到他和它们面前的盘子里。他对我们说了一句话我敢肯定是谢谢,狗对我们一齐汪汪,表达的也是感谢之意。我突然想到一个问题:中国的狗是不是能听得懂德国狗的叫声?

在德国看了那么多奇形怪状的狗,于是就想到了家乡那些狗和家乡人讲过的关于狗的故事。我有一个很不好的习惯,那就是在外边无论见到了什么事,总喜欢和家乡的同类事情作比较,一比较就难免说一些不该说的话,为此得罪了许多人。今后尽量地改正吧。我们故乡的狗很少有脖子上戴链条的,因此,虽然我的故乡的狗捞不到牛奶喝也捞不到香肠吃,但它们比德国的狗自由。香肠虽好吃,自由价更高。它们白天漫游于田野,夜晚卧伏于草垛边,愿意为主人看家就叫几声,不愿看家就出去撒野。事实上也比德国狗愉快。

德国的狗都不喜欢叫,即便是叫也是低声叫,好像怕惊动了别人似的。我们到德国,也算是外国人了,但那些德国狗理也不理我们。我记得我们一行十几个人到汉堡郊外一个德国姑娘家去做客,她家那条大个狼犬对其他的人一概不理,懒洋洋地连头都不抬,唯独对我狂吠。有一个人说我:连狗都知道你不是好人。我却为此得意了好久。我得意的理由是:除了我之外,那天同去的其他人,连狗都懒得理他们了。前几年,一个德国作家到我们村里去,村子里的狗一传十、十传百,全都来了,集中在我家外边的打谷场上,齐声大叫。那德国作家吓得脸色发黄,我对他说:别怕,它们是在欢迎你呢!

可能是出于偏爱,我还是觉得我们家乡的狗好。德国狗太傲慢,我们家乡的狗多么热情。德国狗是德国人的玩物,我们家乡的狗是我们的朋友。我们家乡的狗能跑能跳,狂呼乱叫,很不含蓄,没有德国狗那么好的修养,但也没有德国狗那么阴沉。当然我们家乡的狗也会向主人摇着尾巴献媚,但狗向人献媚总比人向狗献媚好。当然我们家乡的狗也不是真正的狗,真正的狗其实就是狼。

(选自《莫言散文新编》,文化艺术出版社,2010年版)

【交流之窗】

和人一样，动物也从自然中来，是自然的灵物。狗有千万种，人也有千万种。有的人喜爱它们，将它们当作平等的朋友；有的人自视高其一等，把它们当作奴仆。

人类创造了高度发达的文明，却依然不知该如何与自然和谐相处。人与人之间亦是如此。有的人尊崇平等，极力捍卫这平等的权利；有的人将自我抬高，将他人踩在脚下。这个现象自人类社会之始至今，一直存在。你对此有什么看法呢？

莫言先生的文章，描摹现实中的各种现象，透露着他对生活的细微而独特的思考，真是大家手笔！

黄鹂——病期琐事

孙 犁

孙犁（1913—2002），河北省人，现当代小说家、散文家，开创抗战文学"荷花淀派"，代表作品《白洋淀纪事》。

这种鸟儿，在我的家乡好像很少见。童年时，我很迷恋过一阵捕捉鸟儿的勾当。但是，无论春末夏初在麦苗地或油菜地里追逐红靛儿，或是天高气爽的秋季，奔跑在柳树下面网罗虎不拉儿的时候，都好像没有见过这种鸟儿。它既不在我那小小的村庄后边高大的白杨树上同鹩鸡儿一同鸣叫，也不在村南边那片神秘的大苇塘里和苇咋儿一块筑窠。

初次见到它，是在阜平县的山村。那是抗日战争期间，在不断的炮火洗礼中，有时清晨起来，在茅屋后面或是山脚下的丛林里，我听到了黄鹂的尖利的富有召唤性和启发性的啼叫。可是，它们飞起来，迅若流星，在密密的树枝树叶里忽隐忽现，常常是在我仰视的眼前一闪而过，金黄的羽毛上映照着阳光，美丽极了，想多看一眼都很困难。

因为职业的关系，对于美的事物的追求，真是有些奇怪，有时简直近于一种狂热。在战争不暇的日子里，这种观察飞禽走兽的闲情逸致，不知对我的身心情感，起着什么性质的影响。

前几年，终于病了。为了疗养，来到了多年向往的青岛。

春天，我移居到离海边很近，只隔着一片杨树林洼地的一幢小楼房里。有很长的一段时间，我一个人住在这里，清晨黄昏，我常常到那杨树林里散步。有一天，我发现有两只黄鹂飞来了。

这一次，它们好像喜爱这里的林木深密幽静，也好像是要在这里产卵孵雏，并不匆匆离开，大有在这里安家落户的意思。

每天，天一发亮，我听到它们的叫声，就轻轻打开窗帘，从楼上可以看见它们互相追逐,互相逗闹,有时候看得淋漓尽致,对我来说,这真是饱享眼福了。

观赏黄鹂,竟成了我的一种日课。一听到它们叫唤,心里就很高兴,视线也就转到杨树上,我很担心它们一旦要离此他去。这里是很安静的,甚至有些近于荒凉,它们也许会安心居住下去的。我在树林里徘徊着,仰望着,有时坐在小石凳上谛听着,但总找不到它们的窠巢所在,它们是怎样安排自己的住室和产房的呢?

一天清晨,我又到树林里散步,和我患同一种病症的史同志手里拿着一支猎枪,正在瞄准树上。

"打什么鸟儿?"我赶紧过去问。

"打黄鹂!"老史兴致勃勃地说,"你看看我的枪法。"

这时候,我不想欣赏他的枪技,我但愿他的枪法不准。他瞄了一会儿,黄鹂发觉飞走了。乘此机会,我以老病友的资格,请他不要射击黄鹂,因为我很喜欢这种鸟儿。

我很感激老史同志对友谊的尊重。他立刻答应了我的要求,没有丝毫不平之气。并且说:

"养病么,喜欢什么就多看看,多听听。"

这是真诚的同病相怜。他玩猎枪,也是为了养病,能在兴头儿上照顾旁人,这种品质不是很难得吗?

有一次,在东海岸的长堤上,一位穿皮大衣戴皮帽的中年人,只是为了讨取身边女朋友的一笑,就开枪射死了一只回翔在天空的海鸥。一群海鸥受惊远飏,被射死的海鸥落在海面上,被怒涛拍击漂卷。胜利品无法取到,那个女人请在海面上操作的海带培养工人帮助打捞,工人们愤怒地掉头划船而去。这给我留下了深刻的印象。回到房子里,无可奈何地写了几句诗,也终于没有完成,因为契诃夫在好几种作品里写到了这种人。我的笔墨又怎能更多地为他们的业绩生色?

在他们的房间里,只挂着契诃夫为他们写的褒词就够了。

惋惜的是,我的朋友的高尚情谊,不能得到这两只惊弓之鸟的理解,它们竟一去不返。从此,清晨起来,白杨萧萧,再也听不到那种清脆的叫声。夏天来了,我忙着到浴场去游泳,渐渐把它们忘掉了。

有一天我去逛鸟市。那地方卖鸟儿的很少了,现在生产第一,游闲事物,相应减少,是很自然的。在一处转角地方,有一个卖鸟笼的老头儿,坐在一条板凳上,手里玩弄着一只黄鹂。黄鹂系在一根木棍上,一会儿悬空吊着,一会儿被拉上来。我站住了,我望着黄鹂,忽然觉得它的焦黄的羽毛,它的嘴眼和爪子,都带有一种凄惨的神气。

"你要吗? 多好玩儿!"老头儿望望我问了。

"我不要。"我转身走开了。

我想,这种鸟儿是不能饲养的,它不久会被折磨得死去。

这种鸟儿,即使在动物园里,也不能从容地生活下去吧,它需要的天地太宽阔了。

从此,有很长一段时间,我不再想起黄鹂。第二年春季,我到了太湖,在江南,我才理解了"杂花生树,群莺乱飞"这两句文章的好处。

是的,这里的湖光山色,密柳长堤;这里的茂林修竹,桑田苇泊;这里的乍雨乍晴的天气,使我看到了黄鹂的全部美丽,这是一种极致。

是的,它们的啼叫,是要伴着春雨、宿露,它们的飞翔,是要伴着朝霞和彩虹的。这里才是它们真正的家乡,安居乐业的所在。

各种事物都有它的极致。虎啸深山,鱼游潭底,驼走大漠,雁排长空,这就是它们的极致。

在一定的环境里,才能发挥这种极致。这就是形色神态和环境的自然结合和相互发挥,这就是景物一体。典型环境中的典型性格,也可以从这个角度来理解吧。这正是在艺术上不容易遇到的一种境界。

(选自《青春余梦:孙犁散文精选集》,新华出版社,2016年版)

【交流之窗】

自然有其运行的法则,当中的每一种生物都有各自的生活方式。"虎啸深山,鱼游潭底,驼走大漠,雁排长空",这不仅是见怪不怪的自然规律,这其中蕴含着自然之美,并显示一种"我自己就是我自己"的生命之善。

作者不仅在寻找黄鹂的归属地,同时也在渴望着自己的归属地,那就是独立、安全、自由的环境。

对于孙犁这位修养极深、境界极高的老作家,其文章之妙,须细细品味,方能领略其深刻韵味。

自然——断片

歌　德　梁宗岱 译

⊙ 歌德　何作栋绘

歌德（1749—1832），德国诗人、剧作家、思想家。代表作有《少年维特之烦恼》《浮士德》。

　　自然！她环绕着我们，围抱着我们——我们不能越出她的范围，也不能深入她的秘府。不问也不告诉我们，她便把我们卷进她的旋涡圈里，挟着我们奔驰直到倦了，我们脱出她的怀抱。

　　她永远创造新的形体；现在有的，从前不曾有过；曾经出现的，将永远不再来；万象皆新，又终古如斯。

　　我们活在她怀里，对于她又永远是生客。她不断地对我们说话，又始终不把她的秘密宣示给我们。我们不断地影响她，又不能对她有丝毫把握。

　　她里面的一切都仿佛是为产生个人而设的，她对于个人又漠不关怀。她永远建设，永远破坏，她的工场却永远不可即。

　　她在无数儿女的身上活着，但是她，那母亲，在哪里呢？她是至上无二的艺术家：把极单纯的原料化为种种宏伟的对照，毫不着力便达到极端美满和极端准确的精密，永远用一种柔和的轻妙描画出来。她每件作品都各具心裁，每个现象的构思都一空倚傍，可是这万象只是一体。

　　她给我们一出戏看：她自己也看见吗？我们不知道；可是她正是为我们表演的，为了站在一隅的我们。

　　她里面永远有着生命，变化，流动，可是她毫不见进展。她永远迁化，没有顷刻间歇。她不知有静止，她诅咒固定。她是灵活的。她的步履安详，她的例外稀有，她的律法万古不易。

　　她自始就在思索而且无时不在沉思，并不照人类的想法而照自然的想法。她为自己保留了一种特殊而普遍的思维秘诀，这秘诀是没有人窥探的。

一切人都在她里面，她也在一切人里面。她和各人都很友善地游戏：你越胜她，她也越欢喜。她对许多人动作得那么神秘，他们还不曾发觉，她已经做完了。

即反自然也是自然。谁不到处看见她，便无处可以清清楚楚地看见她。

她爱自己，而且借无数的心和眼永远黏附着自己。她尽量发展她的潜力以享受自己。不断地，她诞生无数新的爱侣，永无餍足地去表达自己。

她在幻影里得着快乐。谁在自己和别人身上把它打碎，她就责罚他如暴君；谁安心追随她，她就把他像婴儿般偎搂在怀里。

她有无数的儿女。无论对谁她都不会吝啬；可是她有些骄子，对他们她特别慷慨而且牺牲极大。一切伟大的，她都用爱护来荫庇他。

她使她的生物从空虚中溅涌出来，但不对它们说从哪里来或往哪里去。它们尽管走就得了。只有她认得路。

她行事有许多方法，可是没有一条是用旧了的，它们永远奏效而且变幻多端。

她所演的戏永远是新的，因为她永远创造新的观众。生是她最美妙的发明，死是她用以获得无数的生的技术。

她用黑暗的幕裹住人，却不断地推他向光明走，她把他坠向地面，使他变成懒惰和沉重，又不断地摇他使他站起来。

她给我们许多需要，因为她爱动。那真是奇迹：用这么少的东西便可以产生这不息的动。一切需要都是恩惠：很快满足，立刻又再起来。她再给一个吗？那又是一个快乐的新源泉，但很快她又恢复均衡了。

她刻刻都在奔赴最远的途程，又刻刻都达到目标。

她是一切虚幻中之虚幻，可是并非对我们；对我们，她把自己变成了一切要素中之要素。

她任每个儿童把她打扮，每个疯子把她批判。万千个漠不关心的人一无所见地把她践踏，无论什么都使她快乐，无论谁都使她满足。

你违背她的律法时在服从她，企图反抗她时也在和她合作。

无论她给什么都是恩惠，因为她先使之变为必需的。她故意延迟，使人渴望她；特别赶快，使人不讨厌她。

她没有语言也没有文字，可是她创造无数的语言和心，借以感受和说话。

　　她的王冕是爱；单是由爱你可以接近她。她在众生中树起无数的藩篱，又把它们全数吸收在一起。你只要在爱杯里啜一口，她便慰藉了你充满着忧愁的一生。

　　她是万有。她自赏自罚，自乐又自苦。她是粗暴而温和，可爱又可怕，无力却又全能。一切都永远在那里，在她身上。她不知有过去和未来。现在对于她是永久。她是慈善的。我赞美她的一切事功。她是明慧而蕴藉的。除非她甘心情愿，你不能从她那里强取一些儿解释，或剥夺一件礼物。她是机巧的，可是全出于善意；最好你不要发觉她的机巧。

　　她是整体却又始终不完成。她对每个人都带着一副特殊的形象出现。她躲在万千个名字和称呼底下，却又始终是一样。

　　她把我放在这世界里；她可以把我从这里带走。她要我怎么样便怎么样。她绝不会憎恶她手造的生物。解说她的并不是我。不，无论真假，一切都是她说的，一切功过都归她。

（选自《梁宗岱译集》，华东师范大学出版社，2016年版）

【交流之窗】

　　在西方历代文学家里面，思想和情感最接近东方的，或许就是德国大文豪歌德了。这一篇文章，既是诗，又是思，是诗与思的合体，是诗歌和哲学的混血。

　　《道德经》以五千字讲神秘的"道"，而使人更觉"道"扑朔迷离，恍惚难知；而歌德之"自然"，实即老子之"道"也。老子之"道"和歌德之"自然"，神秘广大，无所不在，无所不能，充塞天地，运转不息，都是一种无往不胜的伟大力量。它不可论证，只可领悟。

生活在大自然的怀抱里

卢 梭　程依荣 译

让-雅克·卢梭（1712—1778），法国伟大的启蒙思想家、文学家，是18世纪法国大革命的思想先驱，启蒙运动最卓越的代表人物之一。主要著作有《论人类不平等的起源和基础》《社会契约论》《爱弥儿》《忏悔录》。

　　为了到花园里看日出，我比太阳起得更早；如果这是一个晴天，我最殷切的期望是不要有信件或来访扰乱这一天的清宁。我用上午的时间做各种杂事。每件事都是我乐意完成的，因为这都不是非立即处理不可的急事，然后我匆忙用膳，为的是躲避那些不受欢迎的来访者，并且使自己有一个充裕的下午。即使最炎热的日子，在中午一点钟前我就顶着烈日带着芳夏特（卢梭养的一条狗的名字）出发了。由于担心不速之客会使我不能脱身，我加紧了步伐。可是，一旦绕过一个拐角，我觉得自己得救了，就激动而愉快地松了口气，自言自语说："今天下午我是自己的主宰了！"从此，我迈着平静的步伐，到树林中去寻觅一个荒野的角落，一个人迹不至因而没有任何奴役和统治印记的荒野的角落，一个我相信在我之前从未有人到过的幽静的角落，那儿不会有令人厌恶的第三者跑来横隔在大自然和我之间。

　　那儿，大自然在我眼前展开一幅永远清新的华丽的图景。金色的燃料木、紫红的欧石南非常繁茂，给我深刻的印象，使我欣悦；我头上树木的宏伟、我四周灌木的纤丽、我脚下花草的惊人的纷繁使我目不暇接，不知道应该观赏还是赞叹；这么多美好的东西争相吸引我的注意力，使我眼花缭乱，使我在每件东西面前流连，从而助长我懒惰和爱空想的习气，使我常常想："不，全身辉煌的所罗门也无法同它们当中任何一个相比。"

　　我的想象不会让如此美好的土地长久渺无人烟。我按自己的意愿在那儿立即安排了居民，我把舆论、偏见和所有虚假的感情远远驱走，使那些配享受如此佳境的人迁进这大自然的乐园。我将把他们组成一个亲切的社会,而我相信自己并非其中不相称的成员。

　　我立即将我的思想从低处升高,转向自然界所有的生命,转向事物普遍的体系,转向主宰一切的不可思议的上帝。此刻我的心灵迷失在大千世界里,我停止思维,我停止冥想,我停止哲学的推理;我怀着快感,感到肩负着宇宙的重压,我陶醉于这些伟大观念的混杂,我喜欢任由我的想象在空间驰骋;我禁锢在生命的疆界内的心灵感到这儿过分狭窄,我在天地间感到窒息,我希望投身到一个无限的世界中去。

　　我相信,如果我能够洞悉大自然所有的奥秘,我也许不会体会这种令人惊异的心醉神迷,而处在一种没有那么甜美的状态里;我的心灵所沉湎的这种出神入化的佳境使我在亢奋激动中有时高声呼唤:"啊,伟大的上帝呀!啊,伟大的上帝呀!"但除此之外,我不能讲出也不能思考任何别的东西。遗忘,但他们肯定不会把我忘却;不过,这又有什么关系?反正他们没有任何办法来搅乱我的安宁。摆脱了纷繁的社会生活所形成的种种尘世的情欲,我的灵魂就经常神游于这一氛围之上,提前跟天使们亲切交谈,并希望不久就将进入这一行列。我知道,人们将竭力避免把这样一处甘美的退隐之所交还给我,他们早就不愿让我待在那里。但是他们却阻止不了我每天振想象之翼飞到那里,一连几个小时重尝我住在那里时的喜悦。

　　我还可以做一件更美妙的事,那就是我可以尽情想象。假如我设想我现在就在岛上,我不是同样可以遐想吗?我甚至还可以更进一步,在抽象的、单调的遐想的魅力之外,再添上一些可爱的形象,使得这一遐想更为生动活泼。在我心醉神迷时这些形象所代表的究竟是什么,连我的感官也时常是不甚清楚的;现在遐想越来越深入,它们也就被勾画得越来越清晰了。跟我当年真在那里时相比,我现在时常是更融洽地生活在这些形象之中,心情也更加舒畅。不幸的是,随着想象力的衰退,这些形象也就越来越难以映入脑际,而且也不能长时间地停留。唉!正在一个人开始摆脱他的躯壳时,他的视线却被他的躯壳阻挡得最厉害!

(选自《新世纪文学选刊》,2007年第7期)

【交流之窗】

卢梭是一位彻底的自然崇拜者和赞美者。他的思想论著和文学作品，都是从人的自然属性和天赋人权出发，赞美歌颂自然，思考社会人生。

他对自然之美和万物和谐有一种天生的迷恋和狂热的情感，表现在文字风格上，是情感和理智、感性和逻辑、古典的优雅和浪漫的遐思完美融合。

这篇文章虽短，也可由一斑而窥全豹，感知卢梭作为思想大师的文章风格。

"将我的思想从低处升高"，"摆脱了纷繁的社会生活所形成的种种尘世的情欲，我的灵魂就经常神游于这一氛围之上，提前跟天使们亲切交谈"。这是一种神圣、神奇、高妙的境界，这是一种浪漫，一种超凡脱俗。

远处的青山

约翰·高尔斯华绥   高 健 译

约翰·高尔斯华绥（1867—1933），英国作家，1932年获诺贝尔文学奖。代表作品有《有产业的人》。

不仅仅是在这刚刚过去的三月里（但已恍同隔世），在一个充满痛苦的日子——德国发动它最后一次总攻后的那个星期天，我还登上过这座青山。正是那个阳光和煦的美好天气，南坡上的野茴香浓郁扑鼻，远处的海面一片金黄。我俯身草上，暖着面颊，一边因为那新的恐怖而寻找安慰，这进攻发生在连续四年的战祸之后，益发显得酷烈出奇。

"但愿这一切快些结束吧！"我自言自语道，"那时我就又能到这里来，到一切我熟悉的可爱的地方来，而不致这么伤神揪心。不致随着我的表针的每下嘀嗒，就又有一批生灵惨遭涂炭。啊，但愿我又能——难道这事便永无完结了吗？"

现在总算有了完结，于是我又一次登上了这座青山，头顶上沐浴着十二月的阳光，远处的海面一片金黄，这时心头不再感到痉挛。身上也不再有毒气侵袭。和平了！仍然有些难以相信。不过再不用过度紧张地去谛听那永无休止的隆隆炮火声，或去观看那倒毙的人们、张裂的伤口与死亡。和平了，真的和平了！战争持续了这么长久，我们不少人似乎已经忘记了一九一四年八月战争全面爆发之初的那种盛怒与惊愕之感。但是我却没有，而且永远不会。

在我们一些人中——我以为实际上在相当多的人中，只不过他们表达不出罢了——这场战争主要会给他们留下了这种感觉："但愿我能找到这样一个国家，那里人们所关心的不再是我们一向所关心的那些，而是美，是自然，是彼此仁爱相待。但愿我能找到那座远处的青山！"①关于忒俄克里托斯②的诗篇，关于圣弗兰西斯③的高风，在当今的各个国家里，正如东风里草上的露珠那样，早已渺不可见。即或过去我们的想法不同，现在我们的幻想也已破灭。不过和平终归已经到来，那些新近被屠杀掉的人们的幽魂总不致再随着我们的呼吸而充塞在我们的胸臆。

和平之感在我们思想上正一天天变得愈益真实和愈益与幸福相连。此刻我已能在这座青山之上为自己还能活在这样一个美好的世界而赞美造物。我能在这温暖阳光的覆盖之下安然睡去，而不会醒后又是过去的那种怏怏欲绝。我甚至能心情欢快地去做梦，不致醒后好梦打破，而且即使做了噩梦，睁开眼睛后也就一切消失。我可以抬头仰望那碧蓝的晴空而不会突然瞥见那里拖曳着一长串狰狞可怖的幻象，或者人对人所干出的种种伤天害理的惨景。我终于能够一动不动地凝视着晴空，那么澄澈而蔚蓝，而不会时刻受着悲愁的拘牵，或者俯视那光滟的远海，而不致担心波面上再会浮起屠杀的血污。

天空中各种禽鸟的飞翔，海鸥、白嘴鸭以及那往来徘徊于白垩坑边的棕色小东西对我来说都是欣慰，它们是那样自由自在，不受拘束。一只画眉正鸣啭在黑莓丛中，那里叶间还晨露未干。轻如蝉翼的新月依然隐浮在天际；远方不时传来熟悉的声籁；而阳光正暖着我的脸颊。这一切都是那么愉快。这里见不到凶猛可怕的苍鹰飞扑而下，把那快乐的小鸟攫去；这里不再有歉疚不安的良心把我从这逸乐之中唤走。到处都是无限欢欣，完美无瑕。这时张目四望，不管你看着眼前的蜗牛甲壳，雕镂刻画得那般精致，恍如童话里小精灵头上的细角，而且角端呈蔷薇色；还是俯瞰从此处至海上的一带平芜，它浮游于午后阳光的微笑之下，几乎活了起来，这里没有树篱，一片空旷，但有许多炯炯有神的树木，还有那银白的海鸥，翱翔在色如蘑菇的耕地或青葱翠绿的田野之间；不管你凝视的是这株小小的粉红雏菊，而且慨叹它的生不逢时，还是注目那棕红灰褐的满谷林木，上面乳白色的流云低低悬垂，暗影浮动——一切都是那么美好，这是只有大自然在一个风和日丽的天气，而且那观赏大自然的人的心情也分外悠闲的时候，才能见得到的。

在这座青山之上，我对战争与和平的区别也认识得比往常更加透彻。在我们的一般生活当中，一切几乎没有发生多大改变——我们并没有领得更多的奶油或更多的汽油，战争的外衣与装备还笼罩着我们，报纸杂志上还充溢着敌意仇恨；但是在精神情绪上我们确已感到了巨大差别，那久病之后逐渐死去还是逐渐恢复的巨大差别。

据说，此次战争爆发之初，曾有一位艺术家杜门不出，把自己关在家中和花园里面，不订报纸，不会宾客，耳不闻杀伐之声，目不睹战争之形，每日唯以作画赏花自娱——只不知他这样继续了多久。难道他这样做法便是聪明，还是他所感受到的痛苦比那些不知躲避的人更加厉害？难道一个人连自己头顶上的苍穹也能躲得开吗？连自己同类的普遍灾难也能无动于衷吗？

整个世界的逐渐恢复——生命这株伟大花朵的慢慢重放——在人的感觉与印象上的确是再美不过的事了。我把手掌狠狠地压在草叶上面，然后把手拿开，再看那草叶慢慢直了过来，脱去它的损伤。我们自己的情形也正是如此，而且永远如此。战争的创伤已深深侵入我们的身心，正如严霜侵入土地那样。在为了杀人流血这桩事情而在战斗、护理、宣传、文字、工事，以及计数不清的各个方面而竭尽努力的人们当中，很少人是出于对战争的真正热忱才去做的。但是，说来奇怪，这四年来写得最优美的一篇诗歌，亦即朱利安·克伦菲尔④的《投入战斗！》竟是纵情讴歌战争之作！但是如果我们能把自那第一声战斗号角之后一切男女对战争所发出的深切诅咒全部聚集起来，那些哀歌之多恐怕连笼罩地面的高空也盛装不下。

然而那美与仁爱所在的"青山"离开我们还很遥远。什么时候它会更近一些？人们甚至在我所偃卧的这座青山也打过仗。根据在这里白垩与草地上的工事的痕迹，这里还曾宿过士兵。白昼与夜晚的美好，云雀的欢歌，香花与芳草，健美的欢畅，空气的新鲜，星辰的庄严，阳光的和煦，还有那轻歌与曼舞，淳朴的友情，这一切都是人们渴求不餍的。但是我们却偏偏要去追逐那浊流一般的命运。所以，战争能永远终止吗？……

这是四年零四个月以来我再没有领略过的快乐，现在我躺在草上，听任思想自由飞翔，那安详如海面上轻轻袭来的和风，那幸福如这座青山上的晴光。

【注释】

①出自古希腊诗人忒俄克里托斯之作。

②古希腊诗人(前310？—前245？)。

③意大利高僧。

④英国第一次欧战期间著名诗人，与查理·索莱、罗伯特·尼古拉斯、吉尔伯特·弗兰考等人同为一时之隽，他们起初多是吉卜林的模仿者，对欧战颇多讴歌之作，继而又对之充满绝望，在战争这个问题上表现了十足的矛盾心理与糊涂认识。

(选自《外国散文百年精华鉴赏》，上海科学技术文献出版社，2008年版)

【交流之窗】

这貌似一篇赞颂自然的文章，而其实关注的却是反战主题。这个主题被作者巧妙隐藏在对自然的描写和赞美之下，时隐时现，虽是断断续续，却也一以贯之。

文章从开始到结尾，一直在祈愿、怀疑和忧虑，反复发问："愿这一切快些结束吧！""难道这事便永无完结了吗？""战争能永远终止吗？"，表达的是深受战争伤害者的真实沉痛的情感。

作者呼唤和平，向往美丽安宁的"青山"，但也知道"美与仁爱所在的'青山'离开我们还很遥远"。青山虽然能治疗人类受伤的身心，却不能阻止残酷的战争，所以，要想"青山"永在，和平永在，必须彻底消弭战争。到这里，反战主题清晰浮现。

名家文章和学生作文的高下不同，名家文章在写法上往往表现出大开大合、纵横自如而又不离其宗的本领。

● 理性之光

论自然（节选）

爱默生　赵一凡　译

走进孤独，一个人需要尽可能地走出书房远离社会。我在读书和写作时并不孤独，虽然身边没有伴侣。如果一个人向往孤独，那就让他夜晚凝望群星，那些发自天庭的光将使他和身外之物隔离，使得人会认为，空气的透明完全是为这种传播而设计，是给人们展示天体崇高的永恒。从城市的街道上遥望星星，你会发现它们多么了不起呀！如果晚上的星星数千年出现一次，不知道多少代人走过，它们仍能展现天体——上帝之城的永恒，那将引来人们多少信仰和爱戴！然而每个夜晚，这些美丽的使节如期而来，用它们委婉的微笑点亮广宇。

星星会引起敬畏，因为它们虽然出现但是却遥不可及；而且自然中的万物都呈现出这一共同特征，当人们真正对其敞开心扉。自然从未穿过一件虚伪的外衣。再聪明的人也难穷极她的秘密和因为已发现了她所有的完美而丧失好奇。自然从未当过智者手中的玩偶。花朵、动物、山峰都能反映在智者最佳智慧的时辰和给他无忧无虑的童年提供欢乐。

当我们以这种方式谈论自然，显而易见我们心中充盈着一种诗意。这是自然这一多棱体给我们心中带来的直接反应。正是这一区别区分了伐木工和诗人眼中的树。今天早晨我眺望的田野无疑是由二三十个农场组成的。米勒拥有这块，洛克拥有那块，而曼宁的领地则在林地后头。但他们没有一个人能拥有那片田野风光。除了诗人没有人能全部拥有那地平线上的财产。诗人占有着那些农场最有价值的部分，可没有因为他们的业绩而得到封地。

土地和森林呈给我们最大的快乐是它们暗示了我们人和植物的神秘联系。我发现我不是孤独和无足轻重的。植物向我点头，我回应。风暴中摇摆的树枝对于我既新鲜又古老。它们令我吃惊但并非是完全陌生。对于我，那就如同一个更高更好的感情和思想，是在帮助我更理智地判断和行动。

当然，生产自然之乐的力量不光在自然本身，也在人的心中，更在它们彼此的和谐和共振。也不可过于为这种快乐陶醉。因为自然不会老向我们提供欣喜，昨天芬芳闪光，林中仙女舞蹈的日子今天可能阴云密布。自然永远穿着一件精神的七彩衣。对于一个困苦劳作的农夫，汗水使得他无暇顾及风光甚至有一丝悲伤；而对于刚刚故去亲人的人，打量田野还会含有一丝仇恨；而对于忙忙碌碌的人们，如盖的苍穹也会收起它的光彩。

（选自《论自然·美国学者》，生活·读书·新知三联书店，2015年版）

【交流之窗】

自然带给人们财富，物质的和精神的；物质财富有穷尽，精神财富无穷尽。这种精神的给予不是单方面的，而是人与自然的相互作用，自然带给我们审美的享受，同时我们带着仁爱和真诚去感受与回馈。你愈是真诚地感受，便愈能收获良多，人与自然由此达成和谐。

"产权上占有风景地""审美上享用此地风光"，你认为这两种"拥有"哪一种更重要？其实，人就生活在"物质与精神""占有与放下"的矛盾和张力中。

"独自泡在自然里""沉溺在人际关系里"，你认为哪一种生活对人的心灵更有益处？我们认为，人既不能脱离社会和社交，也不能丧失对大自然的热爱。

论宇宙中的计划性

牛　顿　　王福山　等译

艾萨克·牛顿（1643—1727），爵士，英国皇家学会会长，英国著名物理学家，百科全书式的"全才"，著有《自然哲学的数学原理》《光学》。

一

　　所有鸟、兽和人类的左右两侧（除内脏外）形状都相似，都在面部不多不少有两只眼睛；在头的两边有两只耳朵；中间一个鼻子，有两个鼻孔；肩膀上长有两个前肢，或者两个翅膀，或者两只臂膊；臀部长着两条腿，难道这些都是偶然的巧合吗？所有这些均匀一致的外部形态，除了出自一个创造者的考虑和设计而外，还能从哪里产生呢？

　　各种生物的眼睛都是透明到底，是身体中唯一透明的部分，外面有一层硬质透明的薄膜，里面有透明的体液，中间是一个晶体状的眼珠，和位于眼珠之前的一个瞳孔，所有这些都是为了视觉而造得如此精巧，配合得如此巧妙，以至绝非是任何一个艺术家所能改善的东西。这些又是从何而来的呢？难道盲目的偶然性能知道世界上有什么光及其折射的性能，而以最奇妙的方式给动物配上这种眼睛来利用它吗？诸如此类的考虑，已经并且将永远使人们相信，有一个创造万物并且主宰万物的上帝存在，他因此也就受人敬畏……

　　所以我们必须承认有一个上帝，他是无限的，永恒的，无所不在、无所不知、无所不能的；他是万物的创造者，最聪明，最公正，最善良，最神圣。我们必须爱戴他，畏惧他，尊敬他，信任他，祈求他，感谢他，赞美他，赞颂他的名字，遵守他的戒律，并根据戒律中第三条和第四条的规定，按时举行礼拜仪式，因为遵守戒律是对上帝敬爱的表示，而且他的诫令不是难守的（《新约·约翰一书》第5章第3节）。以上这些，除只对上帝自己而外，绝不要应用于他和我们之中的任何居间者。

上帝可以派遣他的天使来管理我们，由于这些天使和我们一样都是他的仆人，所以他们会因我们崇奉他们的上帝而感到高兴。这是基督教教义中头等重要的部分。从世界开始一直到世界末日，这总是而且将永远是属于上帝的所有人们所应有的宗教信仰。

二

上帝创造了世界并且在无形中统治着它，还告诫我们要热爱他和崇奉他，而不要热爱和崇奉其他的神；要我们尊敬父母和尊长，并待人如己；要我们温良、公正和爱和平；甚至对残忍的野兽也要怜惜。

上帝用他最初给予每种动物以生命的同样的力量，能使死者复活，而且已经使我们的救主耶稣基督复活，升到天上接管一个天国，并为我们安排好在天国中的地方；耶稣的尊严仅次于上帝，并以上帝的羔羊的身份应该受到人们的膜拜；当他不在时，他差遣圣灵来安慰我们；最后他将回到人间。在无形中统治我们，直到他使一切死者复生，并对他们进行审判；然后他将把他的王国交还天父，把有福的人带到他现在为他们安排好的地方，其余的送到对他们来讲是按功论位的处所。因为在上帝的天国里（这就是宇宙）有许多大厦，上帝通过他的代理者来管理这些大厦，而这些代理者能够从一个大厦到另一个大厦跑遍所有的天。因为如果一切能容纳我们的地方都已住满了生物，那么九霄云外那些浩瀚的天上空间为什么就不能让人们居住呢？

（选自《牛顿自然哲学著作选》，上海译文出版社，2003年版）

【交流之窗】

究竟有没有一个上帝？上帝到底是什么？上帝是可以证明的吗？如果真的没有上帝，人类的生存会出现什么后果？……

本文，牛顿从生物的外部形态的相似性，从生物的眼睛的精妙巧妙推论出，必然有万能的造物主，且人们应该爱戴他，赞美他，信仰基督，提升自己的品格、修养。

牛顿是上帝造人以来，像上帝一样改变了人类认知的神奇人物，是人这个物种里面最智慧的那部分中的一个；而就是这样一个伟大的科学家，晚年沉迷于《圣经》。

万有引力定律是他最有名的发现，但是他说，引力可以解释行星的运行，但不能解释谁使行星运行，这正是上帝的工作。

这篇文章出自这个智商极高、堪与上帝媲美的聪慧大脑，真是匪夷所思，又让人叹为观止啊！这一切的根源，也许正是由于自然的神奇和神秘。

聪明的你，面对浩瀚宇宙和短暂人生，是不是对宗教和科学两者的关系有新的领悟呢？

第七编
道法自然

⊙ 陈连强绘

朋友们，让我们顺着第六编"自然之思"的路径，继续向思考的深处走去。看看作为人类最高智慧成果之一的哲人哲思，如何解说"天"与"人"的关系。

"道也者，不可须臾离也，可离，非道也。"（《中庸》）

"人法地，地法天，天法道，道法自然。"（《老子》）

你认为，"道法自然"是不是一种不可易变、宇宙万物必然遵循的法则？

《周易》说："夫'大人'者与天地合其德，与日月合其明，与四时合其序……"《庄子》说："天地者，万物之父母也。"

张载说："儒者则因明致诚，故天人合一。"朱熹讲"天即人，人即天"，陆九渊讲"宇宙内事是己分内事，己分内事是宇宙内事"，王守仁讲"心无体，以天地万物感应为一体"，王夫之讲"天人同于一源"……

你认为各派思想者所理解的"天人合一"其内涵是否完全一致？为什么？

虽各派观点有所不同，但"道法自然""天人合一"的思想一般强调：人类是自然的有机组成部分；作为自然中的分子，人也应当遵守其自然界规律；人性即是天道，道德原则和自然规律是一致的；人的理想境界是天人的和谐。

古圣先贤关于"人与自然的关系"的思索和教诲，还有哪些值得后人去分析？还有哪些值得后来的人去借鉴？

本编的《先秦天道观资料选编》给大家一个探知中国古代天道观的引子，一窥先哲的智慧之光芒！所选诗词，也尽力体现"相看两不厌，唯有敬亭山"的天人合一之妙境。

帕斯卡尔的《人在自然界中到底是个什么》让我们对人类在宇宙中的位置有一些更客观的认识。

恩格斯的《大城市（选录）》、钱穆先生的《乡村与城市（节选）》，引发我们对人类城市文明发展的反思。

本编所选诗文,除了某些诗词,多是思想类文章,建议你多标画,多查阅相关资料。

● 文学之花

先秦天道观资料选编

《易传》选读

1. 天行健，君子以自强不息；地势坤，君子以厚德载物。
2. 一阴一阳之谓道，继之者善也，成之者性也。

《尚书》选读

惟天地万物父母，惟人万物之灵。

《中庸》选读

天命之谓性，率性之谓道，修道之谓教。道也者，不可须臾离也，可离，非道也。是故君子戒慎乎其所不睹，恐惧乎其所不闻。

《荀子》选读

天行有常，不为尧存，不为桀亡。应之以治则吉，应之以乱则凶。

《老子》选读

1. 道可道，非常道。名可名，非常名。无名，天地之始；有名，万物之母。

2. 道生一，一生二，二生三，三生万物。万物负阴而抱阳，冲气以为和。

3. 故道大，天大，地大，人亦大。域中有四大，而人居其一焉。人法地，地法天，天法道，道法自然。

4. 天之道其犹张弓与。高者抑之，下者举之。有余者损之，不足者补之。天之道，损有余而补不足。

5. 是以万物莫不尊道而贵德。

《庄子》选读

1. 夫道，覆载万物者也，洋洋乎大哉！

2. 天地有大美而不言，四时有明法而不议，万物有成理而不说。圣人者，原天地之美而达万物之理，是故至人无为，大圣不作，观于天地之谓也。

3. 人之生，气之聚也。聚则为生，散则为死。

4. 日出而作，日入而息，逍遥于天地之间，而心意自得。

5. 故曰，夫恬淡寂寞，虚无无为，此天地之平，而道德之质也。

6. 天能覆之而不能载之，地能载之而不能覆之，大道能包之而不能辩之。

【交流之窗】

道法自然。

"天行健，君子以自强不息；地势坤，君子以厚德载物。"意思是说，自然的运转充满力量，人也应自强不息，实现生命的价值；大地是谦逊的，收容万物并庇护万物，人也应像大地一样，提高道德修养，有益于世界。这就是说，人的精神、道德，是"天道"的表现。

天地是万物的父母，人要以"自然"为师，以"天地"为师，顺应阴阳变化，成就自己的生命，这才是善的，才是符合天性的。

"天道"是人一刻也不可能脱离的。违背"天道"，就是违背"天性"。

"人道"中的"善"，就是顺应天性、顺应天命。所以"君子"做事谨慎，唯恐违背了"天道"和"人道"。

"人法地，地法天，天法道，道法自然。"老子在说，人把大地的精神作为自己的精神，大地把"天"的精神作为自己的准则，"天"把"天道"作为自己的法则，"天道"把"自然"作为自己的法则。

"万物莫不尊道而贵德。"人不仅要尊崇道德，而且还要向大自然学习，有作为，又不自傲。因为"天行健"，天地万物都在奋力实现自我的价值，但是大自然的心态又是"恬淡寂寞，虚无无为"的。

请你试着上网查阅资料，去理解每一则句段的大意。从中选取你最喜欢的五则，背诵下来。

陶渊明诗一首

饮 酒

结庐在人境,而无车马喧。
问君何能尔?心远地自偏。
采菊东篱下,悠然见南山。
山气日夕佳,飞鸟相与还。
此中有真意,欲辨已忘言。

【交流之窗】

"在人境",意思是说,活在人间;"无车马喧"体现了远离官场的社交态度,陶渊明并非离群索居之人,他喜欢与朴实、纯洁的家人、邻居喝酒谈天。

"无车马喧"看起来是因为"地偏",其实是因为"心远"——陶渊明的意思是,虚情假意的达官贵人们,别来烦扰我,我和你们远着呢!

"采菊东篱下,悠然见南山。""见"字用得自然贴切,"见"是不经意的瞥见,恬淡的南山正好与陶渊明采菊时悠然自得的感觉和谐一致,让人感觉到"山与人融为一家"的美妙。

"山气日夕佳,飞鸟相与还",这里的山,这里清洁的空气,这里的黄昏,这里结伴归巢的飞鸟,都是那么惹人爱怜。这是一种爱惜生命、爱惜自然、珍惜生活的热情!

"此中有真意,欲辨已忘言",此"真意"是一种"天人合一、物我两忘"心灵出窍的感觉。陶渊明感受到了一种生命的真谛,想要表达出来,却不知道用怎样的语言来表达。

人在自然界中到底是个什么

帕斯卡　　钱培鑫　译

布莱士·帕斯卡（1623—1662），法国数学家、哲学家、散文家。

我们在各方面都是有限的。

人没有上帝时可悲。反之亦然，人可悲的时候是没有上帝的。

当我们阅读太快或太慢的时候，我们就会什么也没有理解。

人在自然界中到底是个什么呢？对于无穷而言就是虚无，对于虚无而言就是全体，是无和全之间的一个中项。他距离理解这两个极端都是无穷之远，事物的归宿以及它们的起源对他来说，都是无可逾越地隐藏在一个无从渗透的神秘里面；他所由之而出的那种虚无以及他所被吞没于其中的那种无限，这二者都同等地是无法窥测的。

这一切奇迹的创造主是理解它们的。任何别人都做不到这一点。

我们在各方面都是有限的，因而在我们能力的各方面都表现出这种在两个极端之间处于中道的状态。

这便是我们的真实情况；是它使得我们既不可能确切有知，也不可能绝对无知。我们是驾驶在辽阔无垠的区域里，永远在不定地漂流着，从一头被推到另一头。我们想抓住某一点把自己固定下来，可是它却荡漾着离开了我们；如果我们追寻它，它就会躲开我们的掌握，滑开我们而逃入于一场永恒的逃遁。没有任何东西可以为我们停留。这种状态对我们既是自然的，但又是最违反我们的心意的；我们燃烧着想要寻求一块坚固的基地与一个持久的最后据点的愿望，以期在这上面建立起一座能上升到无穷的高塔；但是我们整个的基础破裂了，大地裂为深渊。

因此就让我们别去追求什么确实性和固定性吧。

在这种无穷的观点之下，一切的有限都是等值的。

而使得我们无力认识事物的，就在于事物是单一的，而我们却是由两种相反的并且品类不同的本性，即灵魂与身体所构成的。

由此可见，几乎所有的哲学家全都混淆了对事物的观念，他们从精神方面谈论肉体的事物，又从肉体方面谈论精神的事物。

人对于自己，就是自然界中最奇妙的对象；因为他不能思议什么是肉体，更不能思议什么是精神，而最为不能思议的则莫过于一个肉体居然能和一个精神结合在一起。这就是他那困难的极峰，然而这就正是他自身的生存。

我不能原谅笛卡儿；他在其全部的哲学之中都想能撇开上帝；然而他又不能不要上帝来轻轻碰一下，以便使世界运动起来；除此之外，他就再也用不着上帝了。

我们自身的利益也是一种奇妙的工具，足以使我们眼花缭乱。就是世界上最公正的人，也不可以担任他自己案件的审判官。

人不外是一个充满着错误的主体，假如没有神恩，这些错误就是自然而然的而又无法免除的。

孩子们害怕他们自己所涂的鬼脸，那是孩子；但是做孩子时是如此脆弱的人，有什么办法年纪大了就可以真正坚强起来呢！凡是曾经脆弱过的东西，永远不可能绝对坚强。

毫无疑问，充满了缺点乃是一件坏事，但是充满了缺点而又不肯承认缺点，则是一件更大的坏事；因为它在缺点之上又增加了一项故意制造幻觉的缺点。

因此，当他们不外是发现了我们确实具有的缺陷和罪恶的时候，他们根本就没有损害我们，因为成其为损害原因的并不是他们；并且他们还对我们做了一件好事，因为他们帮助我们使我们摆脱一件坏事，即对于这些缺陷的无知。他们认识到这些并且鄙视我们，我们不应该生气：无论是他们认识到我们的真实面貌，还是他们鄙视我们，——假如我们是可鄙的——全都是正当的。

人心是何等不公正而又不讲理啊！

我们仇恨真理，他们就向我们隐瞒真理；我们愿意受奉承，他们就奉承我们；我们喜欢被蒙蔽，他们就蒙蔽我们。

因而人生就只不过是一场永恒的虚幻罢了；我们只不过是在相互蒙

骗相互阿谀。没有人会当着我们的面说我们，像是他背着我们的面所说我们的那样。人与人之间的联系只不过建立在这种互相欺骗的基础之上而已；假如每个人都能知道他的朋友当他不在场的时候都说了他些什么，那就没有什么友谊是能持久的了，哪怕当时说这些话都是诚恳的而又不动感情的。

因此，人就不外是伪装，不外是谎言和虚假而已，无论是对自己也好还是对别人也好。他不愿意别人向他说真话，他也避免向别人说真话；而所有这些如此之远离正义与理智的品性，都在他的心底里有着一种天然的根源。

我认为这是事实：如果所有的人都知道他们彼此所说对方的是什么，那么全世界上就不会有四个朋友。

当我们的热情引我们去做一件事的时候，我们就忘掉了我们的责任；……因此，要使自己记得自己的责任，就必须让自己从事某种自己所憎恶的事情。

一点点小事就可以安慰我们，因为一点点小事就可以刺痛我们。

整个的人生就这样地流逝。我们向某些阻碍做斗争而追求安宁；但假如我们战胜了阻碍的话，安宁就会又变得不可忍受了。

一个人无论是怎样充满忧伤，但只要我们能掌握他，使他钻进某种消遣里面去，那么他此时此刻就会是幸福的；而一个人无论是怎样幸福，但假如他并没有通过某种足以防止无聊散布开来的热情或娱乐而使自己开心或沉醉，他马上就会忧伤和不幸的。没有消遣就绝不会有欢乐，有了消遣就绝不会有悲哀。而这也就是构成有地位的人之所以幸福的那种东西了。

因为已经再没有人来阻止他们想到自己。

那个因为自己的妻子和独子的死亡而那么悲痛的人，或是一件重大的纠纷使得他苦恼不堪的人，此刻却并不悲哀，我们看到他居然能那么摆脱一切悲苦与不安的思念；这又是什么缘故呢？我们用不着感到惊异；是别人给他打过来一个球，他必须把球打回给对方，他一心要接住上面落下来的那个球，好赢得这一局；他既是有着这另一件事情要处理，你怎么能希望他还会想到自己的事情呢？

人们可以专心一意地去追一个球或者一只野兔；这甚至于也是国王的乐趣。

　　上帝的行动是以慈祥在处置一切事物的，它以理智把宗教置于精神之中，又以神恩把宗教置于内心之中。

（选自《思想录》，译林出版社，2012年版）

【交流之窗】

　　帕斯卡这篇文章，从多个角度论说了"我们在各方面都是有限的"。意思是说：人、人性、人的精神、人的肉体、人的理解力……都是有限度的。人，毕竟只是大自然的一部分。人难以理解宇宙的起源和归宿，人不能彻底理解造化，人甚至不能彻底理解自身。

　　人过于自爱，过于追求自身利益，因此在追求公平和正义的道路上，也是不完美的，人善于伪装，喜欢相互蒙骗相互阿谀。人，是无穷时光中的过客，在悲伤和快乐之间摇摆。人确实具有缺陷和罪恶，人应该坦然认识到人的局限性。

　　但帕斯卡也认为，人是大自然的孩子，应该感恩自然、感恩造化。

　　"一点点小事就可以安慰我们，因为一点点小事就可以刺痛我们。"请你用你的切身体会，证明这个道理。

　　"最为不能思议的则莫过于一个肉体居然能和一个精神结合在一起"，请你结合你对你的身心的审察，体会人这个生命体的奇妙之处。

　　"我们向某些阻碍做斗争而追求安宁；但假如我们战胜了阻碍的话，安宁就会又变得不可忍受了。"人，真的就在"斗争并追求"与"安宁的无聊"之间摇摆吗？你怎么看？

中外诗文五则

赫拉克利特著作残篇（选）

楚 荷 译

赫拉克利特（约前530—前470），古希腊前苏格拉底时期著名哲学家，朴素辩证法思想的代表人物，第一个提出认识论的哲学家。

1. 这个世界对于一切存在物都是一样的，它不是任何神所创造的，也不是任何人所创造的；它过去、现在、未来永远是一团永恒的活火，在一定的分寸上燃烧，在一定的分寸上熄灭。

2. 上帝是白天与黑夜、冬季与夏天、战争与和平、满足与欲望。

3. 白天与黑夜的本质是同一的。

4. 即使是睡者，也是这宇宙发生之事的协作者。

5. 活着的或死了的，醒着的或沉睡的，年轻的或年老的，是一体的，是同样的事。

6. 在每一件事情中，由于突然的、意想不到的倒转，前者变成了后者，后者又变成了前者。它分开，然后又合在一起。

7. 所有事物都在它的适宜的季节里来临。

（选自《赫拉克利特著作残篇》，广西师范大学出版社，2007年版）

天真的预示

布莱克

威廉·布莱克(1757—1827),英国文学史上最重要的伟大诗人之一。代表作品有《纯真之歌》《经验之歌》等。

一颗沙里看出一个世界,
一朵野花里一座天堂,
把无限放在你的手掌上,
永恒在一刹那里收藏。

(选自《天真与经验之歌》,译林出版社,2012年版)

一在一切之中而一切在一之中

诺瓦利斯

诺瓦利斯(1772—1801),德国浪漫主义诗人。代表作品有《夜之赞歌》。

一在一切之中而一切在一之中,
草木和石头上闪烁着上帝的形象,
人类和动物中隐藏着上帝的精神,
这一切人们必须牢牢记在心上。
不再有空间和时间排列的秩序,
在这里未来就存在于过去。

(选自《诺瓦利斯作品选集》,重庆大学出版社,2012年版)

统一

聂鲁达

巴勃罗·聂鲁达(1904—1973),智利当代著名诗人。代表作品有《二十首情诗和一首绝望的歌》《诗歌总集》等。

所有的叶是这一片,
所有的花是这一朵,
繁多是个谎言。
因为一切果实并无差异,
所有树木无非一棵,
整片大地是一朵花。

(选自《二十首情诗和一首绝望的歌》,南海出版社,2014年版)

华严经(选)

佛土生五色茎,
一花一世界,
一叶一如来。

【交流之窗】

赫拉克利特说世界"永远是一团永恒的活火",意思是说宇宙富有活力和生机,具有永远的生命力。"活着的或死了的,醒着的或沉睡的,年轻的或年老的,是一体的,是同样的事。"这句话的意思是,生命以各种形式和面目,参与到整个宇宙的运转中。

布莱克说:"把无限放在你的手掌上,永恒在一刹那里收藏。"这句话告诉我们:无限和永恒,就表现在瞬间和刹那里。

诺瓦利斯说:"草木和石头上闪烁着上帝的形象,人类和动物中隐藏着上帝的精神。"意思是,万物都体现"天道"。

聂鲁达说"所有树木无非一棵,整片大地是一朵花。"意思即,万物组成一个整体,万法归一。无机物、有机物,组成统一的世界。这与佛家所说的"众生平等""一叶一如来"相一致。

大城市(选录)

恩格斯

弗里德里希·冯·恩格斯(1820—1895),德国思想家、革命家,马克思主义创始人之一。

像伦敦这样的城市,就是逛上几个钟头也看不到它的尽头,而且也遇不到表明快接近开阔的田野的些许征象,——这样的城市是一个非常特别的东西。这种大规模的集中,250万人这样聚集在一个地方,使这250万人的力量增加了100倍;他们把伦敦变成了全世界的商业首都,建造了巨大的船坞,并聚集了经常布满泰晤士河的成千的船只。从海面向伦敦桥溯流而上时看到的泰晤士河的景色,是再动人不过的了。在两边,特别是在乌里治以上的这许多房屋、造船厂,沿着两岸停泊的无数船只,这些船只愈来愈密集,最后只在河当中留下一条狭窄的空间,成百的轮船就在这条狭窄的空间中不断地来来去去,——这一切是这样雄伟,这样壮丽,简直令人陶醉,使人还在踏上英国的土地以前就不能不对英国的伟大感到惊奇[注:这是差不多50年前,在美丽如画的帆船时代写的。现在,这样的船如果还出现在伦敦,那就只有停在船坞里面了,而布满泰晤士河的已是熏得漆黑的丑陋的轮船。——恩格斯在1892年版上加的注]。

但是,为这一切付出了多大的代价,这只有在以后才看得清楚。只有在大街上挤了几天,费力地穿过人群,穿过没有尽头的络绎不绝的车辆,只有到过这个世界城市的"贫民窟",才会开始觉察到,伦敦人为了创造充满他们的城市的一切文明奇迹,不得不牺牲他们的人类本性的优良品质;才会开始觉察到,潜伏在他们每一个人身上的几百种力量都没有使用出来,而且是被压制着,为的是让这些力量中的一小部分获得充分的发展,并能够和别人的力量相结合而加倍扩大起来。在这种街头的拥挤中已经包含着某种丑恶的违反人性的东西。难道这些群集在街头的、代表着各个阶级和各个等级的成千上万的人，不都是具有同样的属性和能力、同样渴求幸福的人吗？难道他们不应当通过同样的方法和途径去寻求自己的幸福吗？可是他们彼此从身旁匆匆地走过，好像他们之间没有任何共同的地方，好像他们彼此毫不相干，只在一点上建立了一种默契，就是行人必须在人行道上靠右边走，以免阻碍迎面走过来的人；同时，谁也没有想到要看谁一眼。所有这些人愈是聚集在一个小小的空间里，每一个人在追逐私人利益时的这种可怕的冷淡、这种不近人情的孤僻就愈是使人难堪，愈是可恨。

虽然我们也知道，每一个人的这种孤僻、这种目光短浅的利己主义是我们现代社会的基本的和普通的原则，可是，这些特点在任何一个地方也不像在这里，在这个大城市的纷扰里表现得这样露骨，这样无耻，这样被人们有意识地运用着。人类分散成各个分子，每一个分子都有自己的特殊生活原则，都有自己的特殊目的，这种一盘散沙的世界在这里是发展到顶点了。

这样就自然会得出一个结论来：社会战争，一切人反对一切人的战争已经在这里公开宣告开始。正如好心肠的施蒂纳所说的，每一个人都把别人仅仅看作可以利用的东西；每一个人都在剥削别人，结果强者把弱者踏在脚下，一小撮强者即资本家握有一切，而大批弱者即穷人却只能勉强活命。

凡是可以用来形容伦敦的，也可以用来形容曼彻斯特、北明翰和里子，形容所有的大城市。在任何地方，一方面是不近人情的冷淡和铁石心肠的利己主义，另一方面是无法形容的贫穷；在任何地方，都是社会战争；都是每一个家庭处在被围攻的状态中；在任何地方，都是法律庇护下的互相抢劫，而这一切都做得这样无耻，这样坦然，使人不能不对我们的社会制度所造成的后果（这些后果在这里表现得多么明显啊！）感到不寒而栗，而且只能对这个如疯似狂的循环中的一切到今天还没有烟消云散表示惊奇。

（选自《马克思恩格斯全集》第二卷《英国工人阶级状况》）

【交流之窗】

大城市是这样的：人口集中，商贸发达，雄伟，壮丽，令人陶醉，使人惊奇。

但是，为这一切，人类付出了相当大的代价：贫民窟；人的才能片面发展；人冷淡、孤僻；利己主义盛行；每一个人都把别人仅仅看作可以利用的东西；法律庇护下的弱肉强食。我们可以把以上社会现象统称为"大城市病"。

恩格斯描述的一百多年前"大城市"的建设辉煌、人性在其中的"凋敝"以及"社会财富分配不公"，在今天的中国，也在上演。你认为，人类能通过哪些方法，去尽力避免"大城市病"呢？

冰心诗选

冰 心

冰心(1900—1999),福建人,诗人、作家,主要著作有诗歌《繁星·春水》等。

《繁星》之48

弱小的草呵!
骄傲些罢,
只有你普遍的装点了世界。

《繁星》之55

成功的花,
人们只惊慕她现时的明艳!
然而当初她的芽儿,
浸透了奋斗的泪泉,
洒遍了牺牲的血雨。

《繁星》之70

空中的鸟!
何必和笼里的同伴争噪呢?
你自有你的天地。

《繁星》之 89

花儿低低地对看花的人说:
"少顾念我罢,
我的朋友!
让我自己安静着,
开放着,
你们的爱
是我的烦扰。"

《繁星》之 121

露珠,
宁可在深夜中,
和寒花做伴——
却不容那灿烂的朝阳,
给她丝毫暖意。

《春水》之 33

墙角的花!
你孤芳自赏时,
天地便小了。

《春水》之 99

"幽兰!
未免太寂寞了,
不愿意要友伴么?"
"我正寻求着呢,

但没有别的花儿
肯开在空谷里。"

《春水》之104

鱼儿上来了，
水面上一个小虫儿漂浮着——
在这小小的生死关头，
我微弱的心
忽然颤动了！

《春水》之105

造物者——
倘若在永久的生命中
只容有一极乐的应许。
我要至诚地求着：
"我在母亲的怀里，
母亲在小舟里，
小舟在月明的大海里。"

（选自《繁星·春水》，商务印书馆，2007年版）

【交流之窗】

　　冰心先生的《繁星》《春水》，就像"弱小的草"，装点了世界；就像"成功的花"，诞生于"奋斗的泪泉"；就像"空中的鸟"，自有自己的天地；就像低调的花儿，安静地开放；就像"露珠"，"在深夜，和寒花做伴"；就像"幽兰"，"开在空谷里"。

　　冰心的短诗，歌颂自然，歌颂爱，有的散发着丝丝清香，有的蕴含着淡淡忧伤，有的启迪人们去沉思自然和人性。仿写它们，一定是有趣的。

● 理性之光

乡村与城市（节选）

钱 穆

⊙ 钱穆 莫丹绘

钱穆（1895—1990），江苏人，著名历史学家。代表作品有《先秦诸子系年》《国史大纲》。

　　乡村是代表着自然、孤独与安定的，而城市则是代表着文化、大群与活动。

　　乡村中人无不羡慕城市，乡村也无不逐渐地要城市化。人生无不想摆脱自然，创建文化，无不想把自己的孤独投进大群，无不想在安定中寻求活动。但这里有一限度，正如树木无不想从根向上长，水无不想从源向前流。但若拔了根，倾了源，则枝亦萎了，流亦竭了。没有自然，哪来文化？没有个人，哪来群众？没有安定，哪来活动呢？人的心力体力，一切智慧情感，意志气魄，无不从自然中汲取，从孤独而安定中成长。人类挟着这些心力体力智慧情感意志气魄，才能创建出都市，在大群中活动，来创造出文化，而不断上进，不断向前。但使城市太与自然隔绝了，常在城市居住的人，他们的心力体力也不免会逐渐衰颓。人在大群中，易受感染模仿，学时髦，却湮没他的个性。职业不安定，乃至居处不安定，在活动中会逐渐感到匆忙，敷衍，勉强，不得已。因此精力不支，鼓不起兴趣，于是再向外面求刺激，寻找兴奋资料，乃至于神经过敏，心理失常，种种文化病，皆从违离自然，得不到孤独与安定而起。

　　一个乡里人走向城市，他带着一身的心力体力，怀抱着满腔的热忱与血气，运用他的智慧情感意志气魄来奋斗，来创造。他能忍耐，能应付。他的生活是紧张的，进取的，同时却也是来消散精力的。一个城里人走向乡村，他只觉得轻松解放，要休息，要遗忘。他的生活是退隐的，逃避的。他暂时感到在那里可以不再需要智慧，不再需要情感，不再需要意志与气魄。他也不再要紧张、奋斗与忍耐。然而他却是来养息精力的。在他那孤独与安定中，重与大自然亲接，他将渐渐恢复他的心力体力，好回头再入城市。

人类断断不能没有文化，没有都市，没有大群集合的种种活动。但人类更不能没有的，却不是这些，而是自然、乡村、孤独与安定。人类最理想的生命，是从大自然中创造文化，从乡村里建设都市，从孤独中集成大群，从安定中寻出活动。若在已成熟的文化，已繁华的都市，已热闹的大群，已定形的活动中讨生活，那只是挣扎。觅享用，那只是堕退。问前途，也恐只有毁灭。想补救，只有重返自然，再回到乡村，在孤独的安定中另求生机，重谋出路。

因此人类文化之最大危机，莫过于城市僵化，与群体活动之僵化。城市僵化了，群体活动僵化了。再求文化之新生，则必在彻底崩溃中求得之，此乃人类文化一种莫大之损失。大都市易于使城市僵化。严格的法治主义易于使群体僵化。近代托拉斯企业，资本势力之无限集中，与夫机械工业之无限进展，易于使工商业生产种种活动之僵化。此乃近代文化之大隐忧。百万人以上喧嚣混杂的大都市，使人再也感觉不到孤独的情味，再也经验不到安定的生活。在资本主义绝对猖獗之企业组织中，人人尽是一雇员，再也没有个性自由。而又兼之以机械地尽量利用，每一雇员，同时以做机械的奴隶之身份而从事，更没有个性自由之余地。个性窒息，必使群体空乏。在个性未全窒息，各自奔竞着找出路，麇聚到几百万人以上的大都市中，在严格法治与科学的大组合，以及机械的无人情的使用中，人与人相互间，必然会引申出种种冲突来。现世界的不安，其症结便在此。

人类从自然中产出文化来，本来就具有和自然反抗决斗的姿态。然而文化终必亲依自然，回向自然。否则文化若与自然隔绝太甚，终必受自然之膺惩，为自然所毁灭。近代世界密集的大都市，严格的法治精神，极端的资本主义，无论其为个人自由的，抑或阶级斗争的，乃至高度机械工业，正犹如武士身上的重铠，这一个负担，终将逼得向人类自身求决战，终将逼得不胜负担而脱卸。更可怜的，则是那些羸夫而亦披戴上这一副不胜其重的铠胄，那便是当前几许科学落后民族所遭的苦难。这正犹如乡里人没有走进城市去历练与奋斗，而徒然学得了城市人的奢侈与狡猾。

乡里人终须走进都市，城市人终须回归乡村。科学落后的民族，如何习得科学,建设新都市,投入大群体而活动。城市人如何调整科学发展过度的种种毛病,使僵化了的城市,僵化了的群体生活,依然回过头来重亲自然,还使人享受些孤独与安定的情味。这是现代人所面遇的两大问题。而其求解决困难的方法与途径各不同。这里需要各自的智慧,各自的聪明,谁也不该学步谁,谁也不须欣羡谁。

(选自《湖上闲思录》,生活·读书·新知三联书店,2010年版)

【交流之窗】

恩格斯在《大城市》一文中,侧重于探讨"大城市病",而钱穆先生在《乡村与城市》中,不偏不倚:城市代表着文化、大群和活力,而乡村代表着自然、孤独和安定。

但是,钱穆先生还是提醒人们:人类文化之最大危机,莫过于城市僵化,与群体活动之僵化。因为"城市僵化"窒息人的个性。

人类从自然中产出文化来,然而文化终必亲依自然,回向自然。

"乡里人终须走进都市,城市人终须回归乡村。"这是多么理性、客观的发展观。

第八编
敬畏自然

⊙ 邢永峰绘

探究了"道法自然",我们还要在最后一编,申明"敬畏自然"!

人往往把人与自然对立起来,甚至狂妄地宣称要征服自然。

而今,经济与科技飞速发展,自然生态的失衡越来越严重。大西北的沙尘暴、海面的油污、切尔诺贝利无人区的死寂、福岛核电站的核辐射……无不给这个小小的地球、给神气十足的人类留下难以消除的伤害。

敬畏自然吧!

敬畏自然,应充分认识自然的伟大,充分承认自然界的一切都有其存在的意义,承认人自身也是自然的组成部分。

破坏大自然,掠夺大自然,而遭到大自然的惩罚,难道是人类难以逃脱的宿命吗?

爱默生在《自然沉思录》中写道:"田野和树林带给我们心灵的巨大欢悦……植物向我颔首,我向它们点头……我全身涌起超越而高尚的感情。"爱默生还提出了"大自然憎恨垄断占有""简单生活"的观点。

有识之士呼吁:"我们再也不应该把宇宙的其他部分看作只是我们征服的对象,再也不应该把其他生物仅仅看作我们的美味佳肴,而首先应该把它们看作是与我们平等的生命……敬畏它们,敬畏宇宙,敬畏自然。"

敬畏自然,敬畏生命,保护环境,每个人、每个政府、整个人类责无旁贷。

人与自然到底如何和谐相处?人类的经济发展和科技发展,应保持怎样的节奏才能保护自然?

今天的世界对自然的破坏到了怎样的程度?你能不能做个调查?

不同发展程度的国家对待环境问题应不应该负有不同的责任?你有什么理由?

你觉得你能对保护环境,做哪些具体而微的事情?你的家人和社会又能做哪些力所能及的事情?

你对环境保护问题有什么好的建议?

让我们学会像山那样思考,用我们的行动去担当!

● 文学之花

大自然的智慧——每一个存在物都是神圣的

严春友

严春友,1959年生,山东人,北京师范大学教授。代表作有《文化全息论》等。

丹麦哲学家克尔凯戈尔说:"整个存在使我吃惊,从最小的苍蝇到神下凡化身为基督的神秘,每一件事物对我来说都是难以理解的,而最难以理解的则是我自己。"

这个世界远不是像我们所看到的那样简单,也不像通常所认为的那样,世界仿佛只是作为我们的认识对象而存在的。作为我们认识对象的只是世界的极小一部分,而那无限的世界,永远不可能成为我们的认识对象,更不可能成为我们征服的对象。因而这个世界对于我们永远是神秘的。

知识是相对的,我们只具有相对的认识能力,即:我们所认识的,只是我们现有的器官所能够认识到的,如果换一套别的器官或者在别的生物眼中,这个世界就会完全是另一个样子。我们只能生活在我们所能够认识的世界之中。

每个存在物不仅是神秘的,而且也是神圣的。之所以神圣,是因为每个存在物都是大自然亿万年演化的结果,蕴藏着天地之精华。

这样一来,我就不是我了,我(其他所有事物亦然)就不是独立的存在物了,我只不过是那种种规律的化身,我只是大自然的一件艺术作品。于是,敬畏宇宙、敬畏自然,也就是敬畏我自己。

每一个存在物——一只苍蝇,一朵花,一块石头,一粒沙子……都是神圣的,都值得我们敬畏,因为,每一个存在物都是大自然的作品,都是大自然智慧的结晶,都包藏着宇宙的全部秘密;它们存在的根本原因和意义是我们所无法知道的,在它们身上总有无数我们未知的性质存在着,也就是说，它们对于我们的知来说，总是神秘的。那么，在它们面前，除了敬畏，我们还能做什么呢？

（选自《散文》，1998年第5期，有删节。）

【交流之窗】

　　人类在各方面都是有限的。人的认知能力是有限的。人类不可能穷尽世界的奥秘。"人定胜天"，只是侧面强调人在自然面前的能动性、创造力，并非说"人可以把自然当作征服的对象"。

　　每个存在物不仅是神秘的，而且也是神圣的。人，只是大自然的一件艺术作品。敬畏宇宙、敬畏自然，是人类应该具有的态度。

旷野与城市

毕淑敏

⊙毕淑敏　武更年绘

毕淑敏，1952年出生，新疆人，作家。代表作品有《昆仑殇》《红处方》等。

城市是一粒粒精致的银扣，缀在旷野的黑绿色大氅上，不分昼夜地熠熠闪光。我所说的旷野，泛指崇山峻岭，河流海洋，湖泊森林，戈壁荒漠……一切人烟罕至保存原始风貌的地方。

旷野和城市，从根本上讲，是对立的。

人们多以为和城市相对应的那个词，是乡村。比如常说"城乡差别""城里人乡下人"，其实乡村不过是城市发育的低级阶段。再简陋的乡村，也是城市一脉血缘的兄长。

唯有旷野与城市永无声息地对峙着。城市侵袭了旷野昔日的领地，驱散了旷野原有的驻民，破坏了旷野古老的风景，越来越多地以井然有序的繁华，取代我行我素的自然风光。

城市是人类所有伟大发明的需求地、展览厅、比赛场、评判台。如果有一双慧眼从宇宙观看夜晚的地球，它一定被城市不灭的光芒所震撼。旷野是舒缓的，城市是激烈的。旷野是宁静的，城市喧嚣不已。旷野对万物具有强大的包容性，城市几乎是人的一统天下……

人们为了从一个城市，越来越快地到达另一个城市，发明了各种各样的交通工具。人们用最先进的通信手段联结一座座城市，使整个地球成为无所不包的网络。可以说，人们离开广义上的城市已无法生存。

我读过一则登山报道，一位成功地攀上了珠穆朗玛峰的勇敢者，在返回营地的途中，遭遇暴风雪，被困，且无法营救。人们只能通过卫星，接通了他与家人的无线电话。冰暴中，他与遥距万里的城市内的妻子，讨论即将出生的孩子的姓名，飓风为诀别的谈话伴奏。几小时后，电话再次接通主峰，回答城市呼唤的是旷野永恒的沉默。

我以为这凄壮的一幕,具有几分城市和旷野的象征,城市是人们用智慧和心血,勇气和时间,一代又一代堆积起来的庞然大物,在城市里,到处是文明的痕迹,以至于后来的人们,几乎以为自己被甲执兵,无坚不摧。但在城市以外的广袤大地,旷野无声地统治着苍穹,傲视人寰。

人们把城市像巨钉一样,楔入旷野,并以此为据点,顽强地繁衍着后代,创造出溢光流彩的文明。旷野在最初,漠然置之,甚至是温文尔雅地接受着。但旷野一旦反扑,人就一筹莫展了。尼雅古城、庞贝古城……一系列历史上辉煌的城郭名字,湮灭在大地的皱褶里。

人们建造了越来越多越来越大的城市,以满足种种需要,旷野日益退缩着。但人们不应忽略旷野,漠视旷野,而要寻觅出与其相亲相守的最佳间隙。善待旷野就是善待人类自身。要知道,人类永远不可能以城市战胜旷野,旷野是大自然的肌肤。

皮之不存,毛将焉附?!

(选自《毕淑敏散文精选》,长江文艺出版社,2013年版)

【交流之窗】

城市文明是人类的文化创造,但是,人类不应忽视旷野,而应善待旷野。

"人类永远不可能以城市战胜旷野",我们赞同作者的这一论断。因为,旷野首先孕育了乡村,继而诞生并养育了城市,而不是相反。

"皮之不存,毛将焉附?!"这一极端简短的尾段向世人发出警告:我们要保护自然,保护旷野;人以及城市,是自然的组成部分,不可能与自然旷野对立而生,人与自然的关系不可以撕裂和割裂。

西雅图宣言

西雅图　　柯倩华　译

你怎能把天空、大地的温馨买下？我们不懂。

若空气失去了新鲜，流水失去了晶莹，你还能把它买下？

我们红人，视大地每一方土地为圣洁。在我们的记忆里，在我们的生命里，每一根晶亮的松板，每一片沙滩，每一撮幽林里的气息，每一种引人自省、鸣叫的昆虫都是神圣的。树液的芳香在林中穿越，也渗透了红人亘古以来的记忆。

白人死后漫游星际之时，早忘了生他的大地。红人死后永不忘我们美丽的出生地。因为，大地是我们的母亲，母子连心，互为一体。绿意芬芳的花朵是我们的姐妹，鹿、马、大鹰都是我们的兄弟，山岩峭壁、草原上的露水、人身上、马身上所散发出的体热，都是一家子亲人。

华盛顿京城的大统领传话来说，要买我们的地。他要的不只是地。大统领说，会留下一块保护地，留给我们过安逸的日子。这么一来，大统领成了我们的父亲，我们成了他的子女。

我们会考虑你的条件，但这买卖不那么容易，因为，这地是圣洁的。

溪中、河里的晶晶流水不仅是水，是我们世代祖先的血。若卖地给你，务请牢记，这地是圣洁的，务请教导你的子子孙孙，这地是圣洁的。湖中清水里的每一种映象，都代表一种灵意，映出无数的古迹，各类的仪式，以及我们的生活方式。流水的声音不大，但它说的话，是我们祖先的声音。

河流是我们的兄弟，它解我们的渴，运送我们的独木舟，喂养我们的子女。若卖地给你，务请牢记，务请教导你的子女，河流是我们的兄弟，你对它，要付出爱，要周到，像爱你自己的兄弟一样。

白人不能体会我们的想法，这点，我知道。

在白人眼里，哪一块地都一样，可以趁夜打劫，各取所需，拿了就走。对白人来说，大地不是他的兄弟，大地是他的仇敌，他要一一征服。

白人可以把父亲的墓地弃之不顾。父亲的安息之地，儿女的出生之地，他可以不放在心上。在他看来，天、大地、母亲、兄弟都可以随意买下、掠夺，或像羊群或串珠一样卖出。他贪得无厌，大口大口吞食土地之后，任由大地成为片片荒漠。

我不懂。

你我的生活方式完全不同。红人的眼睛只要一看见你们的城市就觉疼痛。

白人的城里没有安静，没地方可以听到春天里树叶摊开的声音，听不见昆虫振翅作乐的声音。城市的噪声羞辱我们的双耳。晚间，听不到池塘边青蛙在争论，听不见夜鸟的哀鸣。这种生活，算是活着？

我是红人，我不懂。

清风的声音轻轻扫过地面，清风的芳香，是经午后暴雨洗涤或浸过松香的，这才是红人所愿听愿闻的。

红人珍爱大气：人、兽、树木都有权分享空气，靠它呼吸。白人，似从不注意人要靠空气才能存活，像坐死多日的人，已不能辨别恶臭。若卖地给你，务请牢记，我们珍爱大气，空气养着所有的生命，它的灵力，人人有份。

风，迎着我祖父出生时的第一口气，也送走他最后一声的叹息。若卖地给你，务请将它划为圣地，使白人也能随着风尝到牧草地上浓郁的花香。

务请教导你的子女，让他们知道，脚下的土地，埋着我们祖先骨骸；教导你的子女尊崇大地，告诉他们，大地因我们亲族的生命而得滋润；告诉他们，红人怎样教导子女，大地是我们的母亲，大地的命运，就是人类的命运，人若唾弃大地，就是唾弃自己。

我们确知一事，大地并不属于人；人，属于大地，万物相互效力。也许，你我都是兄弟。等着看，也许，有一天白人会发现：他们所信的上帝，与我们所信的神，是同一位神。

或许，你以为可以拥有上帝，像你买一块地一样。其实你办不到，上帝，是全人类的神，上帝对人类怜恤平等，不分红、白。上帝视大地为至宝,伤害大地就是亵渎大地的创造者。白人终将随风消失,说不定比其他种族失落得更快,若污秽了你的床铺,你必然会在自己的污秽中窒息。

肉身因岁月死亡,要靠着上帝给你的力量才能在世上灿烂发光,是上帝引领你活在大地上,是上帝莫名的旨意容你操纵红人。

为什么会有这种难解的命运呢?我们不懂。

我们不懂,为什么野牛都被戮杀,野马成了驯马,森林里布满了人群的异味,优美的山景,全被电线破坏、玷污。

丛林在哪里?没了!

大老鹰在哪里?不见了!

生命已到了尽头,

是偷生的开始。

(选自《西雅图酋长的宣言》,河北教育出版社,2007年版)

背景:

这篇演说是在1851年,美国华盛顿的布格海湾,印第安索瓜米西族酋长西雅图发表的。

西雅图酋长是濒临太平洋的美国西部地区六个印第安部落的首长。那时,美国政府要求签约,要用15万美元买下印第安人200万英亩的土地,西雅图酋长接受了联邦政府的提议,同意不发动战争来反抗在力量上占绝对优势的政府,因为那注定是要失败的。

华盛顿州的州政府便以他的名字命名。

【交流之窗】

这是一篇动之以情、晓之以理的"肺腑之言"。

"白人"认为土地是可以掠夺、侵占、购买的,甚至认为"天、大地、母亲、兄弟都可以随意买下、掠夺",而"红人"(印第安人)不这么认为。

我们认为,当时"白人"的自然观只是人类历史上的弯路,而"红人"的自然观,才代表了人与自然发展的未来。

1851年，西雅图酋长迫于形势，答应联邦政府的买地条件，我们钦佩西雅图酋长的妥协精神。他又说"这买卖不那么容易"，这句话的意思是，白人政府买的是"商业意义上的土地"，而不是"圣洁的母亲般的大地"，这种买卖本质上是失败的。

西雅图酋长在演讲中反复说"我们不懂"，"我不懂"，"我是红人，我不懂"，"我们不懂"，他通过这种反复，强调当时白人"掠夺式的自然观"是不可理喻的，是荒谬的，是违背自然的。

麂　子

牛　汉

牛汉（1923—2013），山西省定襄县人，蒙古族。现代著名诗人、作家。代表作品有《鄂尔多斯地的草原》等。

　　远远的
　　远远的
　　一只棕红色的麂子
　　在望不到边的
　　金黄的麦海里
　　一窜一窜地
　　似飞似飘
　　朝这里奔跑

　　四面八方的人
　　都看见了它
　　用惊喜的目光
　　用赞叹的目光
　　用担忧的目光

　　麂子
　　远方来的麂子
　　你为什么生得这么灵巧美丽
　　你为什么这么天真无邪
　　你为什么莽撞地离开高高的山林

五六个猎人
正伏在草丛里
正伏在山丘上
枪口全盯着你

哦，麂子
不要朝这里奔跑

1974年初夏，咸宁
（选自《牛汉的诗》，北京师范大学出版社，2016年版）

【交流之窗】

  麂子出场，多么灵动、飘逸；人们，多么惊喜、赞叹，又多么担忧！猎人，不是一个，而是五六个，枪口全盯着这只麂子。而诗人对麂子说"麂子，不要朝这里奔跑。"但愿，猎人一类的人们越来越少，诗人一类的人越来越多。

  这首诗创作于1974年，那是"文化大革命"时期，那是人权容易遭到践踏的时期。诗人在咸宁的"五七干校"，处于半劳改状态。这个创作背景，让我们知道，这首诗歌是对"猎人"强烈的控诉，对"麂子"深切的同情和悲悯。

● 理性之光

寂静的春天（节选）

雷切尔·卡森

雷切尔·卡森（1907—1964），美国海洋生物学家、生态作家。

在20世纪极短的时光瞬间中，一个物种——人——获得了有效力量去改变他所在世界的大自然。

在过去的四分之一世纪里，这种力量不仅增大到了令人不安的程度，而且其性质亦发生了变化。人类对环境最可怕的破坏是用危险甚至致命的物质对空气、土地、河流和海洋的污染。这种污染多数是无法救治的，由它所引发的恶性循环在很大程度上是不可逆转的。

由核爆炸释放到空中的锶-90以放射性尘埃的形式随雨水或飘浮物落到地球上，留在土壤里，进入地上生长着的草、玉米或小麦等植物体内，最后钻进人体，停留在骨骼里直到人死去。同样，喷洒在农田、森林或花园里的化学药品长期留在土壤中，进入活的生物体内，在一种毒害和死亡连锁反应中从一个生物体传到另一个生物体；或者随着地下溪流神秘地流淌直至冒出地表，通过空气和阳光的化合作用构成新形式，毒死植物，使牲畜得病，对那些饮用原本纯净的井水的人们造成不知不觉的危害。正如阿尔伯特·施威策所说："人甚至连自己创造的魔鬼都认不出来。"

化学药品有许多被用于人类对自然的战争。自20世纪40年代中期以来，逾200种基本化学药品被研制出来，用于杀死昆虫、杂草、啮齿动物和其他现代行话称之为"害虫"的生物体；这些化学药品被打着数千种不同的商标出售。

这些喷雾液、药粉、烟雾剂现在几乎普遍在农场、花园、森林和家庭中使用——这些化学药品能够不加选择地杀死任何昆虫，不论其是

"好"是"坏";能够使鸟儿不再歌唱,鱼儿不再跳跃于水中;能够以一层剧毒物质覆盖在叶片表面或长期滞留在土壤中。这些化学药品不应称作"杀虫剂",而应称为"杀生剂"。

药物使用的整个发展过程似乎卷入了一个永无终点的螺旋。自从滴滴涕被允许民用以来,逐步升级的过程便开始了,人们得不断寻找更有毒性的物质。

人类在使用这些化学武器对付害虫的同时也在打击整个地球。

(选自《寂静的春天》,上海译文出版社,2014年版)

【交流之窗】

人,具有了改变自然的力量,这是一把双刃剑。人对自然的改变,引发了严重的环境问题。

作者的论证思路是这样的:核爆炸给地球、动物、植物,带来侵害。化学药品,可以慢慢地毒死植物,使牲畜得病。所谓的"杀虫剂",成了名副其实的"杀生剂"。

"寂静的春天",意思是说,随着人类对环境肆无忌惮的破坏,鸟儿不再歌唱,鱼儿不再跳跃于水中。本应草长莺飞、莺歌燕舞的春天,走向寂静和死寂。人类应该反思和控制对核能源、对化学药品的滥用。

以深生态学为代表的西方的环境伦理思想

徐铁光

徐铁光，上海师范大学博士研究生。

1984年4月，乔治·塞逊斯和阿恩·纳斯提出了深生态学的著名"八大基本原则"：

1. 人类与非人类在地球上的生存与繁荣具有自身内在的、固有的价值。非人类的价值并不取决于他们对于满足人类期望的有用性。

2. 生命形式的丰富性和多样性是有价值的，并有助于人们认识它们的价值。

3. 人们除非为了满足生死攸关的需要，否则无权减弱这种生命的丰富性和多样性。

4. 人类生活和文化的繁荣是与随之而来的人类人口的减少相一致的，非人类生活的繁荣要求这种减少。

5. 目前人类对非人类世界的干涉是过分的，并且这种过度干涉的情形正在迅速恶化。

6. 因此，政策必须改变，这些政策影响基本的经济、技术和意识形态的结构，事情变化的结果，将与现在的情形有深刻的区别。

7. 这种观念的变化主要在于对"生活质量"（富于内在价值情形）的赞赏，而不是坚持追求一种不断提高着的更高要求的生活标准。人们将认识到"大"（big）与"棒"（great）的巨大差别。

8. 同意上述观点的人们有责任直接地或间接地去努力完成这个根本性的转变。

深生态学的上述八个基本原则，坚决反对人类为满足自身"边缘的、过分的、无关紧要的"需要，而对生态环境造成的严重破坏。

"人与自然和谐发展"，已是当今世界学者们公认的提法。这一提法的产生应当归功于罗马俱乐部。针对严重的全球问题和人类生存的环境日益恶化，罗马俱乐部的第二个报告特别强调了："人类必须开始对自然采取一种新的态度，它必须建立在协调关系之上而不是征服关系之上。"

人与自然关系不和谐的原因：

第一，是对环境保护重视不够。

第二，是环境保护执法不严，监管不力。

第三，是产业结构不合理，经济增长方式粗放。

第四，不和谐消费。

1992年在巴西召开的世界环境首脑会议签署的《21世纪议程》指出："全球环境不断恶化的主要原因是不可持续的消费和生产模式，尤其是工业化国家的这种模式。"环境危机是全人类的危机，而"消费问题是环境危机的核心"。

人类如果毫无节制地消耗物质财富与自然资源，毫无顾忌地排放废弃物，必然导致自然资源的枯竭、环境的恶化，最终危及人类自身的生存。

比如，消费主义导致大量自然资源被消耗，使环境恶化表现为：

奉行消费主义的人在消费模式和生活方式上会互相攀比、模仿，产生"大量消费"的需要，为了满足这些需要，"大量生产"模式应运而生，给资源、环境造成巨大的压力。

奉行消费主义的人追逐消费时尚，人为地提高了产品的更新换代的速度，导致了大量的资源浪费和废弃物的增加。

奉行消费主义的人过分看重商品外观和商品的符号象征意义，导致包装过度，浪费大量的资源。

（选自《理论经纬·2009》，黄山书社，2009年版）

【交流之窗】

"深生态学",意思是,有一种学说,叫生态学,强调更深层次的生态保护;"西方的环境伦理思想",意思是,西方有一种思想,认为环境保护是一种做人的道德。

深生态学的"八大基本原则"简单来说就是:

1.人、动物、植物、无机物,价值平等,谁也不是谁的主宰。

2.动物和植物的多样性,是很有价值的。

3.人要尊重、保护动物、植物的多样性。

4.人类人口的适量,有助于非人类生活的繁荣。

5.人类对自然的干涉是过度的,正在恶化的。

6.人类要改变对待自然的做法。

7.人不要过分追求生活的物质享用。

8.人都有责任,直接或间接促进人们对自然的观点的改变。

"消费主义"让人攀比、模仿、大量消费、过度消费,导致"大量生产",导致资源浪费,以致资源枯竭、环境恶化。让我们拒绝过度消费,成为"环保达人"吧!

像山那样思考

利奥波德　　彭　俊 译

奥尔多·利奥波德（1887—1948），美国生态伦理学家，美国野生动物保护之父、土地伦理之父。代表作品有《沙乡年鉴》等。

　　一声深沉的、骄傲的嗥叫，从一个山崖回响到另一个山崖，荡漾在山谷中，渐渐地消失在漆黑的夜色里。这是一种不驯服的、对抗性的悲哀，和对世界上一切苦难的蔑视情感的迸发。

　　每一种活着的东西（大概还有很多死了的东西），都会留意这声呼唤。对鹿来说，它是死亡的警告；对松林来说，它是半夜里在雪地上混战和流血的预言；对郊狼来说，是就要来临的拾遗的允诺；对牧牛人来说，是银行里赤字的坏兆头（指入不敷出）；对猎人来说，是狼牙抵制弹丸的挑战。然而，在这些明显的、直接的希望和恐惧之后，还隐藏着更加深刻的含义，这个含义只有这座山自己才知道。只有这座山长久地存在着，从而能够客观地去听取一只狼的嗥叫。

　　不过，那些不能辨别其隐藏的含义的人也都知道这声呼唤的存在，因为在所有有狼的地区都能感到它，而且，正是它把有狼的地方与其他地方区别开来的。它使那些在夜里听到狼叫，白天去察看狼的足迹的人毛骨悚然。即使看不到狼的踪迹，也听不到它的声音，它也是暗含在许多小小的事件中的：深夜里一匹驮马的嘶鸣，滚动的岩石的嘎啦声，逃跑的鹿的砰砰声，云杉下道路的阴影。只有不堪教育的初学者才感觉不到狼是否存在，和认识不到山对狼有一种秘密的看法这一事实。

　　我自己对这一点的认识，是自我看见一只狼死去的那一天开始的。当时我们正在一个高高的峭壁上吃午饭。峭壁下面，一条湍急的河蜿蜒流过。我们看见一只雌鹿——当时我们是这样认为——正在涉过这条急流，它的胸部淹没在白色的水中。当它爬上岸朝向我们，并摇晃着它的尾巴时，我们才发觉我们错了：这是一只狼。另外还有六只显然是正在发育的小狼也从柳树丛中跑了出来，它们喜气洋洋地摇着尾巴，嬉戏着搅在一起。它们确确实实是一群就在我们的峭壁之下的空地上蠕动和互相碰撞着的狼。

在那些年代里，我们还从未听说过会放过打死一只狼的机会那种事。在一秒钟之内，我们就把枪弹上了膛，而且兴奋的程度高于准确：怎样往一个陡峭的山坡下瞄准，总是不大清楚的。当我们的来复枪膛空了时，那只狼已经倒了下来，一只小狼正拖着一条腿，进入到那无动于衷的静静的岩石中去。

当我们到达那只老狼的所在时，正好看见在它眼中闪烁着的、令人难受的、垂死时的绿光。这时，我察觉到，而且以后一直是这样想，在这双眼睛里，有某种对我来说是新的东西，是某种只有它和这座山才了解的东西。当时我很年轻，而且正是不动扳机就感到手痒的时期。那时，我总是认为，狼越少，鹿就越多，因此，没有狼的地方就意味着是猎人的天堂。但是，在看到这垂死的绿光时，我感到，无论是狼，或是山，都不会同意这种观点。

自那以后，我亲眼看见一个州接一个州地消灭了它们所有的狼。我看见过许多刚刚失去了狼的山的样子，看见南面的山坡由于新出现的弯弯曲曲的鹿径而变得皱皱巴巴。我看见所有可吃的灌木和树苗都被吃掉，先变成无用的东西，然后则死去。我看见每一棵可吃的、失去了叶子的树只有鞍角那么高。这样一座山看起来就好像什么人给了上帝一把大剪刀，并禁止了所有其他的活动。结果，那原来渴望着食物的鹿群的饿殍，和死去的艾蒿丛一起变成了白色，或者就在高于鹿头的部分还留有叶子的刺柏下腐烂掉。这些鹿是因其数目太多而死去的。

我现在想，正像当初鹿群在对狼的极度恐惧中生活着那样，那一座山将要在对它的鹿的极度恐惧中生活。而且，大概就比较充分的理由来说，当一只被狼拖去的公鹿在两年或三年就可得到补替时，一片被太多的鹿拖疲惫了的草原，可能在几十年里都得不到复原。

牛群也是如此，清除了其牧场上的狼的牧牛人并未意识到，他取代了狼用以调整牛群数目以适应其牧场的工作。他不知道像山那样来思考。

正因为如此,我们才有了尘暴,河水把未来冲刷到大海去。

我们大家都在为安全、繁荣、舒适、长寿和平静而奋斗着。鹿用轻快的四肢奋斗着,牧牛人用套圈和毒药奋斗着,政治家用笔,而我们大家则用机器、选票和美金。所有这一切带来的都是同一种东西:我们这一时代的和平。用这一点去衡量成就,全部是很好的,而且大概也是客观的思考所不可缺少的,不过,太多的安全似乎产生的仅仅是长远的危险。也许,这也就是梭罗的名言潜在的含义。这个世界的启示在荒野。大概,这也是狼的嗥叫中隐藏的内涵,它已被群山所理解,却还极少为人类所领悟。

(选自《沙乡年鉴》,四川文艺出版社,2013年版)

【交流之窗】

文章从野狼"一声深沉的、骄傲的嗥叫"写起,这声狼嚎代表了"不驯服""对抗"和对一切苦难的蔑视。

但,只有大山读懂了狼嚎隐藏的最深刻的含义。

什么含义呢?

作者通过观察被猎杀的狼,通过思考保持生物圈、食物链的平衡的重要性,发现当人们逐渐消灭了狼,鹿就泛滥,这反而伤害了鹿群,伤害了草原,伤害了荒野。人类的经济发展虽然带来了生活的安全与繁荣,但是,另一种潜在的长远的危险正在降临人类,这种危险,就是荒野的死亡,狼性的消失。

"这个世界的启示在荒野"。群山已经通过狼的嗥叫,理解了这一点,而人类似乎还没有领悟,所以作者呼吁人类要"像山那样思考"。

敬畏生命

——在斯特拉斯堡圣尼古拉教堂的布道

阿尔贝特·史怀泽 　　陈泽环 译

阿尔贝特·史怀泽（1875—1965），法国学者，伟大的人道主义者，1952年获诺贝尔和平奖。著作很多，计有《康德的宗教哲学》《巴赫论》等。

一、善恶与道德

　　善是保存和促进生命，恶是阻碍和毁灭生命。如果我们摆脱自己的偏见，抛弃我们对其他生命的疏远性，与我们周围的生命休戚与共，那么我们就是道德的。只有这样，我们才是真正的人；只有这样，我们才会有一种特殊的、不会失去的、不断发展的和方向明确的德性。

二、自然不懂敬畏生命

　　敬畏生命、生命的休戚与共是世界中的大事。自然不懂得敬畏生命。它以最有意义的方式产生着无数生命，又以毫无意义的方式毁灭着它们。包括人类在内的一切生命等级，都对生命有着可怕的无知。他们只有生命意志，但不能体验发生在其他生命中的一切；他们痛苦，但不能共同痛苦。自然抚育的生命意志陷于难以理解的自我分裂之中。生命以其他生命为代价才得以生存下来。自然让生命去干最可怕的残忍事情。自然通过本能引导昆虫，让它们用毒刺在其他昆虫身上扎洞，然后产卵于其中；那些由卵发育而成的昆虫靠毛虫过活，这些毛虫则应被折磨至死。为了杀死可怜的小生命，自然引导蚂蚁成群结队地去攻击它们。看一看蜘蛛吧！

自然教给它的手艺多么残酷。

　　从外部看，自然是美好而壮丽的，但认识它则是可怕的。它的残忍毫无意义！最宝贵的生命成为最低级生命的牺牲品。例如，一个儿童感染了结核病菌。接着这种最低级生物就在儿童的最高贵肌体内繁殖起来，结果导致这个儿童的痛苦和夭亡。在非洲，每当我检验昏睡病人的血液时，我总是感到吃惊。为什么这些人的脸痛苦得变了形并不断呻吟：我的头，我的头！为什么他们必须彻夜哭泣并痛苦地死去？这是因为，在显微镜下人们可以看见10‰—40‰毫米的白色细菌；即使它们数量很少，以至于为了找到一个，有时得花上几个小时。

三、"利己主义"否认"生命休戚与共"

　　由于生命意志神秘的自我分裂，生命就这样相互争斗，给其他生命带来痛苦或死亡。这一切尽管无罪，却是有过的。自然教导的是这种残忍的利己主义。当然，自然也教导生物，在它需要时给自己的后代以爱和帮助。只是在这短暂的时间内，残忍的利己主义才得以中断。但是，更令人惊讶的是，动物能与自己的后代共同感受，能以直至死亡的自我牺牲精神爱它的后代，但拒绝与非其属类的生命休戚与共。

　　受制于盲目的利己主义的世界，就像一条漆黑的峡谷，光明仅仅停留在山峰之上。所有生命都必然生存于黑暗之中，只有一种生命能摆脱黑暗，看到光明。这种生命是最高的生命，人。只有人能够认识到敬畏生命，能够认识到休戚与共，能够摆脱其余生物苦陷其中的无知。

　　这一认识是存在发展中的大事。真理和善由此出现于世。光明驱散了黑暗，人们获得了最深刻的生命概念。共同体验的生命，由此在其存在中感受到整个世界的波浪冲击，达到自我意识，结束作为个别的存在，使我们之外的生存涌入我们的生存。

四、行善是否无济于事

  危及我们休戚与共的能力和意志的是日益强加于人的这种考虑：这无济于事！你为防止或减缓痛苦、保存生命所做的和能做的一切，和那些发生在世界上和你周围，你又对之无能为力的一切比较起来，是无足轻重的。确实，在许多方面，我们是多么的软弱无力，我们本身也给其他生物带来了多少伤害，而不能停止。想到这一点，真是令人害怕。

  你踏上林中小路，阳光透过树梢照进了路面，鸟儿在歌唱，许多昆虫欢乐地嗡嗡叫。但是，你对此无能为力的是：你的路意味着死亡。被你踩着的蚂蚁在那里挣扎，甲虫在艰难地爬行，而蠕虫则蜷缩起来。由于你无意的罪过，美好的生命之歌中也出现了痛苦和死亡的旋律。当你想行善时，你感受到的则是可怕的无能为力，不能如你所愿地帮助生命。接着你就听到诱惑者的声音：你为什么自寻烦恼？这无济于事。不要再这么做，像其他人一样，麻木不仁，无思想、无情感吧。

五、同情他人是否影响自己的幸福

  还有一种诱惑：同情就是痛苦。谁亲身体验了世界的痛苦，他就不可能在人所意愿的意义上是幸福的。在满足和愉快的时刻，他不能无拘无束地享受快乐，因为那里有他共同体验的痛苦。他清楚地记着他所看见的一切。他想到他所遇见的穷人，看见的病人，认识到这些人的命运残酷性，阴影出现在他的快乐的光明之中，并越来越大。在快乐的团体中，他会突然心不在焉。那个诱惑者又会对他说：人不能这样生活。人必须能够无视发生在他周围的事情，不要这么敏感。如果你想理性地生活，就应当有铁石心肠。穿上厚甲，变得像其他人一样没有思想。最后，我们竟然会为我们还懂得伟大的休戚与共而惭愧。当人们开始成为这种理性化的人时，我们彼此隐瞒，并装着好像人们抛弃的都是些蠢东西。

六、如何抵御思想诱惑

否认"生命休戚与共",认为"行善无济于事",认为"同情他人影响自己的幸福",这是对我们的三大诱惑,它不知不觉地毁坏着产生善的前提。

提防它们。

首先,你对自己说,互助和休戚与共是你的内在必然性。你能做的一切,从应该被做的角度来看,始终只是沧海一粟。但对你来说,这是能赋予你生命以意义的唯一途径。无论你在哪里,你都应尽你所能从事救助活动,即解救由自我分裂的生命意志给世界带来的痛苦;显然,只有自觉的人才会从事这种救助活动。如果你在任何地方减缓了人或其他生物的痛苦和畏惧,那么你能做的即使较少,也是很多。保存生命,这是唯一的幸福。

另一个诱惑,共同体验发生在你周围的不幸,对你来说是痛苦,你应这样认识:同甘与共苦的能力是同时出现的。随着对其他生命痛苦的麻木不仁,你也失去了同享其他生命幸福的能力。尽管我们在世间见到的幸福是如此之少;但是,以我们本身所能行的善,共同体验我们周围的幸福,是生命给予我们的唯一幸福。

最后,你必须如你必然所是地做一个真正自觉的人,与世界共同生存的人,在自身中体验世界的人。你是否因此按流行的看法比较幸福,这是无所谓的。我们内心神秘的声音并不需要幸福的生存——听从它的命令,才是唯一能使人满足的事情。

我这样和你们说,是为了不让你们麻木不仁,保持清醒的头脑!这与你们的灵魂有关。如果这些表达了我内心思想的话语,能使在座的诸位撕碎世上迷惑你们的假象,能使你们不再无思想地生存,不再害怕由于敬畏生命和必然认识到共同体验的重要而失去自己,那么,我就感到满足,而我的行为也将被人赞赏……(有删改)

(选自《敬畏生命:五十年来的基本论述》,上海社会科学院出版社,2003年版)

【交流之窗】

史怀泽先生开门见山:"善是保存和促进生命,恶是阻碍和毁灭生命。"

人,如何能超越利己的心理,做一个有善心有德行、敬畏生命的人呢?

史怀泽先生认为,人需要克服思想上的三大诱惑,这三大诱惑是:因狭隘、残忍的"利己主义"而否认"生命休戚与共",以为个别的行善无济于事,以为同情他人影响自己的幸福。

如何抵御以上三大思想诱惑?

史怀泽先生认为,人要提防它们。要认识到,互助和休戚与共是能赋予你生命以意义的唯一途径。行善,体验我们周围的幸福,是生命给予我们的唯一幸福。

这与灵魂有关。